LINAJES
UNA NOVELA DE AGUSTO ZIDAROV

WARHAMMER
CRIME

LINAJES
UNA NOVELA DE AGUSTO ZIDAROV

CHRIS WRAIGHT

minotauro

Título: *Linajes*
Versión original inglesa publicada por *Black* Library, 2020
Bloodlines © Copyright Games Workshop Limited 2020.
Bloodlines, Warhammer Crime, GW, Games Workshop, Black Library, Warhammer, Space Marine, 40K, Warhammer 40,000, el logo del águila de dos cabezas, y todos los logos, ilustraciones, imágenes, nombres, criaturas, razas, vehículos, localizaciones, armas, personajes, y el distintivo ® o TM, y/o © Games Workshop Limited, registradas en todo el mundo. Todos los derechos reservados.

Título original: *Bloodlines*

Ilustración de la cubierta: Amir Zand.

Publicación de Editorial Planeta, S.A. Diagonal, 662-664, 08034 Barcelona.
© 2021 Editorial Planeta, SA, sobre la presente edición.
Reservados todos los derechos.
© Traducción: Patricia Nunes Martínez
Edición revisada por: Juan Pascual Martínez Fernández
ISBN: 978-84-450-1170-6
Depósito legal: B. 13.933-2021 (10281786)
Impreso en UE

No se permite la reproducción total o parcial de este libro, ni su incorporación a un sistema informático, ni su transmisión en cualquier forma o por cualquier medio, sea éste electrónico, mecánico, por fotocopia, por grabación u otros métodos, sin el permiso previo y por escrito del editor. La infracción de los derechos mencionados puede ser constitutiva de delito contra la propiedad intelectual (Art. 270 y siguientes del Código Penal).
Diríjase a CEDRO (Centro Español de Derechos Reprográficos) si necesita fotocopiar o escanear algún fragmento de esta obra. Puede contactar con CEDRO a través de la web www.conlicencia.com o por teléfono en el 91 702 19 70 / 93 272 04 47.
Inscríbete en nuestro boletín de novedades en: www.edicionesminotauro.com
Web: www.edicionesminotauro.com
Blog: https://www.planetadelibros.com/blog/planeta-fantasy/16
Facebook/Instagram/Youtube: @EdicionesMinotauro
Twitter: @minotaurolibros

WARHAMMER
CRIME

En el milenio 41, lejos de los campos de batalla en las estrellas distantes, hay una ciudad. Una metrópolis extensa y podrida, de viejos enjambres, donde la corrupción está al orden del día y el asesinato es una forma de vida.

Es Varangantua, un infernal paisaje urbano en decadencia, lleno de grandeza en descomposición y miseria en alza. Incontables distritos recorren como madrigueras su extensión cancerosa, desde grasientos astilleros y factorums hasta vistosas torres, barriadas decrépitas y mataderos. Y, sobre todo ello, los bastiones de hierro de los Ejecutores, los defensores de la Lex y de todo lo que se interpone entre la ciudad y un olvido sin ley.

Ser un ciudadano en ese triste lugar es conocer las privaciones y el miedo; la mayoría solo puede lograr una existencia mísera, con todos sus esfuerzos dedicados a alimentar una guerra inacabable en el vacío, de la cual ellos no saben nada. Unos cuantos, los dorados y los barones mercantes, conocen la riqueza, pero son criaturas vacías y despiadadas que se benefician del sufrimiento.

En esas calles tenebrosas, la violencia es inevitable; o eres víctima o perpetrador. La poca justicia que existe solo se logra por medio de la brutalidad, y los débiles no sobreviven mucho tiempo. Porque esta es Varangantua, donde solo los despiadados prosperan.

CAPÍTULO UNO

Abajo, por debajo, bajo los pasos elevados y los arcos del tránsito; abajo, donde los lúmenes flotaban sobre suspensores jadeantes y las ventanas estaban cubiertas de vaho de condensación. Gente apiñada por todas partes; algunos pasados de topacio, otros agotados, todos oliendo a euforia.

Ella lo inhaló con ganas. Pasó los dedos sobre el rococemento de la pared cercana, disfrutando de su frialdad en el calor húmedo de la noche. Alzó la mirada y vio el brillo difuminado de las entradas a clubes privados, vívidas en neón. Oyó el ruido del tráfico de turbina en lo alto y el siseo de los vehículos terrestres sobre el asfalto húmedo.

Lo había tomado. Topacio. Era tan bueno como esperaba: se notaba tontita, disfrutando de la libertad. Cada rostro que miraba era el de un amigo que le devolvía la sonrisa, enrojecido, emblanquecido, oscurecido, iluminado con pigmentos fotoreactivos, brillando con adornos augméticos. Se oía el ritmo de la música que vomitaban las entradas abiertas de los tugurios permitidos, amenazando con arrastrarla, sofocarla con el calor y el ruido.

Podría haber caminado eternamente por esa calle, solo absorbiéndola. Le gustaban los olores, que se superponían unos a otros y competían por su atención, como pretendientes empujándose. Metió las manos en los bolsillos del abrigo, se cuadró de hombros y se metió entre la gente.

No sabía qué hora era. Sin duda, plena noche, unas horas antes del amanecer. No importaba. Ya no. De eso iba la libertad: tomar tus propias decisiones, tanto estúpidas como buenas; salir, hacer lo que quisieras.

Un hombre se metió en su camino, sonriente y borracho. Se le acercó mucho y ella le olió el aliento.

—Hola, ¿pececito? —dijo, arrastrando las palabras y balanceándose—. ¿Vienes a nadar conmigo?

Su pelo tenía pinta de ser de plástek, demasiado limpio, demasiado esculpido. Ella siguió andando, pasó por su lado y fue hacia el centro de la calle. La multitud se lo llevó, y a ella le dio más rostros a los que quedarse mirando. En el cielo estallaban fuegos artificiales, deslumbrantes, con olor a productos químicos, e iluminaban altos arcos por encima de su cabeza, grabados con grupos de cadáveras y remates de flor de lis. Pantallas comerciales camaleón destellaban y giraban, mostrando imágenes pixeladas una tras otra: una mujer sonriendo, un hombre contemplando un altar, transbordadores de la Armada cruzando un campo de estrellas, tropas uniformadas marchando bajo el cielo escarlata de otro mundo.

Por primera vez, notó una cierta sensación de peligro. Había caminado mucho, alejándose de los amigos con los que había ido. Casi los había olvidado por completo, y tenía poca idea de dónde se hallaba.

Miró atrás y vio al hombre del pelo de plástek siguiéndola. Estaba con otros, y se le habían enganchado.

Maldición.

Aceleró el paso, saltando sobre los tacones, y fue hacia el extremo de la calle, donde la gran avenida, surcada por raíles de acero gemelos, se encontraba con otra, adoquinada y brillante, que hacía una pronunciada bajada.

Si no hubiera tomado topacio, se habría quedado, por instinto, entre la gente, donde la presión de los cuerpos proporcionaba una especie de seguridad. Pero oscureció deprisa, y los lúmenes pasaron a rojo, y los viejos adoquines se volvieron resbaladizos. El ritmo de la música le pareció más duro, más aburrido, como los cantos militares que trasmitían todas las tardes por los aparatos de propaganda comunitarios.

Abajo, abajo, abajo.

Se sentía un poco nauseosa. Echó una mirada hacia atrás y vio que aún la seguían, solo trotando; cuatro, todos borrachos de jeneza o rezi o slatov. Todos llevaban ese corte de pelo falso y marcado, e iban bien vestidos y con las botas limpias. Cadetes de las fuerzas de Defensa, quizá; futuros oficiales, cargados de privilegios; intocables. Ya se había topado con esa clase de gente muchas veces antes. No había esperado encontrárselos ahí abajo: quizá les gustara perderse por los barrios bajos de vez en cuando, para codearse con la suciedad por diversión, para ver si se les enganchaba al uniforme.

Justo cuando comenzaba a preocuparse, alguien la agarró por el brazo. Ella se soltó y vio a una chica que le sonreía, una chica de su edad, con una pálida piel esmeralda, pelo naranja y un *piercing* de una cabeza de serpiente en la mejilla.

—Ven —le dijo la chica, con los iris brillantes—. Yo también los he visto.

La siguió. Fueron por un estrecho pasaje entre dos grandes bloques-hab construidos con placas prefabricadas que se estaban deshaciendo. No tardó en oler a orina y sudor rancio, a desagües y restos de barritas de carbohidratos. Mientras se iba adentrando más en el callejón, el ruido de las pisadas y las risas de los hombres se dejó de oír. Quizá habían seguido adelante. Tal vez nunca habían estado tan cerca.

Aumentaba el calor. Sintió el retumbar de la música abrirse bajo ella, a su alrededor, como si las propias paredes fueran los altavoces de un comunicador. Necesitaba beber algo. Por alguna razón, tenía mucha sed.

La chica la llevó hasta una puerta: una puerta pesada en la pared de un bloque-labor, una con un panel deslizante en el centro. Activó un timbre de llamada y el panel se abrió, dejando escapar una luz verdosa desde el interior.

—¿Está Elv? —preguntó la chica.

—Lo está —respondió una voz de hombre.

La puerta se abrió ruidosamente. Salió una ráfaga de aire caliente y tras ella la música, con un ritmo fuerte y machacón. La notó por todo el cuerpo, hizo que deseara seguir adelante, volver al lugar en el que había conseguido estar un rato antes, donde todo quedaba olvidado excepto el movimiento, el calor, el latido de la evasión.

La chica la empujó hacia dentro. Se hallaron en lo alto de un largo tramo de escalones forrados de plástek. Las paredes eran bloques de hormigón desnudos; el suelo estaba pegajoso por las bebidas derramadas. Era difícil oír nada por encima de la música, que parecía provenir de todas partes al mismo tiempo.

—Para abajo —dijo la chica, mientras sonreía para animarla.

Bajaron juntas. No tardaron en llegar a una sala más grande, llena de cuerpos que se movían, proyectando sombras sobre paredes salpicadas de lúmenes. ¿Qué habría sido antes este lugar? ¿Una sala de asambleas? ¿Quizá una capilla? Pero ya no. La luz era chillona, muy intensa, y latía al ritmo del fuerte golpeteo de la música. Olió el sudor, que luchaba contra las fragancias comerciales. Olió el regusto acre del rezi.

Había un alto escenario, con murales medio ocultos por una niebla de humo coloreado; hombres y mujeres bailaban sobre plataformas rodeadas de lámparas caleidoscópicas. La pista estaba abarrotada de cuerpos húmedos en movimiento. Costaba respirar.

—No te pares —dijo la chica, mientras la tomaba de la mano.

De algún modo, fueron serpenteando entre la multitud. Le pasaron una bebida y ella la tomó. Eso hizo que se sintiera mejor. Comenzó a buscar de dónde salía la música. Se le aparecían rostros entre la oscuridad, acalorados y brillantes, todos sonriéndole. Esos rostros eran agradables e interesantes, con sus finas carcasas de metal y sus halos hololíticos, que ondeaban y destellaban como prismas. ¿De dónde habían salido? ¿Trabajarían todos durante el monótono día en las fábricas de las que había oído hablar? ¿O eran los hijos e hijas de los dorados, retorciéndose ahí hasta que caían en un sueño inducido por los narcóticos? Eran como bestias exóticas, emplumadas, cornudas, envueltas en sedas y lentejuelas, entrando y saliendo de entre las sombras parpadeantes, fragmentos de extraños cuentos de ir a dormir, moviéndose al unísono bajo viejas arcadas góticas.

Bailó durante un rato. La chica parecía haberse ido, pero ya estaba bien. Pensó en el pasado, en las reglas que la habían mantenido en su habitación hora tras hora, todas las horas, dedicada a sus estudios, aprendiendo los catecismos y las listas, y quiso gritar con fuerza de la felicidad de haberse librado de todo eso. Movía los miembros, torpemente, porque nunca antes había podido hacer eso, pero aprendía deprisa, y el topacio se lo hacía más fácil.

Los otros se apiñaban alrededor, tocándole el pelo, los brazos. Perdió la noción del tiempo. Aparecieron más bebidas, y ella volvió a tomarlas.

Y luego, mucho más tarde, la chica regresó. Se la llevó de la sala de luces y calor y bajaron una escalera estrecha y resbaladiza. Eso fue un alivio, porque empezaba a cansarse. Estaría bien descansar, solo un momento. Lejos de la música hacía menos calor, y notó que las partes sudadas de su camisa se le pegaban a la piel.

—¿Adónde vamos? —preguntó, y se sorprendió al oír lo mucho que arrastraba las palabras.

—Un descanso —contestó la chica—. Creo que lo necesitas.

Era difícil seguir su recorrido. Unas escaleras bajaban, otras subían. En cierto momento le pareció que habían salido al exterior, y luego entraban de nuevo, pero ya se sentía muy cansada y le estaba empezando a doler la cabeza.

—¿Tienes agua? —preguntó.

—A eso vamos —le llegó la respuesta—. A buscarla.

Y entonces cruzaron otra pesada puerta. Tuvo la impresión de que había más gente alrededor, aunque estaba muy oscuro y cada vez hacía más frío. Bajaron otra escalera más, un pozo tan estrecho que se arañó los brazos. Quería parar ya, solo sentarse en el suelo y aclararse la cabeza.

Finalmente acabaron en una sala estrecha y vacía, con brillantes lúmenes en el techo que le molestaban los ojos. De verdad que necesitaba beber algo.

Había un hombre allí, con la piel cetrina, un ajustado mono, una camisa sin cuello y un tatuaje de líneas entrelazadas apenas visible en la base del cuello.

—¿Cómo te llamas? —le preguntó, con bastante amabilidad.

—Ianne —contestó ella.

—Ianne. No es corriente. Me gusta. ¿Te lo estás pasando bien?

—Me gustaría beber algo.

—Muy bien. Entonces, ven conmigo. Te daremos algo.

Para entonces, la chica parecía haberse ido. Notó unas manos en los brazos, y de nuevo iba hacia abajo. Los lúmenes eran muy tenues y se esforzó por ver algo.

De nuevo, tuvo la vaga sensación de estar rodeada de gente. Oyó un ruido como de respiración: adentro y afuera. Sacudió la cabeza para despejarse y vio estantes de metal, muchos, todos con recipientes de vidrio. Y vio tubos, y máquinas que tenían fuelles y ampollas y espirales de cables. Vio los sillones acolchados, en filas, que se perdían en la oscuridad, y parecía que había gente sentada en ellos.

Sintió una punzada de preocupación. No había música. Todo estaba en silencio, y hacía frío; y ella no sabía cómo volver a salir.

—¿Dónde estoy? —preguntó.

Le buscaron una silla. Era reclinable, pero dura e incómoda. Pensó que debía negarse y luchar, pero se le hacía difícil pensar nada con claridad. Notó que algo le rodeaba las muñecas.

—¿Dónde estoy? —preguntó de nuevo, con mayor urgencia, pensando de repente en todos aquellos catecismos, y en las reglas, y en casa, y en las seguridades que esta le daba.

Un rostro surgió de entre las sombras. Ese no lo reconoció. Era un rostro duro, con mejillas hundidas, y la forma en que le sonrió la asustó.

—¿Eres Ianne? Solo relájate. Estás donde debes estar.

Intentó patear, pero algo le ataba los tobillos. Alzó la mirada y vio un grupo de agujas colgando sobre ella, destellando bajo la fría luz. El miedo creció rápidamente en su interior, como si fuera a ahogarse en él.

—Sácame de aquí.

—No te preocupes por nada —repuso el hombre, con voz calmante, y tomó una de las agujas. Estaba conectada a un fino tubo, que colgaba de una bolsa con un fluido claro—. Todo irá bien.

—¡Quiero irme! —gritó ella, comenzando a debatirse.

—¿Y por qué querrías marcharte? —preguntó el hombre, preparándose para insertar la aguja. A Ianne ya se le había ajustado la vista. Miró a ambos lados y pudo ver que los otros sillones también estaban ocupados. Nadie se movía—. Aquí servirás de mucho más.

Puso una de las máquinas en funcionamiento. El aparato comenzó a hacer ruido, un *tuc-tic-tuc* que sonaba como un monstruoso latido.

—¿Qu…qué estás haciendo? —preguntó ella, mientras la sensación de horror comenzaba a impedirle respirar.

—Tú relájate —repuso él, acercándose a ella—. Siempre digo lo mismo. Este es un lugar de sueños. Así que ahora voy a darte algo. Algo bueno. Y después, créeme lo que te digo, vas a vivir para siempre.

CAPÍTULO DOS

Agusto Zidarov avanzó sigilosamente por la pasarela de metal, encorvado y con su pistola automática Zarina por delante. El sudor le picaba bajo el chaleco antibalas. Hacía calor. Estaba oscuro. Mirándolo bien, no tenía ningunas ganas de estar ahí.
—¿A qué distancia? —susurró al comunicador.
Brecht tardó un momento en responder.
—*Van los refuerzos. Diez minutos.*
Demasiado. Zidarov parpadeó para aumentar los filtros visuales de su iris augmético. La vista por delante cambió ligeramente: de negro sucio a casi negro sucio.
La pasarela estaba elevada; pasaba por encima de grandes máquinas o las rodeaba. Notaba los conversores de calor de la terminal de energía trabajando bajo sus pies, las unidades de filtrado funcionando arriba. En lo alto, entre las grúas y las tuberías, en medio del óxido, los hedores a aceites, las válvulas y las bobinas de procesado, había demasiados sitios donde esconderse, demasiados lugares donde morir. Muchas de las esquinas tenían algún sello quebrado que le echaba vapor a la cara, o algún traqueteante extractor de calor que le llenaba los ojos de lágrimas.
Apretó la culata de la pistola, entrecerró los ojos y siguió adelante.
—No tengo tu posición —dijo Zidarov.
—*Yo la tuya sí* —replicó Brecht—. *Voy hacia ti.*
—Pues date prisa.
Brecht no solía apresurarse. Zidarov esperó que esta vez fuera la excepción. Era lo mínimo que podía hacer, dadas las circunstancias.
Había llegado a una bifurcación. La pasarela se dividía en dos, una hacia la derecha y la otra hacia la izquierda. Bajó él, a través de la fina rejilla de metal, podía ver artefactos de hierro que eructaban y molían. Más allá, era el paraíso de las ratas, lleno de tubos y conductos. Unos

cuantos lúmenes parpadeaban abajo, pequeños puntos rojos en medio de grandes manchas siseantes de oscuridad.

Algo se movió detrás, y él se dio la vuelta para encararlo. Solo era la válvula de un rotor, descargando. Zidarov notó que el corazón le latía acelerado. Estaba respirando con demasiada fuerza. Ese era un trabajo para los sancionadores; ellos tenían las armaduras y las armas. Él solo tenía su pistola de mano, una básica cobertura antibalas y un sello hololítico de evidenciador. Muchas veces, eso contaba para algo. En ese momento, no le parecía que sirviera de mucho tenerlo.

Comprobó su iris. El implante ocular subdérmico, una combinación de enlace con el datavelo y pantalla retinal táctica, rodó y chasqueó, dándole una estimación actualizada de la trayectoria del objetivo. Se basaba solo en muestras de calor que, allí abajo, no eran precisamente muy fiables.

De hecho, él ni tendría que hallarse ahí. Había respondido a la llamada de Brecht, de quien era ese caso, como un favor. Ambos deberían haber esperado a una patrulla de sancionadores, pero Brecht no quería perder al objetivo. Esa decisión no parecía haber sido buena. Era casi tan mala como separarse, tratando de cubrir las salidas, antes de darse cuenta de las muchas que había en un lugar tan enorme como ese.

Torció a la derecha, avanzando lentamente junto a la frágil barandilla, sin pensar en la larga caída que se abría a ambos lados. Por delante, pudo ver un mamparo con una oxidada calavera en medio de una rueda dentada grabada en lo alto. Más allá, había un pesado portón de hierro con una ventanilla entelada. El portón estaba abierto, y una tenue luz manaba por el agujero.

—Creo que lo tengo —susurró Zidarov—. ¿Dónde estás?

—*Un nivel por encima. Créeme, estoy corriendo.*

Zidarov se agachó y avanzó con cuidado hacia la puerta. Oía algo al otro lado: más de un par de botas. La presa de Brecht estaba cerca: Yuri Glav, un traficante de armas de medio pelo, un inestable adicto a los narcóticos que había acabado con la poca buena voluntad tanto de los ejecutores como de sus clientes, y cuya productiva carrera en Urgeyena, de un modo u otro, estaba llegando a su fin. Era evidente que aún había alguien dispuesto a trabajar con él.

Zidarov oyó abrirse otro portón. La tenue luz se apagó y oyó pisadas de botas corriendo por un pasillo cerrado. Estaban intentando escapar, llegar al otro lado de las salas de las máquinas y tomar un tren magnético o un transporte terrestre. Se lanzó hacia delante, abrió el portón con el hombro y entró en la cámara del otro lado, peinándola con su pistola automática. El estrecho espacio estaba vacío, pero el portón al fondo se encontraba abierto. Zidarov corrió hacia él y se metió agachado en el pasillo que seguía. Ahí, los lúmenes destellaban rápidamente y todo olía a metal quemado. Oía claramente un movimiento por delante, que resonaba en el estrecho pasillo. Estaban corriendo, iban en desbandada.

Corrió tras ellos, y tuvo que agachar la cabeza de nuevo para pasar por otro portón antes de detenerse. Ante él se abría una gran nave con el fondo expuesto al aire nocturno y a las silbantes ráfagas de viento caliente y cargado de polvo. Había filas de soportes a cada lado, que sostenían un techo con un entramado de pesadas vigas y tuberías. Unos vehículos de carga estaban en sus aparcamientos. El puente del que había salido estaba muy alto y, desde esa situación de ventaja, pudo ver la silueta distante de unas enormes torres de enfriamiento, iluminadas por detrás por las llamaradas de las boquillas del gas. Todo olía a ceniza, polvo y productos químicos.

Al fondo de la nave, un camión cisterna de combustible esperaba en un área de carga, con las puertas de la cabina ya abiertas y los motores al ralentí, preparado para bajar por una larga rampa hacia un viaducto elevado. Un servidor de tránsito, con la espalda rota, yacía hecho un guiñapo junto a las ruedas. Glav, un hombre escuálido vestido con un amplio jubón rojo, ya había saltado de la escalerilla del camión para desenroscar el tubo de carga de carburante. Otros dos hombres fueron a por Zidarov; dos enormes guardaespaldas con los torsos hinchados de estimulantes, uno con una crepitante porra de energía y el otro con una escopeta recortada. La escopeta disparó, y Zidarov corrió a resguardarse. Se metió derrapando detrás de la pesada mole de un elevador de mercancías, y se enganchó dolorosamente el hombro en una manilla de puerta que sobresalía. Oyó las balas repicar contra el acero.

Se puso de rodillas, metió la Zarina por un agujero entre las guías segmentadas del elevador y respondió al fuego. Cuatro balas fueron directas al pecho del que disparaba; saltaron lenguas de sangre mientras el hombre se sacudía y se tambaleaba. Zidarov se puso en pie de un salto cuando el segundo guardaespaldas corrió hacia él, blandiendo la porra con pesados movimientos. Más disparos, el primero en el hombro, y después otros que le tiraron hacia atrás, mientras la porra salía rebotando sobre el suelo de enrejado.

Zidarov salió totalmente de cubierto, para tratar de poner a Glav en su punto de mira. Pero el delgado traficante ya había desconectado el tubo de combustible, salpicando prometio por todo el suelo, y estaba corriendo hacia la cabina. Zidarov disparó dos veces, pero falló e hizo saltar chispas del tanque del camión.

—¡Evidenciador, Bastión-U! —gritó—. ¡Detente, ciudadano!

Glav saltó hacia la cabina y puso un pie en el escalón. Zidarov disparó otra vez y le dio en la espalda. Sin embargo, en vez de hacer un impacto húmedo, la bala chasqueó sobre un trozo de dura armadura escondida bajo el jubón. Glav se tambaleó hacia delante; no alcanzó el punto de agarre y cayó al suelo. Al hacerlo, consiguió removerse y sacar su propia pistola. Por una odiosa fracción de segundo, Zidarov lo vio apuntarle directamente.

En ese momento, la cabeza de Glav estalló formando una neblina roja, seguido inmediatamente por el repique de otra arma disparando. El cuerpo del traficante de armas cayó al suelo, se sacudió y no se movió más.

Brecht entró lentamente por el portón abierto, con su pistola automática entre ambas manos, y una expresión de estudiada concentración en el rostro.

Zidarov dejó escapar aire.

—¡Santo Trono! —exclamó—. Sí que has corrido.

El motor del camión seguía gruñendo. La manguera del carburante seguía brotando y llenaba el suelo de prometio líquido. Brecht se guardó el arma, chapoteó hasta la válvula y la cerró. Jadeaba con fuerza y sus gruesas mejillas estaban rojas. Era un hombre grande, de piel negra, con unas entradas muy pronunciadas y un cuerpo que era bastante más sustancial de lo que lo había sido cuando se unió a los ejecutores. El chaleco antibalas le hacía parecer aún más grueso.

Zidarov no estaba mucho mejor. El corazón aún le golpeaba dentro del pecho. Y al final de la espalda se le había formado un pequeño charco de sudor.

Miró al trío de cadáveres. Los guardaespaldas solo eran matones a sueldo, pero Glav sabía algunas cosas. Hubiera sido mejor atraparlo vivo. Pero era el caso de Brecht, y él había sido quien lo había acabado.

Subió a la cabina del camión, buscó los controles y paró el motor. Luego bajó, consiguió controlar su respiración, y miró a su compañero evidenciador.

—¿Ha valido la pena? —preguntó.

Brecht asintió, cubierto en sudor. Estaba contemplando el cadáver de Glav.

—Supongo que sí. Uno más fuera de juego.

—Pensaba que querías atraparlo vivo.

—Así es, pero iba a dispararte.

—No creo que me hubiera dado.

—No, era bueno. Te habría dado.

Zidarov enfundó su pistola.

—Entonces, supongo que gracias.

—De nada.

En la distancia, Zidarov oyó el ruido de una cañonera a turbina Zurov acercándose. Transportaría a una patrulla de sancionadores reunidos a toda prisa desde la guarnición de respuesta: seis soldados avezados, cargados con equipo noctis, granadas cegadoras, rifles automáticos, armadura negra de cuerpo; todos esperando tener un objetivo vivo al que perseguir.

—Se van a enfadar, ¿verdad? —preguntó Zidarov.

—Sí, sin duda.

—Entonces, supongo que te puedo dejar para que lo arregles con ellos.

—Supongo que sí.

Zidarov comenzó a alejarse.

—Oye, espera… Gracias —le dijo Brecht—. Te debo una.

—Ya te lo recordaré.

—Cuando quieras.

—Sí. Antes de lo que crees —se tocó el hombro, que le dolía donde se lo había enganchado—. Pero ahora, me voy a casa.

Unas cuantas horas después, se despertó de nuevo. Le dolía el cuerpo. Aún apestaba a productos químicos.

Tardó un segundo o dos en darse cuenta de que estaba de vuelta en su hab. Estiró la mano, con los ojos aún cerrados. La gruesa colcha se le resbaló del antebrazo mientras él buscaba con los dedos.

Milija se removió y se arrebujó más en el colchón.

—Vete a los infiernos —murmuró.

Zidarov abrió los ojos. Su mano había encontrado el antebrazo de Milija.

Aún estaba oscuro. Un poco de luz gris enmarcaba la ventana justo donde las cortinas no llegaban a cubrirla del todo. El crono junto a la cama estaba iluminado por un lumen rojo atenuado.

—Buenos días —dijo él.

Ella gruñó, medio dormida, y sacudió el brazo para apartarle la mano.

—¿Dónde estabas anoche?

—Trabajando.

—Um. Claro.

La observó durante un momento mientras alejaba los restos del sueño. Entonces, respiró hondo, y olió el dormitorio: ásperas mantas de sintlana, el suelo de rococemento recién pulido, el sudor de la noche.

Hogar.

Se arrastró cama abajo, apartando las mantas y haciendo temblar la estructura. Milija se dio la vuelta, y se acurrucó contra la almohada redonda, con el pelo castaño cubriéndole el rostro. Zidarov pasó las piernas sobre el pie de la cama, agarró una bata de un gancho en la pared y se colocó la tela plástica sobre su túnica de noche. Se puso en pie, y con pesados pasos salió del dormitorio al pasillo y cerró la puerta con cuidado tras él.

Aún reinaba el silencio. El tráfico terrestre del exterior hacía que el aire vibrara con un zumbido, como lo hacía a todas horas, noche y día, aunque pasado un tiempo dejabas de notarlo. Recorrió el estrecho corredor, pasando ante pictografos de Milija y Naxi pegados en las desconchadas paredes de yeso. Necesitaban un repintado, esas paredes; no se había hecho desde que les habían asignado esa unidad-hab, y ya hacía años que se habían mudado, justo después de que naciera Naxi. Solo tenía que encontrar el tiempo para hacerlo.

Llegó al refec y encendió el lumen con un gesto del dedo. Los tubos de sodio volvieron a la vida parpadeando, y dejaron a la vista las gastadas superficies donde se preparaba la comida, una fila de cajas de almacenamiento, una mesa de plástek con cuatro sillas. Activó la máquina de la cafeína, y esta gorgoteó y repicó. Abrió un armario y sacó dos barritas de carbohidratos. Una era sin nada; la otra estaba saborizada con sirope de fructosa. Sacó una taza de cafeína caliente de la máquina, tomó un plato y colocó las barritas en él.

Fue a la mesa y se sentó en uno de los taburetes. Tomó un poco de cafeína, sorbiendo por el calor. Activó el vid-proyector empotrado en la pared del fondo, el que había instalado él mismo, el que solo funcionaba la mitad de las veces y que Milija no dejaba de pedirle que cambiara.

Su lente curvada de estilo antiguo se iluminó temblorosa y proyectó una luz anaranjada en la oscura habitación.

—*... la Comisionado de Higiene del Subdistrito, Ertile Vom, visitando ayer la instalación de distrito U-Cincuenta y seis, felicita a los trabajadores por su mejora en la producción durante la temporada alta. Comentó que esto muestra el beneficio de las recientes revisiones del objetivo de cuota, y remarca el acierto al...*

La Comisionado de Higiene del Subdistrito, Ertile Vom parecía bien alimentada. Zidarov la observó pasearse por la línea de producción; su silueta quedaba borrosa en la pantalla de granos de fósforo. Así que la producción de la manufactura había vuelto a subir. Siempre parecía ir subiendo, año tras año. Ya debían de ser un milagro de eficiencia.

Zidarov dejó que el proyector siguiera cotorreando y mascó sus barritas de carbohidratos. La cafeína era pastosa como el prometio sin refinar. La notaba bajarle cálidamente por el cuerpo, despertándolo. Las barritas eran buenas. Lo bastante buenas. Mientras no pensara demasiado en cómo estaban hechas.

Se estiró, e hizo rodar los hombros por turnos, tratando de destensar los músculos que nunca parecían acabar de destensarse. La vieja cicatriz que le cruzaba el pecho le tiraba un poco: siempre un recordatorio, un tirón o un pinchazo, para hacerle saber que aún seguía ahí.

La pantalla pasó a mostrar un informe sobre la salida de materias primas desde los principales puertos. Estas también iban en aumento, a pesar de todo lo que había oído de que el volumen del comercio interestelar llevaba meses agonizando. Hacía unos meses, Brecht le había dicho que había visto material confidencial de la Armada en el que se hablaba de una gran ruptura en las vías de la Disformidad, algo que había hecho que hasta el comando sectorial se apresurara a responder; pero claro, Brecht, por toda su indudable perspicacia en muchos sentidos, siempre había sido un poco demasiado aficionado a creer en conspiraciones. No lo había vuelto a mencionar. Quizá se lo hubiera inventado.

Zidarov acabó su cafeína y luego volvió a la máquina para prepararle una taza a Milija. Se la dejaría en el calientaplatos, como de costumbre, para cuando ella se levantara.

Era hora de conectar su iris con el datavelo. Activó el cable que tenía bajo el pómulo, y notó el picor mientras se llenaba de contenido almacenado. Lo revisó, mensaje a mensaje, parpadeando para pasar a la siguiente puesta al día. Las runas colgaban brevemente ante él y proyectaban un verde sucio como si saliera de un generador de hololitos, aunque todo el asunto era interno y se enviaba directamente a la rejilla de imágenes grabada en el fondo de su globo ocular.

La mayoría era rutina: Vongella pasándole cosas a los evidenciadores, de las que ella no quería preocuparse, o pasarlas arriba al mando. Todo sería tenido en cuenta y referenciado y, cuando el tiempo lo permitiera, habría que hacer algo.

Una entrada le llamó la atención.

>*456aa78-X, registro de incidente: Udmil Terashova, Consorcio Terashova [archivo, detalle]EJv*

El código sufijo «E» indicaba que se requería la asistencia de un evidenciador. El sujeto nombrado no había sido conducido a la comisaría, así que eso significaba una visita externa. Zidarov siguió adelante; ese era uno que le pasaría a Brecht alegremente, solo para devolverle el favor.

>*Directiva de la castellana: Zidarov, A: asignado.*

Se le cayó el alma a los pies. Infiernos. Guardó lo que quedaba de información en su almacenamiento del iris; tendría que esperar.

Se levantó, metió una barrita de carbohidratos en el calentador a baja potencia para Milija, y se dirigió al cuarto de higiene. La ducha de inducción funcionó al primer intento, lo cual fue un extra. Se limpió la suciedad química, se afeitó, hizo gárgaras con un antiséptico y se examinó las líneas rojas bajo los ojos. Se miró en el estropeado espejo y vio a un hombre corpulento devolviéndole la mirada: en los cuarenta, pelo oscuro corto, tez cetrina. La cicatriz del pecho se veía lívida bajo el único lumen blanco. El estómago ya no era sólido como una tabla, como lo había sido incluso hacía solo un par de años. No solo eso: también le había aumentado.

Volvió por el pasillo y entró en el segundo dormitorio. Ese había sido antes el de Naxi, y aún tenía sus viejos pictografos impresos pegados en las paredes: pósteres de reclutamiento de las fuerzas de defensa, la mayoría mostrando a reclutas hombres y jóvenes, de rasgos cincelados, con aspecto decidido y férreo en sus uniformes planchados. Unas cuantas tarjetas de informes de su antigua scholam estaban sobre la mesilla de noche en un archivo de plasfilm claro, junto con una carta escrita a mano de un compañero de clase. En la pared del fondo, incongruente en medio de todo eso, había una caja fuerte negra. Junto a ella se encontraba un estante con chalecos antibalas en una fila. Más allá, estaba el armario vestidor con las ropas de civil: chaquetas, botas, un abrigo de sintcuero marrón oscuro de tres cuartos.

Siempre le parecía una pena guardar su equipo allí, mezclado con las viejas cosas de Naxi, pero así quedaba algo de espacio libre en el dormitorio principal, y ni siquiera el estipendio de un evidenciador alcanzaba para permitirse una unidad de tres dormitorios en un habclave residencial decente.

Marcó el código de acceso en la caja fuerte y sacó de nuevo la Zarina. La revisó; luego se vistió, ajustando bien las placas antibalas bajo la camisa de cuello abierto y el jubón. Tomó su abrebocas, una nudillera con un campo cinético reactivo al impacto, y se la guardó. Se puso el abrigo y enfundó la pistola.

En el exterior, aún estaba oscuro. Seguiría estándolo por otra hora más, hasta que se alzara el sol rojo. Pensó en Milija, aún durmiendo, aprovechando una hora de descanso antes de que sus obligaciones la llevaran fuera de la ciudad.

«Podría dormir —pensó—. Podría quedarme aquí, con ella, y dormir».

Pero ya estaba en la puerta principal del hab, metido en el corredor interno donde docenas de otras puertas idénticas permanecían cerradas, igual que todas las demás en todos los otros niveles. Se dirigió a los pozos de los elevadores, con el estómago rugiéndole, los músculos doloridos y el tejido de la cicatriz picándole.

CAPÍTULO TRES

Tomó su propio auto terrestre: un Shiiv Luxer de doble motor. Otros evidenciadores usaban vehículos de la flota del Bastión, pero él prefería el suyo, con su unidad de energía ligeramente más eficiente y paneles blindados de un plastiacero más grueso. Y también le hacía sentirse más anónimo: siempre se podía detectar un auto terrestre del Bastión, por mucho que se esforzaran en hacerlo pasar por un coche corriente.

Rodó por la rampa de salida desde las parcelas de aparcamiento de la torre-hab y se fue metiendo entre el tráfico hasta la principal vía de tránsito elevada. El carril de acceso ya iba lento, bloqueado tanto por tráfico terrestre como magnético. Le llevó más de veinte minutos llegar hasta los carriles más libres y dirigirse al centro del clave.

Los cielos eran grises, con un tono rosáceo por el oeste, donde el sol estaba alzándose perezosamente. Una fina gasa de humos de transportes cubría todas las direcciones y desdibujaba los contornos de los distantes bloques-hab. Tres grandes macrotorres se alzaban a su derecha, rectangulares y brutales, con los costados picoteados por cientos y cientos de minúsculas ventanas. Por debajo de él, a ambos lados, bajo las sombras de los pilares de las vías de tránsito, estaban los oscuros pozos de los barrios de los comerciantes y los patios de reciclado, con pilas de metales y tecnología plástica y los lúmenes parpadeantes de grupos de barracas comerciales. Enormes estatuas de granito de santos y héroes imperiales de rasgos huecos y toscamente tallados contemplaban tristemente la mugre; algunas sostenían pesados puentes, otras blandían armas de una longitud imposible y otras solo con aspecto de estar más o menos perdidas entre las columnas de humo y los siseantes ventiladores de vapor. Las agujas barrocas de los edificios de la Eclesiarquía luchaban por el escaso espacio y la casi inexistente luz contra las carcasas de los patios de montaje y los talleres de herramientas. Servocráneos flotaban rondando en bandadas, esquivando los altos elevadores, con los ojos brillando de color escarlata y las colas agitándose con pergamino.

Todo estaba sucio, abarrotado de multitudes de cabezas gachas, cuajado de polución, ennegrecido de prometio. Zidarov olía el regusto astringente de la refinería que operaba a medio sector de distancia. Oía el estruendo y el chillido de las alarmas de proximidad cubriendo como una ola los atestados viaductos. Veía las chillonas vallas publicitarias en suspensión, que colgaban de los altos arcos, la mayoría las mismas que veía todos los días, con el mismo anuncio de información pública: «¡Ojos abiertos! ¡Informa de cualquier actividad sospechosa! ¡Tu vecino puede ser el enemigo!»; o material comercial: «¡Elixir Austal! ¡Demostrado para eliminar todos los tumores/quistes/lesiones! ¡Múltiples recomendaciones! ¡Aprobado por el Ministorum!»

Hacía quince años que era evidenciador en la guarnición del Bastión. Había comenzado como un investigador junior, aprendiz de un oficial que se había ganado sus espuelas con los sancionadores, y quien, como resultado, no le había dado ninguna formación práctica válida excepto sobre las numerosas maneras de partir una cabeza. Sin duda, eso podía resultar útil, pero había tenido que aprender por sí solo los intríngulis de su arte: escuchando a los analistas, al personal de mando, a otros evidenciadores. Cuando su oficial instructor encontró su fin, ya que algunas cabezas demostraron ser demasiado duras de romper incluso para él, a Zidarov lo ascendieron sin tardanza. Así era más o menos cómo funcionaban las cosas en el Bastión-U: a rey muerto, rey puesto.

Y él, quince años después, seguía respirando, seguía trabajando, seguía cobrando su estipendio. Bien pensado, eso resultaba ser todo un carrerón, en lo que era un trabajo peligroso. Quizá un día se acabaría su tiempo y se encontraría mirando el lado malo de una pistola láser, pero por el momento, las cartas de la fortuna aún le iban saliendo bien. *Zido el Afortunado.*

Metió la mano en el hueco entre los controles de conducción y la parte delantera del asiento del pasajero y metió un reelslug en el reproductor de música. Los agudos tonos de Elizia Refo surgieron del sistema de distracción del coche terrestre y compitieron contra el continuo golpeteo y rugido de las vías principales.

«Se me rompió el corazón, cuando supe de su partida —entonaba ella—. Era un mentiroso, mi amor, pero su Estrella de Terra relucía».

Las torres comercia, recubiertas de deslucidas gárgolas de pan de oro, quedaron atrás. La manufactoria, escupiendo humos, quedó atrás. Las más extrañas agujas recreativas, destelleando y parpadeando desde cimas de vidrio blindado y cristal, cubiertas de observadores de vigilancia y alambre de espino para mantener lejos a la chusma, quedaron atrás. Todo estaba mezclado. Aquí y allí, en los profundos golfos entre las poderosas torres, se podía ver restos de una ciudad más antigua, que se aferraba a la existencia: terrazas de madera que miraban hacia calles torcidas llenas de linternas de papel, asfixiadas del hedor a carne de las parrillas callejeras. Urgeyena era un sector muy variado, lleno de una mezcla de variedades étnicas y castas sociales. Las dinastías de la antigua ciudad aún mantenían un agarre precario aquí y allí, aunque habían sido mayoritariamente desplazadas por los clanes inmigrantes del norte y del oeste, donde las grandes centrales de energía industrial se habían quedado con toda la lasca. Al final del montón estaban los recién llegados, algunos de más allá de los porosos límites de la ciudad, que se habían colado bajo las narices de los sancionadores y se ganaban una especie de vida entre el vapor y el sudor de los subte-habs.

Frente a él, el perfil urbano se fue llenando gradualmente; se fue hinchando con el contorno borroso de edificios más imponentes, revestidos de ouslita oscura y coronados por águilas. Las colmenas del sector administratum se situaban unas junto a otras, unidas por redes extendidas de pasarelas cubiertas. Vías de tránsito las intersecaban, las apartaban, se curvaban por encima o caían en picado por debajo, todo envuelto en flotantes cortinas de color marrón gris. El cielo seguía aclarándose, y el manto rosa fue pasando a un rojo apagado que se arrastró como la marea sobre un cielo encapotado.

Y entonces, revolviéndose de entre todos los humos, aparecía Bastión. Como todos los centros de mando de los distritos urbanos de Varangantua, era compacto y oscuro por el humo, construido con rococemento de categoría militar resistente a las explosiones. Las ventanas eran rendijas sobre una fachada por lo demás sombría, con las murallas marcadas por bosques de esqueléticas torres sensores y puertos de observación. La entrada principal era una caverna en una fachada que miraba al sur: un ancho corte con el sigilo del cuerpo de ejecutores del sistema grabado en un bloque de ouslita: una calavera rodeada por la Serpiente Infinita comiéndose su propia cola bajo una corona de cinco puntas.

Zidarov condujo bajo la sombra del Bastión, se fue filtrando entre el resto del tráfico que avanzaba en sentido contrario. El personal del turno-noctis estaba saliendo, con los ojos rojos y parpadeando ante la suave luz. El Luxer se estremeció al detenerse en el parquin, y Zidarov paró los motores, desactivó la rejilla de defensa autoresponsiva, invocó unas gracias pregrabadas para el espíritu máquina y abrió las puertas.

Desde los aparcamientos subterráneos había una larga subida a través de una serie de escaleras internas. Continuamente, empleados pasaban con prisa por su lado en ambas direcciones: sancionadores con armaduras antidisturbios en negro y dorado, técnicos verispex con delantales de plástek salpicados de sangre, otros evidenciadores vestidos en diferentes modas civiles. No los conocía a todos, pero unos cuantos le saludaron con la cabeza mientras subía.

—¡Zido! —exclamó Vasteva, cuando este torció una esquina desde las zonas sin clasificar para dirigirse hacia las salas protegidas—. Feo día. ¿Qué tal la familia?

La evidenciadora Lena Vasteva vestía un traje a medida de un tejido de fibra real y color gris oscuro. Zidarov se fijó en que se había cambiado el peinado, apartándoselo del rostro, y que le sentaba bien. Llevaba un puñado de pizarras de datos bajo el brazo, y el icono de la calavera y la serpiente colgaba de una cadena alrededor del cuello.

—Bien. Naxi nunca nos llama, pero ¿qué le vamos a hacer?

Ella rio.

—A no ser que quieran algo. Pero es una buena chica. ¿Y cómo te va a ti por aquí?

—La castellana me odia, así es como me va por aquí.

—Nadie te odia, Zido. —Se apartó un mechón de pelo rubio grisáceo de la mejilla, como si aún se estuviera acostumbrando a esa sensación—. Y bien, sigue en pie lo nuestro para…

—Claro. Sí, claro que sigue en pie. —Comenzó a sentirse incómodo—. Mira, será mejor…

—Entendido. Recuerdos a Milija, ¿vale?

—De tu parte.

Y luego llegó arriba y cruzó la pesada puerta de seguridad de hierro, con un cráneo de obsidiana coronando el dintel y las jambas grabadas con mandamientos de pureza en gótico clásico. Esperó al escaneo del iris y el pinchazo en el dedo del ciclador de sangre, observado constantemente por un servidor arma de ojos de cristal y con un cable implantado en el dedo colocado sobre un inmovilizador.

La enorme sala al otro lado de la puerta bullía de actividad. Las paredes tenían el color de la bilis oscura y los lúmenes iluminaban poco debido a los sucios recipientes que los contenían. El aire olía a rancio por los pergaminos, el betún y el calor de los cuerpos. Cada centímetro cuadrado estaba ocupado con estaciones de trabajo; rodeadas de paredes, como en un confesionario; adornadas con nudos arcaicos de cableado. Un único servocráneo volaba de un lado al otro en la neblina. Hacía calor, e iba haciendo más a medida que el sol se filtraba por las estrechas vidrieras en lo alto.

Zidarov llegó a su estación de trabajo, que estaba, como siempre, llena de un montón de expedientes de casos, la mayoría sin relación, y cajas de pruebas veriquary. Muchas de estas últimas estaban marcadas con el hololito de un entrecomillado «No sacar de los depósitos».

Gyorgu Brecht se hallaba en el puesto de trabajo de al lado, con pinta de no haber dormido en toda la noche. La camisa todavía tenía marcas húmedas bajo las axilas, y en la barbilla le asomaba una sombra de barba. Al igual que Zidarov, su aspecto había ido a peor.

—Su Mano —saludó, alzando por un instante la mirada del pergamino del caso Glav.

—Su Mano —respondió Zidarov, mientras se sentaba pesadamente en una silla rotatoria. Activó la unidad de metal del cogitador que tenía en su mesa de trabajo descascarillada, y esperó a que la lente se calentara—. ¿Cómo te fue con los sancionadores?

Brecht gruñó.

—Estaban más alegres que unas pascuas. Al menos les he podido enseñar varios cadáveres. Les dije que dos eran tuyos.

—Bien hecho.

La lente parpadeó, y una línea de runas verdes cobró vida con un destello. Zidarov se puso a trabajar. Sacó del datavelo el residuo de la transmisión de Vongella, y se derramó sobre la pantalla.

>*Udmil Terashova. Petición de ayuda prioritaria; entrada 34-35-302, receptor Yeratov, F. Sujeto informa de la falta de un miembro familiar. Sujeto sospecha de abducción, relacionada con la industria, alta probabilidad de violencia.*

Urgeyena veía a cientos de personas desaparecer todos los días. Solo unas pocas habían desaparecido de verdad. Todo era parte de la dinámica de un distrito grande, uno que se tragaba a gente como un alto horno se tragaba el combustible, y que la escupía con la misma rapidez.

Hizo unas cuantas averiguaciones.

\> *Terashova, U. Donaciones registradas a los fondos del Bastión-U: 16 ocurrencias. [Detalles]*

Se los fue mirando. Esa mujer había sido generosa. No de un modo exagerado, pero había hecho su parte para mantener a los sancionadores con armadura. No era raro que Vongella quisiera que la cuidaran.

—El Consorcio Terashova —dijo en voz muy alta. Volvió la cabeza para mirar a Brecht—. ¿Sabes algo de ellos?

Brecht alzó la mirada.

—¿En serio?

—Sí.

Brecht dejó el papel sobre la mesa.

—¿Por dónde empiezo?

—¿Algún caso con ellos?

—No. Y me alegraré de que siga así.

Zidarov suspiró.

No había conocido a Udmil Terashova, lo que no resultaba sorprendente: era la directora conjunta de uno de los grupos industriales más influyentes de Urgeyena, la matriarca de un conglomerado perteneciente a la familia, con intereses desde el transporte de mercancías al exterior del mundo hasta el procesamiento de materias primas en el mundo. Era de la clase de gente que no se mezclaba con gente como él. Con suerte, o por desgracia, podría haberse rozado con alguno de sus lacayos, muy por debajo en la cadena trófica. Un gerente o un capataz; ese tipo de cosas.

Abrió más ficheros de datos, y puso una orden para que un subalterno escribano rastreara los archivos. La asignación del caso había sido escueta y le daba muy poco contexto. Seguramente era el resultado del método de transmisión: dudaba que la propia Udmil hubiera hecho esa llamada, aunque eran lo suficientemente rica para tener acceso por el iris al sistema de comunicaciones del datavelo.

—¿Y qué quieren de ti? —preguntó Brecht, ya más intrigado.

Zidarov siguió leyendo. Tenía mucho que digerir antes de volver a salir. Hubiera ido bien hablar con Vongella antes de hacerlo, pero, naturalmente, ella estaba ocupada.

—Aún no estoy seguro —murmuró—. Quizá solo algún escrito legal. Quizá que escarbe un poco. De un modo u otro, el resultado será el mismo.

Comenzaron a llorarle los ojos. El resplandor de las lentes le daba dolor de cabeza al cabo de un rato, y se le estaba pasando el efecto de la cafeína.

—Te pierdes en Varangantua —murmuró, tanto para sí como para Brecht—. Te quedas perdido en Varangantua.

Su casa quedaba lejos. Claro. Una hora al oeste del principal sector arterial, viendo como las torres se iban haciendo cada vez menos cutres mientras se acercaba al habclave dorado de Ravenna.

Las patrullas de sancionadores eran más frecuentes en partes como esa, a medida que las áreas comunales se acercaban y los niveles de violencia y latrocinio descendían lentamente. La gente de ahí tenía cosas que proteger, y por eso los equipos armados de respuesta rondaban más a menudo, aceptaban menos sobornos, ocultaban menos intentos de extorsiones y realmente se ocupaban de los disturbios.

Ese proceso terminaba por completo cuando los niveles de riqueza cambiaban de lo simplemente sustancial a lo absolutamente obsceno. Una vez llegabas a Ravenna, ya no necesitabas a los sancionadores para nada, porque esos palacios urbanos tenían sus propios ejércitos, sus propias armas, sus propias leyes. La frontera entre esos mundos no estaba marcada, pero siempre sabías dónde estabas. Las vías de tránsito estaban menos atascadas. La torres-hab desaparecían por completo, y las sustituían extensas mansiones de sillería, mármol y piedra de marfil. Había plantas vivas, agradables jardines alimentados por sistemas subterráneos de filtración y cuidados todas las noches por grupos de siervos. Se llegaba a ver las copas de los árboles spia sobre los muros vigilados con campos electrificados.

Zidarov lo fue contemplando mientras lo dejaba atrás. Ah, era menos probable que la gente te rajara el cuello directamente, pero eso no quería decir que no fuera peligrosa. En términos de auténtico poder, de la conjunción del dinero y la influencia, esa era, más o menos, la gente más peligrosa de Varangantua.

Normalmente, Zidarov no se preocupaba demasiado de su apariencia. Pero en ese momento, se miró la manga del abrigo y vio las manchas en el puño, las imperfectas puntadas de las costuras. Probablemente, debería haberse afeitado con más celo. Realmente necesitaba cuidar su dieta, como le había estado diciendo Milija.

Ya era demasiado tarde. Salió de la arteria principal y bajó por una rampa de salida. Su coche terrestre no tardó en gruñir por un bulevar largo y recto, flanqueado por algún tipo de abeto de otro planeta que no reconocía: troncos altos y delgados coronados por brillantes explosiones de hojas azul verdoso. Todos los edificios que lo rodeaban eran gigantescos; sus terrenos ocultos a la vista por muros largos y neutros de siete metros de altura, todos rematados con alambre de espino y patrullados por servocráncos armados a control remoto; la monotonía solo se rompía aquí y allí por garitas muy defendidas, cada una con más armas que un búnker del Militarum.

A esas alturas, el Luxer de Zidarov era el único vehículo en la carretera. Era una sensación extraña, no verse rodeado por el estruendo y el traqueteo del tráfico denso. Todo ahí era raro, demasiado quieto, demasiado limpio, demasiado abierto.

«Aléjate», le gritaba todo en silencio.

Rondó por un rato, buscando la localización que le había pasado Vongella por el iris. Tan lejos, su transmisor de localización no parecía captar ningún punto de referencia, así que observó pasar las verjas una a una, esperando ver el número o algún indicador que le ayudara.

Al final, resultó evidente. El símbolo del Consorcio Terashova era una cabeza leonina en medio de un círculo de llamas estilizadas, labrado en oro sobre un campo escarlata. Esa imagen se reconocía por toda la ciudad; cubriendo los transportes, los depósitos y las instalaciones administrativas. Ahí, tenía el lugar de honor sobre una elegante verja, iluminado incluso en medio del día, impoluto y vistoso.

La verja en sí tenía dos puertas de pesado adamantio, muy bruñidas, y un fortín con fachada de sillería lleno de nerviosos guardias. Tres de ellos salieron de detrás de las persianas cuando el Luxer se detuvo. El que se acercó a la ventanilla era un enorme animal con una armadura antibalas de cuerpo entero. Su casco estaba chapado en oro y tenía una máscara leonina con un aspecto absurdo. Llevaba un rifle de proyectiles con acción de bombeo, y mientras se acercaba, lo sostenía como a un bebé.

Zidarov esperó un momento antes de bajar la ventanilla blindada. Era un día caluroso, y la armadura parecía sudada.

—Nombre, ciudadano —exigió el guardia.

—Aparta tu arma —contestó Zidarov, irritado, mientras le mostraba el sello hololítico del Bastión—. Me están esperando.

El guardia con cara de león miró el sello, gruñó y agitó la mano hacia sus compañeros del fortín. La puerta comenzó a abrirse. En cuanto hubo espacio suficiente, Zidarov cruzó por el agujero, y luego siguió por un largo y curvado camino de entrada.

La residencia estaba rodeada de jardines paisajistas. Eran espectaculares: frondosos, bien regados, plagados de bordes florales y sombreados por árboles crecidos. Cursos de agua serpenteaban por el césped, que brillaba con una intensidad casi química. Al final del camino había una plaza cubierta de grava rodeada por columnas cargadas de vides. La entrada principal de la residencia se alzaba después de eso: una veranda de mármol blanco, cerrada por columnas y coronada por un alto frontón.

Zidarov aparcó el auto terrestre, salió y se dirigió a la escalera. El olor a flores flotaba sobre el césped auténtico. Un hombre bajó a recibirle, vestido con una chaqueta de un blanco reluciente y pantalones. Era calvo, y su piel era tan fina como todo el mármol que se apilaba a su alrededor.

—Evidenciador Zidarov —dijo, extendiendo la mano—. Gracias por venir tan rápido. La matriarca Terashova te espera.

Juntos subieron la escalera y entraron en un vestíbulo de piedra pulida y cristal. Los pasillos de más allá estaban cubiertos de retratos dinásticos y extravagantes obras de arte. Las botas de Zidarov rechinaron sobre los relucientes suelos y resonaron por los espacios, grandes y vacíos.

Finalmente, llegaron a lo que parecía algún tipo de sala de recepción, decorada con cómodos sofás y sillones de fibras orgánicas. Un oscuro suelo de madera estaba cubierto con una mullida alfombra, mientras que los lúmenes de pared estaban cubiertos por retorcidas barras de cobre. Zidarov no sabía mucho de arte, así que no podía decir si era bueno. Un poco ostentoso, pensó.

Udmil Terashova estaba sentada en una silla de alto respaldo, con la espalda muy recta y las manos entrelazadas sobre el regazo. Era delgada, alta y oscura, con el pelo recogido hacia atrás en un tenso moño tras un tenso rostro. El vestido se le ceñía al cuerpo y le llegaba al suelo. Era negro, con un leve brillo, y ribeteado de encaje blanco. El detector de Zidarov no consiguió detectar ni ninguna arma oculta ni ningún augmético, pero eso no significaba nada, ya que, sin duda, Udmil se podía permitir material capaz de mantenerse oculto. Sin embargo, tal y como se mostraba, se la veía muy severa, muy rica y muy reservada.

—Evidenciador —dijo, sin levantarse—. Siéntate.

—Bonito lugar tenéis aquí —comentó Zidarov, mientras se colocaba en un sofá frente a ella. El tapizado era más duro de lo que se esperaba y tuvo que removerse para ponerse cómodo.

—¿Eso crees? —Hizo un ruidito como si esa idea nunca se le hubiera ocurrido—. No suelo poder pasar mucho tiempo aquí.

Casi no movía el cuerpo al hablar. Mantenía las manos rígidas. Solo los labios parecían tener vida; y los ojos, que eran oscuros y pequeños, y parecían pertenecer a una mujer mucho más joven. Y quizá así fuera.

—Si este lugar fuera mío, pasaría aquí todo el tiempo que pudiera —repuso Zidarov—. Y quizá también me trajera a unas cuantas familias.

Udmil no pareció verle la gracia.

—Y entonces también tendrías que encargarte de la limpieza. Y de la seguridad. Por muy encantador que sea todo esto…

—Has informado de un ciudadano desaparecido —dijo Zidarov.

—Sí. Mi hijo, Adeard.

Zidarov activó su iris para grabar la conversación, y sacó una delgada pizarra de datos para tomar algunas notas.

—¿Cuándo fue la última vez que lo viste?

—Hace dos días.

—¿Alguna cosa rara?

—Nada en absoluto.

—¿De qué hablasteis?

—De lo que siempre hablamos. Negocios.

—Van bien, por lo que he oído.

—Vamos tirando.

Casi no expresaba nada. Era muy difícil leer qué sentía en esa situación; quizá no sintiera nada, o quizá su rigidez exterior fuera una pantalla profesional que ocultaba una preocupación más interna. Para una mujer así, recurrir a los ejecutores de la ciudad no era un paso normal: sin duda tenía acceso a sus propios medios de investigación.

Zidarov se removió en el asiento, tratando aún de ponerse cómodo.

—¿Me puedes dar una descripción física? ¿En un formato que mis analistas puedan replicar?

—Enviaré imágenes y biodatos. Tiene veintinueve años estándar. Alto, pelo rubio platino, sin ningún trabajo reconstructivo o augméticos de importancia. Se me ha dicho que se le considera atractivo.

—La mayoría de las madres piensan eso de sus hijos.

La mujer se encogió de hombros.

—Trabajaba para mí. Para el Consorcio. También trataba con su padre directamente. Supervisamos juntos las operaciones, como puedes esperar.

Zidarov no tenía ni idea de cómo funcionaba un gran conglomerado dinástico, así que se había esperado muy poco.

—Mordach Terashova —aportó, para comprobar—. Su padre.

—Sí, mi marido —añadió ella, sardónica.

—¿No está aquí?

—Somos gente muy ocupada, evidenciador. Si deseas hablar con él, se puede arreglar.

—Pero ¿está tan preocupado por esto como tú?

—Mucho. Es algo que no cuadra en absoluto con el carácter de mi hijo.

Zidarov asintió.

—Bien. ¿Se te ocurre alguna razón por la que tu hijo pueda haber desaparecido?

Los finos labios apenas se movieron.

—Unas cuantas. Es joven. Tiene dinero. No siempre lo gasta con prudencia, ni yo siempre apruebo las compañías que frecuenta. A su edad, la ciudad resulta un lugar excitante para explorar, y no tanto una cloaca que evitar.

Zidarov alzó la mirada un instante.

—¿Una cloaca?

—Para hombres como mi hijo, eso puede tener su atractivo. Uno peligroso. La madurez te cura de eso, pero él no es maduro.

Zidarov intentó valorar hasta qué punto esa frialdad era forzada. Le resultó imposible.

—¿Tenía responsabilidades en la firma?

—Unas cuantas. Estaba aprendiendo el oficio.

—Quizá se haya ganado enemigos. Tus rivales. Gente a la que le gustaría sacarlo de en medio.

—Sin duda. Esa fue mi primera idea cuando su silencio comenzó a preocuparme.

—¿Algo en concreto? ¿Alguna amenaza? ¿Peticiones de rescate?

—Ya te lo hubiera dicho. No. Nada.

—¿Algún nombre? ¿Alguien de quien sospeches?

La primera sonrisa: una pequeña ondulación de los labios, que apenas arrugó la piel alrededor.

—Podría darte cientos de nombres. La mayoría ya los conoces. Hemos tenido éxito, mi familia, y eso genera celos.

Zidarov se apoyó la pizarra en la rodilla.

—Mira, seré sincero contigo, Mzl Terashova. Que alguien desaparezca durante dos días… hubiéramos esperado una semana antes de comenzar a investigar algo así. Y en tu caso, tienes recursos propios. Más recursos de los que tenemos nosotros. Eso no es algo en lo que pueda involucrarme. Aún no.

La mujer alzó las cejas.

—Oh.

—Es adulto legalmente. No tiene ninguna obligación de permanecer en contacto contigo. Quizá necesite tiempo para sí. Quizá su biolocalizador se haya averiado. Hay muchas posibilidades.

—Tiempo para sí —repitió ella.

—Puedo abrir un dossier. Pasárselo a los analistas, y si no aparece en…

—¿Casado, evidenciador?

—Sí.

—Y una hab. Y un coche privado, y algunos acuerdos firmados entre tú y aquellos a los que guías. Muy agradable. Cómodo.

Zidarov suspiró.

—Al igual que tú. Voy tirando.

La mujer se inclinó hacia delante, solo un poco, con la espalda recta como un palo.

—Te encargarás de esto —dijo, a media voz—. Dejarás todo lo demás en lo que estés trabajando y te concentrarás en esto.

—¿Es una amenaza, Mzl?

—Una afirmación sobre la realidad. Tú y yo sabemos cómo funciona esta ciudad.

Ambos lo sabían. Por algunas cosas valía la pena luchar. Otras batallas eran inútiles.

—Entonces, estás realmente preocupada —afirmó él.

Y en ese momento, justo en ese momento, la expresión de Udmil se quebró levemente. Zidarov vio algo destellar en sus oscuros ojos: rabia, quizá.

—Vivimos en una edad de bases de datos, evidenciador. Pocas veces se derrama sangre. ¿Tienes hijos?

—Una hija.

—Entonces, conoces el miedo. Ya sabes cómo es cuando, por un momento, no puedes protegerlos. Conoces la certeza con la que sientes que algo va mal. —Se echó hacia atrás de nuevo—. No me equivoco. Encuéntralo, por favor.

Zidarov notó que se le encogía el corazón. Eso, al menos, sí había sido sincero. No había salida. Si iba a ver a Vongella, seguramente se encontraría con que ella ya había hablado largo y tendido con esta mujer. E incluso de no ser así, le diría que no desestabilizara una situación que estaba bien. Si Terashova quería que se hiciera algo, ese algo tendría que hacerse.

—Veré qué puedo hacer —respondió.

CAPÍTULO CUATRO

El camino de vuelta fue deprimente. Costaba muy poco acostumbrarse al aire más limpio, a las vías de tráfico más vacías, a los puñados de vegetación en filas cuidadosamente cultivadas. Desde la arterial elevada que iba hacia el este desde Ravenna, se veía la extensión completa de Urgeyena, que alcanzaba el turbio horizonte en todas las direcciones. Las afiladas torres se alzaban en punta como costillas rotas sobre la confusión, con sus columnas, contrafuertes y torretas estropeadas por alargadas manchas negras de suciedad. Era un amasijo, un revoltijo, como un montón de basura esparcida, salpicado con jirones de brillante colorido en medio de una ladera descolgada de color gris. Olía a alcantarillado insuficiente y a mucho moho. Sonaba como una máquina, zumbado y siseando, chirriando y rugiendo, una forja con un fuelle de ambición, pero que solo producía mierda visible y devoción ciega.

Aceleró más el Luxer, tratando de conseguir cierta velocidad antes que el nudo de intersecciones le devolviera a la estrangulada congestión. El leve aroma de las flores aún permanecía en la cabina, aunque se estaba perdiendo con rapidez. Frente a él, el primero de los muchos controles se hizo visible: una fortaleza fea y de varios pisos, de techo ondulado, negra como el petróleo, coronada con cañones rotatorios y rellena de preceptores armados del Regio Custos. Esas cosas estaban por todas partes en Urgeyena, y restringían el tránsito entre las habclaves para quienes, como él, tenían autorización de ir de un lado a otro, o para esos, también como él, dispuestos a pasar unos créditos a la mano adecuada cuando la ocasión lo requería. Él fue por los canales privilegiados; redujo la velocidad al pasar bajo el primer rastrillo, y se aseguró de que su sello hololítico fuera visible a los servocráneos que acechaban bajo los aleros.

No iba a volver al Bastión. Su iris le dijo que la gente de Udmil ya había preparado un envío de información, pero ya habría tiempo para revisarlo. Por el momento, quería comprobar los lugares reales, la gente real. Era posible que se topara con el chico ese mismo día. Era posible que eso acabara muy pronto.

Su primera visita fue al hab de Adeard, en una de las áreas superficialmente más llamativas del distrito: Havduk, el tipo de habclave con suficiente polvo para estar de moda, con un poco de esa magia de cloaca de la que había hablado Udmil, pero no la suficiente para llegar a dar miedo. Las torres se alzaban apretadas: gris sucio, negro pizarra, de lo más nuevo que había en Urgeyena, con deslumbrantes revestimientos y con los sigilos de las más importantes compañías mercantes legítimas, de un amarillo de azufre. Las estrechas calles bajo ellas estaban abarrotadas de gente, algunos vestidos de obreros, pero la mayoría ataviados con elegantes mallas y ostentosos augméticos. Los servidores de las casas sobresalían entre la masa, siguiendo sin pensar los pasos de sus indiferentes propietarios. Los coches terrestres eran elegantes y brillantes, del tráfico magnético solo se oía un susurro, y las pantallas camaleón hablaban a una clase superior a las corrientes: tratamientos rejuvenecedores, equipos de seguridad, concesiones de contratos en otros mundos para lujos sin cuento.

Se detuvo en la torre-hab que contenía la unidad de Adeard y dejó el Luxer en la calle. La verja delantera era excesiva: una mezcla de decoración de plata y neón en medio de una confusión de columnas. Los portales de entrada eran inmensos, cada uno coronado con un frontal barroco y deslumbrantes bancos de lúmenes. Una vez superados estos, las salas interiores no eran menos elegantes, atestadas de gente que parecía no tener nada mejor que hacer que pasar el rato mostrando su riqueza. La seguridad era muy estricta, y antes de poder acercarse a los ascensores ya estaba enseñando su sello hololítico a un guardia que llevaba la clase de equipo pesado que un sancionador envidiaría.

—Busco al ocupante del hab seiscientos setenta y tres —dijo Zidarov—. No lo habrás visto hace poco, supongo.

El guardia comprobó los biodatos en sus registros. Nada en los últimos días. Como era de esperar.

Zidarov subió por el ascensor central, salió y empleó los códigos que le había dado Udmil para acceder a la unidad-hab. Se pasó un rato echándole un ojo. Era un lugar grande: unas cuantas docenas de habitaciones interconectadas, todas ellas decoradas con muebles caros, aunque algo hortera. Era el piso de un hombre joven: cortinas de seda negra, bordes dorados en los brazos de los sillones, suelos súper reflectantes, anillos de entretenimiento hololítico de cuerpo entero colgados en salas sensoriales insonorizadas. Adeard tenía grandes imágenes estáticas puestas en cada pared, la mayoría morbosas o feas. Los lúmenes eran de colores rojos oscuros y azules, y brillaban en tiras de neón bajo las superficies negro mate.

Zidarov no se esperaba encontrar gran cosa. Un residente menos afortunado quizá hubiera tenido terminales fijas de emisores de imágenes o dispositivos planificadores, cosas que él podría haber revisado en busca de pruebas de futuros planes o reuniones, pero Adeard tendría un iris, que mantendría todo bioprivado, lo que dejaría su residencia particular para su variopinta colección de chucherías, sus sábanas de falso satén y sus cámaras de higiene perfumadas en exceso.

Revolvió un poco. Ninguna señal de registro; todo ordenado. Si alguien había estado por ahí antes que él, había sido muy cuidadoso. Los roperos estaban llenos, la fresquera contenía pilas de latas de jeneza y rollos de paraja listos para calentar. No había ninguna señal de una salida rápida. Parecía como si Adeard pudiera entrar en cualquier momento después de pasar una noche movidita, con el aliento apestando a alcohol y una tía colgada de cada brazo.

Zidarov grabó algunas imágenes estáticas con su iris, buscó equipo electrónico clandestino y se aseguró de que no hubiera algún anacronismo, como notas escritas a mano o mensajes grabados del comunicador, escondido por alguna parte. Se marchó después de colocar un detector en la cerradura de la puerta para que le avisara si alguien entraba.

Después localizó a unos cuantos de los nombres que Udmil le había dado; la mayoría eran de amigos. Mientras regresaba de la mansión, había activado una búsqueda para un par de ellos, los que tenían unidades-hab en torres cercanas, y como siguiente paso, se dirigió a visitarlos. Primero fue una mujer. Le recibió en un apartamento muy parecido al de Adeard, y tenía las mejillas muy hundidas y la mirada vacía. Su cabello era dorado y destellaba como cristales esparcidos cuando se movía. Estuvo fumando cotin todo el rato que habló con él, y parecía tomar cosas más fuertes si podía.

—No tengo ni idea, evidenciador —le dijo, mirándole con solo un leve interés—. Ni idea.
—¿Cuándo lo viste por última vez?
—Umm. Hace tres semanas.
—¿Y cómo estaba? ¿Algo fuera de lo normal?
—No. Creo que no.

Todos dijeron lo mismo; la deprimente sucesión de jóvenes, todos proyectando la misma vaga sensación de un cierto aburrimiento en el que parecían envolverse como en una confortable manta. No, no, evidenciador. Nada raro. Ninguna razón para sospechar algo. ¿Algo más, evidenciador? Tengo que irme, evidenciador, si no quieres nada más. Zidarov se encontró pensando que, con amigos como esos, él quizá también se habría escondido. Esos chavales eran todos inmensamente ricos, los vástagos de grandes dinastías comerciales y las familias dedicadas a la política, criados en un mundo de seguridad sofocante sazonada con tandas de un hedonismo salvaje. Lo miraban, solo unos chiquillos y chiquillas, como si fuera un patán acabado, una advertencia sobre sus futuros fracasos. Y quizá tuvieran razón en eso.

Lo grabó todo. Se anotó cualquier cosa que le pudiera dar una pista, que era nada, y asintió mirándolos, fingiendo no fijarse en el modo en que lo miraban, con los párpados pesados por toda esa lasca que jamás serían capaces de gastar.

Cuando acabó, ya había pasado medio día, y el sol colgaba grande y rojo en el cielo. Comenzaba a hacer calor. Necesitaba comer algo.

Volvió al coche y se dirigió hacia el centro de la región, hacia el habclave Vostoka. Salió de la ruta principal y descendió al laberinto de viaductos conectados que se entrelazaban por las zonas de desvencijados edificios del distrito. Inmediatamente oscureció, el barrio quedó empapado en sombras que nunca acababan de dispersarse, y los sonidos y olores se hicieron más intensos. Redujo la velocidad, y fue zigzagueando entre coches aparcados y en movimiento. Sobre él, se apiñaban las torres baratas prefabricadas, ahogando la luz, agrietadas y desconchadas, y marcadas por mil ventanas sucias.

Bajó la ventanilla de la cabina, apoyó una mano en lo alto del panel de la puerta y dejó entrar el aire cargado con regusto a prometio. Hizo girar el coche en una estrecha esquina y entró en una calle casi subterránea entre dos fachadas verticales de apartamentos baratos. La colada colgaba como estandartes militares desde cientos de esos apiñados balcones, y las pasarelas a nivel del suelo de ambos lados estaban llenas de puestos de comida. Se detuvo ante uno que se parecía mucho a cualquiera de los otros: una chabola de acero acanalado de la que colgaban farolillos carmesís y un cartel que decía Mejor Jejen y Mejor Paraja. Un hombre nervudo con un mandil rojo atendía una larga fila de platos calientes, todos bullendo con grasa. El aire estaba recalentado por el vapor del aceite, lo suficiente para hacer llorar los ojos.

—¡Zido! —exclamó el hombre, y el tono de entusiasmo de sus palabras contrastaba con sus rasgos inamovibles.

—¿Cómo te va? —preguntó Zidarov, observando al hombre formar una pila ennegrecida de carne requemada sobre un pan plano de aspecto aceitoso.

El hombre se encogió de hombros.

—Ya sabes. Trabajas, duermes. Trabajas, duermes.

Siempre decía lo mismo. Con expertos movimientos de los dedos, afinados de hacer lo mismo cientos de veces al día, dobló el pan plano para hacer un cono, y luego tomó una botella blanda de plástek.

—Con cuidado —advirtió Zidarov, al verle soltar un chorro de salsa sobre el cono.

El hombre se echó a reír.

—¿Cuidando el peso? —Lo pasó el cono a Zidarov, envuelto en un papel—. No es lo que hay encima lo que te matará. ¡Lo que está dentro! ¡Eso es lo que te mata! —Y sonrió de oreja a oreja, mientras se limpiaba una grasienta mano en el mandil.

Zidarov puso el cono en el espacio entre los asientos y tomó un escáner de lasca. El hombre no tendría un iris, ni mucho menos una conexión con el datavelo, así que el pago tenía que ser manual.

—Va bien saberlo —repuso Zidarov mientras hacía la transacción—. Cuídate.

—Tú sí, cuídate —le llegó la respuesta, igual que siempre.

Zidarov se marchó. Tomó el pan y la carne doblados y comenzó a comer. Condujo lentamente mientras, finalmente, hacía que su iris le mostrara los datos acumulados del caso.

El Consorcio Terashova tenía las manos metidas en diferentes industrias, algunas legítimas, otras que rozaban los límites. Mantenían una presencia en las terminales de carga al exterior del mundo, en las unidades transportadoras de procesado de minerales y en los almacenes de los márgenes norte del sector urbano. Esa posición se había ido construyendo durante generaciones y, en gran medida, seguía siendo un negocio familiar. El patriarca actual de ese linaje, Mordach, había heredado ese puesto de sus ancestros y lo compartía con su esposa. La gente hablaba de ellos como de una sola entidad: Udmil-Mordach, Mordil, el Duplo. Tenías que mantener esa energía, ese dinamismo, o la ciudad te barría y otro se alzaba para hacerse con tu puesto. Quizá el hijo había sido cortado por el mismo patrón. Quizá había sido demasiado bueno, o demasiado malo, o simplemente desafortunado. Tal vez no estuviera desaparecido realmente, sino que estuviera tratando de mantener un perfil bajo durante un tiempo. Tal vez se hubiera pasado a otro cártel. Era posible que todo eso fuera una mentira, o algún subterfugio industrial que no tenía nada que ver con él.

Zidarov se limpió la barbilla con el papel encerado que hacía de envoltorio. Hasta el momento, no había sacado casi nada: el chico salía, iba de fiesta, se las daba de futuro jugador, tenía el poder de viajar, de comprar casi todo lo que quisiera, y podía haber acabado en cualquier parte de la ciudad haciendo casi cualquier cosa. Zidarov tendría que comenzar por lo básico e ir montando una historia, ver qué iba apareciendo. Si tenía suerte, tarde o temprano aparecería un cadáver, lo que simplificaría su tarea. Nada de lo que sabía hasta ese momento sugería que Adeard fuera un buen tipo. Los que tenían dinero o influencia pocas veces lo eran. Todo eso multiplicaba la posibilidad de un resultado violento.

Detuvo el desplazamiento en la lista de nombres. La Planta de Importaciones Gargoza era un lugar donde ya había estado en relación con otro caso. Era uno de los cientos de instalaciones similares a lo largo de la zona de recepción de Cornisa Alta, un subsector industrial de Urgeyena dedicado a los almacenes y al filtrado de mercancías procedentes de los puertos de agua profunda situados hacia Piedrasalada. Enormes transportes magnéticos avanzaban por largos canales de acceso de rocemento hasta llegar a unos amarraderos en lo que parecían unos acantilados, para descargar antes de volver por donde habían llegado, en un ir y venir que operaba ininterrumpidamente.

Lo que no había sabido en el momento de su última visita era que el auténtico propietario de Gargoza era un holding llamado Aeternis, que a su vez estaba controlado mayoritariamente por una sociedad de tres entidades, y que todas ellas, a través de diferentes canales, formaban parte del Consorcio Terashova. Resultó que la estación era una parte pequeña, aunque muy lucrativa, de sus inmensos dominios, y según dejaba claro la información de Udmil, habían encargado su gestión a Adeard. Quizá habían elegido algo mundano para comenzar. No fastidies esto, hijo. Te esperan cosas mayores, cuando estés preparado. Ten paciencia.

Zidarov hizo una bola con el papel encerado y lo metió en el compactador. Luego introdujo la referencia de la localización de Gargoza en la memoria interna del coche y le dijo al espíritu máquina que trazara el curso.

—Pero no creo que seas de los que tienen paciencia —dijo para sí, mientras apretaba el acelerador, arrepintiéndose ya de su elección culinaria—. Vamos a ver si lo descubrimos.

Gargoza seguía más o menos igual a como lo recordaba. El complejo principal se elevaba en medio de un nudo de edificios más pequeños; antes había estado pintado de un rojo alegre, pero la acción de los elementos ya lo había desgastado en gran parte y se veía el yeso. Un cartel desvencijado indicaba el nombre de las oficinas centrales de la organización, además de los números de contacto y del eslogan comercial *El nombre de confianza en distribución*, en un amarillo descolorido.

Zidarov aparcó en el camino de entrada exterior, salió y cerró el coche. Unos pocos empleados miraron hacia él, pero le prestaron poca atención. No parecían estar muy ocupados: unos cuantos estaban sin hacer nada bajo la sombra del edificio principal, otros cuantos caminaban por el patio hacia un almacén. Todos llevaban monos descoloridos con el logo de Gargoza cosido a la espalda.

Zidarov se dirigió hacia las oficinas principales, subió los escalones y entró en un vestíbulo no muy limpio. Una solitaria mujer con el pelo de un púrpura intenso estaba sentada en un amplio cubículo de recepción. De fondo, oyó música del tipo que Naxi solía escuchar: bailes interpretados con lutya con letras sobre amor juvenil y deberes cívicos. Al acercarse, la mujer se puso más tiesa en el asiento e intentó, sin lograrlo, ordenar las pilas de papeles que habían quedado esparcidas por el escritorio que tenía delante.

—Evidenciador, Bastión-U —se presentó—. Necesito al supervisor de la estación.

Ella vaciló un instante.

—Ahora mismo no está aquí, evidenciador. ¿Quieres dejarle algún mensaje?

La joven no era lo suficientemente cuidadosa: la vio meter la mano bajo el escritorio y apretar un silencioso botón de alerta.

—Sí quiero —le contestó, mientras pasaba junto al escritorio e iba hacia la puerta que llevaba al interior—. Dile que se busque una recepcionista mejor.

La puerta estaba cerrada, pero solo con un pestillo. Le dio una fuerte patada, y los cierres saltaron, mientras la puerta giraba sobre los goznes hasta dar con la pared. Sacó su Zarina y avanzó hacia el interior, por un corredor con una alfombra de plástek color verde oliva y las paredes cubiertas de conocimientos de embarque grapados. Olía a rancio, y la alfombra se les pegaba a las botas. Las paredes y el suelo temblaban de vez en cuando, como si todo el edificio padeciera inestabilidad tectónica.

Una de las puertas se abrió al pasar él, y surgió la cabeza de una mujer.

—Vuelve adentro —le gruñó él. Ella se puso blanca, e hizo lo que se le decía.

Al final del corredor había otra puerta, y tras ella, Zidarov oyó golpes y el ruido de alguien corriendo. Empujó la puerta y notó que tenía una barra de cierre más fuerte. Ajustó su nudillera de energía al máximo, y dio un puñetazo a la caja del cierre, destrozándolo. Luego abrió la puerta de una patada y entró.

Al otro lado había otro despacho cochambroso. Cajas de pergaminos escritos estaban apiladas contra una pared. Un escritorio barato ocupaba el centro del espacio. La pared del fondo, detrás del escritorio, estaba ocupada por dos enormes ventanales, con una vista que no acababa nunca.

Una puerta en la pared de la derecha aún giraba sobre los goznes. La pasó corriendo, y vio a una única persona huyendo a toda prisa por un corredor de servicio, ya casi en el final.

Zidarov apuntó, calculó la distancia y disparó. La Zarina envió una bala silbando por el corredor, e impactó contra la pared del fondo, justo a la derecha de la espalda del hombre que huía. El fugitivo lanzó un grito, se tiró contra la pared y se acuclilló con los brazos sobre la cabeza.

Zidarov fue a por él. Justo cuando el hombre estaba levantándose, lo agarró por las solapas de la chaqueta y lo puso en pie, antes de empujarlo con fuerza contra la pared de rococemento.

—Ni se te ocurra salir corriendo —amenazó.

El hombre entró en pánico.

—¡No lo sabía! ¡Ella no me dijo...!

—Lo sabías. No parecías querer hablar.

—¡Puedo hablar!

—Bien. Entonces, probemos con eso.

Zidarov le esposó sin miramientos, golpeándole la parte posterior de la cabeza contra la pared, y luego lo empujó de regreso por el corredor de servicio y lo metió en el despacho con las grandes ventanas. Encontró una silla giratoria detrás del escritorio, le dio una patada para que quedara mirando hacia él e hizo sentar al hombre en ella.

—Nombre —preguntó.

El hombre lo miró como atontado, con la boca abierta. Tenía los rasgos flojos, una barbilla débil y el pelo de punta. Se le comenzaba a formar un moratón sobre el ojo izquierdo. Tenía migas en la barbilla y en la camisa. Sudaba por los sobacos. Estaba muy asustado.

—Chaikos —contestó rápidamente—. Vassil Chaikos.

Zidarov buscó otra silla con la mirada y fue a agarrarla. Mientras lo hacía, se miró bien la sala.

El edificio Gargoza, como todos los que estaban colgados sobre Cornisa Alta, estaba montado sobre el labio de una gigantesca falla en el paisaje urbano. Había una caída de cincuenta metros. Filas de almacenes receptores se habían colocado en la pared del acantilado bajo ellos.

Era una organización habitual para lugares así. Las cavernas subterráneas eran fáciles de mantener a una temperatura controlada, y proporcionaban cierto nivel natural de seguridad física a los contenidos. Desde el despacho, justo en el borde del acantilado, Zidarov podía ver los canales de tránsito perdiéndose en el oeste, atravesando la ciudad, marcando un curso recto hacia las costas distantes. Mientras él miraba, iba acercándose un transportador magnético, de casi cien metros de largo y quince de alto, que acabaría colocándose sobre una gran balsa de placas que escupían estática. No tardaría en deslizarse bajo ellos, haciendo temblar el suelo, para buscar un amarradero allá abajo.

Se veía mucho de Urgeyena por esas ventanas. Se preguntó si alguno de los puntos del sucio horizonte lejano sería uno de los lugares por los que acababa de pasar, o si; de tener un ocular amplificador con él, podría distinguir los jardines perfumados de Udmil. Quizá incluso su torre-hab, enclavada en algún lugar de los suburbios anónimos.

Zidarov acercó la silla, desenfundó la pistola y se sentó frente a Chaikos, que seguía temblando de nervios.

—Una vista excepcional —comentó.

Chaikos miró tristemente por encima del hombro, como si se hubiera olvidado de dónde se hallaba.

—Supongo.

Zidarov juntó las manos.

—La última vez que estuve aquí, tú no estabas.

—¿Has... has estado aquí antes?

—Hace un año.

—Hablarías con Gilla. Entonces, ella llevaba las cosas.

—¿Y qué le pasó?

—La gente se va. ¿La estás buscando?

—No. Estoy seguro de que le va perfectamente. ¿El negocio bien?

Chaikos comenzaba a perder los temblores. Ya solo parecía magullado y molesto.

—Es estable.

—¿Qué está entrando?

—Envíos de Ref Karsa, sobre todo. Nos quedamos con nuestra tajada.

—Así es como funciona. —Zidarov vio que tenía una mancha de sangre en la chaqueta y se frotó—. ¿Y tu supervisión?

—¿Te refieres a Mzl Ndada?

—No. —La mancha resultó ser obstinada—. Esto no tiene nada que ver contigo. Has sido estúpido pensando que lo era. ¿Con qué frecuencia pasa por aquí Adeard Terashova?

Chaikos pareció primero perplejo y luego preocupado. Era transparente: se estaba preguntando qué era más peligroso: ocultarle información a Zidarov o informar sobre su jefe máximo.

—De verdad que no me apetece volver a preguntártelo —dijo Zidarov.

—Una vez al mes, quizá —contestó Chaikos, rápidamente.

—¿Y qué hace, cuando pasa por aquí?

—Supervisa.

Zidarov soltó una carcajada.

—¿Cuándo fue la última vez?

—No lo sé. ¿Hace tres semanas?

—Piénsatelo.

—Hace tres semanas.

—¿Y qué hizo cuando vino?

—Miró los libros. Comprobó los pedidos.

Zidarov apartó la mirada del panorama de las ventanas. Se levantó y fue hasta las pilas de papeles. Chaikos se quedó donde estaba, como un cánido nervioso.

—¿Estas cosas? —preguntó, mientras alzaba la tapa de una caja.

—Sí, más que nada, pero…

Zidarov no le prestó atención y comenzó a hojear las facturas. Sin duda eran incompletas, y probablemente registraban cosas que jamás habían existido, o no registraban cosas que sí, pero no había nada que le saltara a la vista en esa ojeada tan por encima. Dudó que Adread tuviera algún interés en ellas.

—Y por aquí, ¿alguna vez tenéis problemas? —preguntó, como si nada.

—Lo cierto es que no, evidenciador.

—¿Nunca?

—No desde que estoy aquí.

Era posible que tuvieran tanta suerte.

—Hay algo que falta aquí. —Alzó algunas facturas—. ¿Lo ves?

Chaikos frunció el ceño.

—Yo no…

—Claro que sí. Pagos regulares. Hechos desde esta cuenta de gastos, solo que no veo el registro de ningún gasto.

Todo eso era una tontería. Zidarov no había tenido tiempo para analizar los números, pero no le dio la sensación de que Chaikos fuera mucho más experto que él. Seguramente hacía que otra persona archivara todo eso, y apenas entendía qué significaban los números. Así era como operaban normalmente esos sitios: un supervisor no estaba ahí para ocuparse de esa clase de líos.

Zidarov dejó las facturas.

—¿Y a quién pagáis con esto? ¿Chakshia? ¿Zin?

Chaikos se puso pálido de nuevo.

—Vamos...

—Entre nosotros. Como ya he dicho, no eres tú quien me interesa. ¿A quién? Dame un nombre y me marcharé.

Chaikos parpadeó. Luego se puso nervioso. Luego tragó saliva.

—Vidora —dijo.

Zidarov soltó un suave silbido.

—¿En serio?

Chaikos asintió.

—Joder —exclamó Zidarov—. No me extraña que estés de los nervios.

Chaikos no rio con él.

—¿Algo más, evidenciador? ¿Quieres echar una ojeada por abajo? ¿Abrir unas cuantas cajas de embalaje? ¿Cortarme el cuello?

Y de repente se estaba poniendo parlanchín. Infiernos, si era como un crío.

—Cálmate, ciudadano —advirtió Zidarov—. No tardaré en irme. Tendrás un nombre para tu contacto, con los manejos que haces. Eso es todo lo que necesito. Nunca se te mencionará. Como ya he dicho, tú no me interesas. ¿Comprendes? Acaba de una vez. Podría irme ahora mismo. O puedo volver con unos cuantos sancionadores y echar una buena mirada por aquí, quizá a esta cuenta, quizá a otras. Tú decides.

Por un momento, Zidarov pensó que Chaikos intentaría aguantar. No podía culparle: los Vidora eran una gente sanguinaria. Se quedó ahí sin ir a por el arma, solo con los brazos cruzados, dejando la nudillera a la vista.

Al final, Chaikos fue razonable.

—Me dejarás fuera de todo esto —dijo, tristemente, mientras regresaba al escritorio y tomaba el pomo de un cajón cerrado con llave—.

Por favor, déjame fuera de todo esto. Ya tengo bastantes líos de los que preocuparme.

—Y quién no —repuso Zidarov; activó su translexer y se volvió a sentar—. Tú empieza a hablar. Te sentirás mejor cuando lo saques todo.

Naturalmente, los nombres estaban en clave. De vuelta a su celdilla del Bastión, empleó los informes clasificados para compararlos con los de los agentes conocidos del Vidora. Era totalmente corriente que una operación como Gargoza pagara protección, e incluso los operadores como los Terashova aceptaban esa estafa si les hacía la vida más fácil. En un lugar como Cornisa Alta, llena de gremios en competencia y saqueadores de cargo, mantenerlos a todos a raya daba más problemas que otra cosa mejor dejar que uno de los cárteles más capaces se hiciera con una tajada y se ocupara del desagradable asunto de partir cráneos.

Aun así, el Vidora... Uno de los grupos organizados más crueles. Urgeyena tenía más de una docena de cárteles reconocidos, todos compitiendo por una tajada de la acción, pero el Vidora llevaba activo más tiempo que la mayoría. Tenía ritos de iniciación muy elaborados, una férrea cultura de silencio y una clara ansiedad por la violencia dirigida. Nada de lo que Zidarov sabía sobre Adeard le hacía pensar que un trato con ellos podía acabar bien. Era algo que investigar. Era algo con lo que tener mucho cuidado.

Después de una aburrida sesión de comparación de nombres, decidió que ya había acabado su turno y se dirigió al depósito de vehículos terrestres. Oscureció mucho antes de que llegara a su casa. Al final de la estación seca, era raro que hubiera más de seis horas de una apagada luz diurna, y las luces de las torres-hab habían ido encendiéndose, una a una, durante el trayecto hacia su sector.

El calor se quedaba más rato. Al salir del ambiente controlado de la cabina del coche, notó la sordidez del aire, con su regusto salado por los procesadores que molían basura sin parar. Seguramente, llovería pronto. La estación debería haber acabado hacía un mes, y la ciudad seguía ahogándose. Una vez le habían dicho que esas cosas estaban reguladas, que había satélites meteorológicos colocados en una órbita baja, destinados a mantener las cosas en sincronía. Si eso era cierto, no estaban funcionando muy bien.

Zidarov subió hasta su hab, con el peso de un largo día sobre los hombros. Al llegar a la puerta de su unidad, oyó música proveniente del otro lado, y el olor de algo cocinándose.

Colocó el cierre en su lugar, marcó el código y se apoyó sobre la puerta para que iniciara el deslizamiento. Dentro, Milija lo esperaba en la cocina, sentada a la mesa, con una botella de rezi y dos vasos preparados. Ya estaba comiendo. Cuando él entró, ella se puso en pie y sacó otro bol de microcalentador. Lo colocó en la mesa mientras él se sacaba el abrigo, y luego fue a besarle.

—¿Qué tal el día? —preguntó.

—Tú primero —repuso él, y le dio un cariñoso apretón en el hombro antes de sentarse.

—Un incidente importante en Heilos —explicó ella, mientras se sentaba frente a él. Fue hablando mientras comía, masticando entre palabras. Él hacía o lo uno o lo otro: hablar o masticar. A ella, las palabras le fluían. Él las tenía que ir arrancando, como las confesiones de un sospechoso—. Veinte muertos. Ciudadanos, clase obrera. Quizá salvemos a dos, pero es un asco. Algo con las máquinas de allí abajo, o una avería o un drogata con una bomba. Trono, estoy tan cansada de suturar esos cuerpos. —Meneó el tenedor, que dejó ir un halo de vapor—. Ya sabes, todos están enfermos. Todos. Los remiendo para que estén en condiciones de trabajar, pero podría arreglarles otras cosas que tienen, si tuviera tiempo, pero no lo tengo, así que se van a hacer sus turnos al cabo de unos pocos días aún con los puntos. Y luego, una semana después, recibo una llamada del capataz pidiendo un certificado médico para nuevos obreros, y sabes que es porque los que recosí están muertos, ya sea por lo que les remendé por encima o por lo que no tuve tiempo de mirarles, y es estúpido, porque si solo tuviera un poco más de tiempo, podríamos hacer que estuvieran realmente en forma para trabajar y no tendríamos todas esas rotaciones. Se lo dije a Alejo, y él…

Zidarov escuchaba mientras comía. La mayor parte de eso ya lo había oído antes. Tenía razón en todo, para él. Le gustaba oír todo eso. Le gustaba escuchar su voz al final del día, con su insistente indignación y resistencia. Una sala medicae estatal era un lugar duro para trabajar:

con pocos recursos, batallando constantemente contra las infecciones, la violencia y el abandono general de una clase gobernante que pensaba que la vida humana era una inacabable serie de unidades de trabajo básicamente desechables. Milija llevaba trabajando de medicae el mismo tiempo que él llevaba con los ejecutores. Sin embargo, de alguna manera, ninguna de sus profesiones había acabado aún con ellos.

—… así que la rotación en morfolox aún sigue, y todos sabemos lo que hay detrás, pero nadie hará nada porque es la gobernadora de un sector urbano la que se está forrando y no se la puede tocar. Quizá sería algo a lo que tu castellana debería echar un ojo, ¿no?

Ella sonrió al sugerirlo, y él sonrió también.

—Sí, claro —contestó él—. Seguro que le darán toda la prioridad.

—Cabrones —soltó ella.

—Sí, son unos cabrones —convino él.

—¿Y hoy te has encontrado alguno más?

Zidarov asintió.

—He conocido a alguien.

—Has conocido a alguien.

—He conocido a Udmil Terashova.

Ella alzó una ceja y dejó de comer un instante.

—Estás ascendiendo en el mundo, Agusto.

—Le he caído bien. Creo que por mi sentido del humor.

—Eso fue lo que a mí me atrajo. ¿Y qué quería?

—Escucha eso. Su único hijo ha desaparecido. Y quiere que yo lo encuentre.

Milija se echó a reír.

—Se lo puede encontrar ella solita. Si es que realmente ha desaparecido.

—Soy consciente de esa posibilidad. Financia unos cuantos de los beneficios de la castellana. No tantos como Jazc, supongo, pero los suficientes.

—Oh. Cabrones.

—Sí. Cabrones de macronivel.

Después de comer, metieron los boles en el autolavador, limpiaron la mesa y fueron a sentarse delante del proyector de boletines en la minúscula área de recreo del hab. Milija lo había colocado en solo-audex, y reproducía una rotación de canciones que les gustaban a ambos, con las que Naxi hubiera puesto caras. El sofá también era muy pequeño, y se acurrucaron el uno contra el otro, con Zidarov medio colgando de uno de los brazos y Milija apoyada en su hombro. Volvieron a llenarse los vasos, y Milija jugueteó con los botones de la camisa de él.

—Sabes —comenzó Zidarov, mientras los compases de una vieja balada con lutya surgían suavemente de los altavoces—, la casa de esa mujer ha sido el lugar más caro en el que he estado nunca. Podría meter allí a cien familias. Y ella apenas lo veía. Apenas veía que fuera caro.

—Otro mundo.

—No parecía hacerla mucho más feliz.

—No lo son. Nunca son felices.

—En un sitio como ese, yo sería feliz.

Ella alzó la cabeza de su hombro.

—¿De verdad? ¿O te pasarías las noches en vela pensando en todo lo que has hecho para conseguirlo?

Él la miró un momento.

—Me gusta dormir.

—A mí también. Largo y tendido. Sin pesadillas. Ese es el precio que pagan.

De nuevo, dejó caer la cabeza sobre él. La música seguía sonando. El hab estaba caliente. Él se notó hundiéndose más en el sofá, como si pudiera hundirse sin parar.

—¿Recuerdas que mañana no volveré? —preguntó él—. No hasta tarde.

—Umm —dijo ella, acurrucándose más—. ¿Otra mujer?

—Exactamente.

—No te mereces dos mujeres.

Entonces, él pensó en Naxi. Ya llevaba mucho tiempo fuera. Sería bonito que de repente entrara, los mirara a los dos con desagrado, corriera a su habitación y la cerrara de un portazo. Con ella allí, la unidad-hab siempre le había parecido muy pequeña. Sin ella, parecía demasiado grande, demasiado silenciosa. Quizá ese fuera el problema. Tal vez de ahí procediera toda su inquietud.

—Solo trabajo —explicó él.

—Haces demasiado de eso.

—Tú también.

—Es para poder darte una casa como la de Udmil Terashova.
—¿Y cuánto crees que vas a tardar?
—Hasta que las estrellas se consuman.
Él rio.
—Te esperaré, Lija —dijo él.
—Lo sé —repuso ella.

CAPÍTULO CINCO

Al día siguiente, Zidarov volvió al Bastión. Fue subiendo los niveles, pero esta vez no fue a su departamento, sino dos pisos más abajo, donde se hallaban los evidenciadores del subsector norte. Era más o menos igual que su propio piso: filas de celdillas sudorosas cubiertas de veriquarios y resguardos de órdenes. Algunos ocupantes estaban trabajando con las lentes, otros se reunían conversando y los había que estaban recostados en las sillas, echando una cabezada o sorbiendo cafeína.

La que había ido a ver estaba en su mesa, revisando una lista de algo que parecía muy detallado. Vestía con elegancia, casi con elegancia militar. Su melena roja oscura hasta los hombros estaba recogida en la nuca, y el desorden en su escritorio era menor que en el de los demás. Cuando lo vio llegar, por un minuto, Zidarov pensó que le haría un saludo militar.

Ajril Borodina, salida de la central de entrenamiento hacía menos de tres meses, aún cargada de empuje y del deseo de complacer. Sería interesante observar cuánto le duraría. Las viejas glorias del piso superior seguro que estarían haciendo apuestas.

—Gracias por recibirme, evidenciadora —dijo él, mientras tomaba una silla vacía y la acercaba.

—Cuando quieras —respondió Borodina, mientras apagaba su terminal y giraba con la silla para mirarlo. Trono, parecía muy joven. Físicamente dura, podía verlo, pero también pequeña, aun sin cargar con el duro caparazón de cicatrices que todos acababan por llevar, tarde o temprano.

—Los de análisis me han dicho que has estado trabajando con una célula de los Vidora, allá en los suborbitales —comenzó—. ¿Es cierto?

Ella asintió.

—La castellana quería cierta información sobre ellos. Piensa que están forzando los límites.

Sabía lo que eso significaba. Todos los cárteles de protección operaban en una incómoda paridad con los otros, controlados por el deseo de que ninguno de ellos se hiciera demasiado poderoso y chafara a los demás. Era un sistema imperfecto, que se ponía a prueba todos los días. Si un grupo se volvía muy avasallador y llevaba al límite las normas no escritas, llamaba la atención de Bastión: entonces tal vez los sancionadores intervinieran, les hicieran ver quién tenía las armas más gordas, y restauraran la situación más feliz de un bajo nivel de agresión. Eso no impedía que los más ambiciosos entre ellos, como decía Borodina, intentaran forzar los límites. La lasca era un poderoso motivador, sin importar el nivel de la sociedad en el que operases.

—¿Y tú, que piensas? —preguntó Zidarov.

Ella se encogió de hombros.

—No lo sé. No hay suficiente información verificable.

«No hay suficiente información verificable». Aun con la jerga de la instrucción.

—Pero están activos en tu territorio.

—Y en el tuyo, supongo.

—Sin duda. —Subió el material que había arrebatado a Chaikos, y este brilló sobre su superposición retinal de falso color—. He estado en una estación importante en la Cornisa Alta. Se la ceden a un agente de Vidora, el trato habitual. Me gustaría saber a qué célula. Tengo un nombre en clave para él: Serpiente Amarilla. ¿Te suena de algo? No lo tengo en los archivos de mi sector.

Ella parpadeó, consultando la base de datos interna de su propio iris.

—Serpiente Amarilla está más cerca de ti que de mí —contestó ella—. Es parte de la cédula Yezan, con base en el centro, en los habs de grado ocho. Te puedo dar referencias de los pisos francos que conocemos, pero yo no he estado allí.

—¿Algo sobre el tipo?

—No mucho. Un cobrador de deudas de rango medio, trabajando para ascender. ¿Puedo preguntar a qué viene todo esto?

Zidarov apartó la silla.

—Quizá a nada. Voy tras alguien. Puede que tenga relación con ese nombre o puede que no. Ya sabes cómo es…, solo acabo de empezar. ¿Puedes transmitirme esas referencias de localización?

—Ya está hecho.

Le llegaron como un cosquilleo en su globo ocular.

Entonces, ya quiso marcharse. No deseaba pasar más tiempo con Borodina del indispensable; le hacía sentir viejo y comprometido, como habían hecho los aburridos amigos de Adeard, solo que más, porque ella tenía un algo. Aun así, todo el mundo necesitaba que le echaran una mano, al principio.

—¿Y qué tal va? —preguntó él.

Ella lo miró un poco sorprendida.

—Quieres decir, el caso, ¿no?

—No, no, qué tal va. Ya sabes.

—Va bien.

—Perfecto. Quiero decir, no estoy tratando de ser condescendiente contigo. Es solo que...

—Oh, ya veo. No, es... es muy amable. —Sonrió un poco forzada—. Va bien. Si necesitas algo más...

Zidarov se levantó, sintiéndose de repente como un estúpido.

—No, esto me sirve. Lo comprobaré. Gracias.

—Su Mano —dijo ella.

—Su Mano —repitió él, mientras se levantaba y se iba.

Ella no necesitaba su ayuda. No se le daba bien lo de ser mentor de alguien. No sabía por qué seguía intentando serlo.

«¿Qué tal va?» ¡Trono!

Salió de allí. Salió caminando mucho más deprisa de lo que lo había hecho al entrar.

Los hab de grado ocho estaban casi al final de la escala. Un hab de grado uno era para un trabajador en política, un justicius de medio rango o el ayudante de un burgrave. Los grados dos y tres eran para los funcionarios indispensables: maestres técnicos que evitaban que las bobinas de energía se sobrecargaran, organizadores de los comités del agua, jefes de planta en las manufactorum, esa clase de cosas. El grado cuatro era lo que la ciudad le había dado a Zidarov: pequeño, limpio, con la electricidad funcionando y un guardia de seguridad con una armadura usable en la torre. Por debajo de eso, las cosas comenzaban a empeorar. Cuando llegabas al grado ocho, podías sentirte afortunado si tenías agua potable y una puerta que cerrara.

Zidarov condujo hasta Vostoka a media mañana, un buen rato después de que los primeros turnos se pusieran en marcha. La multitud se fue volviendo más desarrapada a medida que se alejaba del centro del habclave. Las torres en los límites eran más bajas y chatas que en la parte alta de Urgeyena, y estaban hechas de materiales más baratos, sin renovar y unidas por una red de viaductos tambaleantes y pistas magnéticas elevadas. Por lo general, no duraban mucho, y o se desplomaban o se demolían cuando las grietas eran lo suficientemente anchas para dejar pasar una mano. Al cabo de un tiempo, aparecían reemplazos baratos, montados por empresas constructoras con poco nombre reconocido y fuertes lazos con los cárteles. Se podía hacer dinero en los grado ocho si se intentaba en serio, pero no sin conocer a gente indeseable.

Bajó por un callejón cubierto de espesas sombras que olía a basura incluso a través de los filtros atmosféricos del coche terrestre. El cielo era apenas visible, oculto por las partes inferiores de las pistas magnéticas y el rococemento de las vías de tránsito. Zidarov se metió en una bahía de la calle y salió del coche. Se aseguró de que su nudillera estuviera preparada. Todo se estremecía y resonaba, y el aire palpitaba con el eco de las capas de tráfico. Era tan oscuro que podía haber sido de noche, todos los lúmenes del nivel del suelo estaban encendidos.

A pesar de la oscuridad y la suciedad, estaba abarrotado. La mayoría de la gente no le prestaba atención, y mantenía la mirada baja y las capuchas alzadas, mientras subía por los viaductos o bajaba por las rampas de acceso, como era lo sensato. Muchos iban mugrientos, con las túnicas haciendo poco para ocultar sus figuras desnutridas. Unos cuantos individuos se mantuvieron erguidos: la minoría con acceso a la lasca. Zidarov vio de reojo a un abhumano que lo miraba mal desde las sombras, todo él un vívido rosa y ojos porcinos. Pasó la mirada por las bulliciosas calles y vio a un par de pandilleros junto a una puerta; ambos llevaban armas de astillas abiertamente. Estaban envueltos en un humo de cotin, y no parecía importarles quién pudiera verlos.

Cerró bien el Luxer y comenzó a caminar, prestando mucha atención a todo lo que le rodeaba. En un lugar como ese, destacaba. Ninguna parte de Vostoka era totalmente segura, pero esa parte se llevaba la palma. Notaba ojos sobre él en todo momento, mirándole desde ventanas vacías, destellando bajo las sombras de las entradas abiertas, miradas disimuladas por encima de los hombros de vagabundos renqueantes. Olía la enfermedad en el aire, mezclada con el hedor de un paisaje urbano viejo y en decadencia. Caminaba con seguridad, pero sin chulería, sin devolver ninguna mirada, vigilante.

Las estrechas aceras pronto pasaron a transcurrir junto a altos edificios baratos a ambos lados, que tapaban la poca luz natural que quedaba. Muy por arriba, una pantalla camaleón estropeada mostraba trozos de imágenes y parpadeos; la matriz de la lente estaba medio rota e intentaba mostrar tres imágenes a la vez. Lanzaba intermitentes rayos de luz en la oscuridad, rostros en planos congelados, perfiles, muecas y sonrisas falsas.

Alguien se metió tambaleando en su camino, y no se apartó. Zidarov alzó la mirada y vio a un hombre muy corpulento vestido con trozos de sintecuero. Su rostro era un amasijo de cicatrices y placas de metal mal atornilladas. Un ojo era de color amarillo ámbar, claramente, un augmético barato; el otro estaba inyectado en sangre. Zidarov olió jeneza y topacio en su aliento. Llevaba una barra de hierro con pinchos electrificados soldados. Sin duda era algún tipo de forzudo local, que chanchullaba entre las sombras.

—¿Perdido, buen amigo? —preguntó el forzudo, arrastrando las palabras, y dejó ver una boca llena de dientes de metal oxidado.

Zidarov suspiró. No tenía ningunas ganas de eso.

—Estoy bien, gracias.

Su apestoso rostro se le acercó.

—No te he visto antes por aquí.

Zidarov miró alrededor. Nadie estaba prestando atención. Algunos de los ciudadanos más pobres y enfermos se escabullían rápidamente. El resto hacía como si no pasara nada, sabiendo que era mejor no interferir.

Con un parpadeo, su iris realizó un rápido escaneo del burdo montaje de armadura que llevaba el matón. Era un desastre, impresionante a primera vista, pero con muy escasa funcionalidad práctica. Un puñado de cables sueltos se le veía a la altura de la cintura, algunos que alimentaban directamente el controlador del córtex. Zidarov agarró los cables con la mano de la nudillera, y le lanzó un pulso de fuerza constante mientras cerraba los dedos.

El hombre se convulsionó, apretando la mandíbula, mientras Zidarov le lanzaba muchas, muchas descargas por esa colección de biointerfaces integrados de cualquier manera.

—Pero es que no estoy aquí, ¿verdad? —gruñó Zidarov, en voz baja—. No hay nadie aquí. Está todo en tu jodida cabeza llena de narcóticos.

El hombro tuvo otro espasmo, y el sudor comenzó a cubrirle la frente. La barra de hierro se le cayó de las manos, y resonó al caer al suelo.

—Y ahora, corre. Olvida esto. Di que ha sido una mala dosis.

Cuando Zidarov lo soltó, el hombre ya estaba babeando sangre mezclada con saliva. El matón se lo quedó mirando un momento, y luego cayó redondo, aún con ligeras sacudidas.

Zidarov siguió andando, sin molestarse en mirar atrás. Una intersección después torció desde el callejón hacia otro sin salida. Ya solo y bajo la penumbra que formaban las tres paredes que lo rodeaban, escaló por el oxidado armazón de la salida de emergencia de la torre-hab de la derecha. Subió unos cuantos pisos antes de llegar a una pasarela plana que iba más o menos hacia delante, y serpenteaba entre dos paredes de rococemento. De camino pasó ante una vieja placa encastrada en los ladrillos, que mostraba la serpiente enroscada del sello de la ciudad y las iniciales del inspector de edificios que había certificado que todo eso cumplía con los requisitos mínimos. Las ventanas alrededor estaban cerradas con las persianas. El murmullo del tráfico en lo alto y el de las muchedumbres en lo bajo quedaban como fondo, pero apagados, a mucha distancia.

Continuó adelante, de lado cuando la pasarela se retorció precariamente entre dos mamparos que casi se tocaban. Llegó a otra escalerilla de metal, tan oxidada que parecía que fuera a desmoronarse bajo su peso, y finalmente se encontró en una plataforma de servicio en la parte trasera de una torre-hab, a nueve pisos del suelo, ante una pared salpicada de más ventanas con persianas cerradas.

Fue hasta una barandilla baja al otro lado de la plataforma y miró hacia un paisaje confuso de techos superpuestos, pasarelas que se cruzaban y patios ocultos, cerrado por todos lados por edificios más altos que daban a la calle. Era una vista que pocos contemplarían, a no ser que vivieran en una de las unidades-hab que miraban hacia el interior y se atrevieran a subir las persianas. Esa posición ventajosa la había elegido después de un estudio de los cartogramas guardados en los archivos del Bastión que, por una vez, había demostrado no estar desfasados o ser incorrectos.

Zidarov comprobó que estaba solo, se arrodilló, se apoyó en la barandilla y sacó el auspex que había tomado de la armería. Lo apoyó en lo alto de la barandilla y ajustó el visor.

Borodina le había dado una lista de las localizaciones supuestas o conocidas de las células Yezan. Esta era solo una de ellas y, sin embargo, desde el principio había tenido una intuición con ella. Al Vidora le gustaba operar tan lejos de los centros de atención como le fuera posible, a diferencia de otras camarillas más horteras a las que le gustaba fardar de su estatus. Ese lugar era perfecto para el Vidora: lejos de la calle, metido en medio de un distrito donde incluso los sancionadores iban con cuidado, y rodeado de ciudadanos desnutridos que se asustaban por todo y sabían guardar silencio.

Calibró el auspex para ajustarlo a la penumbra, y colocó el visor en las coordenadas adecuadas. Los techos se desenfocaron y se acercaron antes que la vista se aclarara sobre un edificio en el centro del montón. Distinguió un estrecho patio a la altura del suelo, rodeado de altos edificios y muy oscuro. Vio una mezcolanza de paredes de metal prensado en el fondo, del tipo del que estaría hecha una unidad de almacenamiento prefabricada, y una puerta corredera de dos hojas cerrada.

Se preparó para esperar. Estudió los detalles, moviendo el auspex con cuidado para no perder el foco. El lugar era muy insulso, sin nada a la vista que llamara a detenerse. Pero, si sabías lo que estabas buscando, algunas cosas destacaban. Las ventanas de la unidad de almacén estaban con las persianas echadas, como todas las demás, pero con más cuidado, sin agujeros ni resquicios por las esquinas. Se habían hecho unas reparaciones justo en la línea del tejado: un lugar donde meter los sensores remotos, los cables de las alarmas de seguridad, cosas como esas. Tres grandes filtros de aire se habían fijado sobre las tejas, y todos estaban funcionando. Todo dicho, el montaje era bastante potente. Se preguntó por qué necesitarían tantos filtros.

Durante un rato, no pasó nada. Siguió escaneando, intentando localizar dónde se hallaba el acceso al mundo exterior. El edificio estaba totalmente rodeado, y el final del patio quedaba oculto. Se movió sobre la barandilla, ajustó su línea de visión y captó el borde izquierdo de lo que parecía la salida cerrada de una verja, aunque la propia verja quedaba oscurecida por el final del techo de la fachada de un almacén vecino.

Hizo varios pictografos fijos y registró las dimensiones.

—Ahí vamos —susurró para sí cuando la primera persona se hizo visible. Era un hombre, que entraba en el patio por las verjas medio vistas. Iba vestido con un mono de trabajo, era calvo, de unos treinta y tantos y muy delgado. Llevaba la cabeza desnuda, unas gafas protectoras de gruesas lentes y las manos metidas en guantes negros con metal en la punta de los dedos. Llegó a la puerta de la unidad de almacenamiento y activó algún tipo de panel de llamada. Al cabo de un momento se abrió la puerta corredera, y salieron otros tres: dos mujeres y un hombre. Iban vestidos de forma parecida al primer hombre, pero tenían una actitud diferente. Zidarov la había visto muchísimas veces antes: un paso chulesco disimulado, la seguridad de ser parte de una organización, de estar en territorio propio. Era el Vidora.

Activó el zoom para acercarse, y pasó la lente por cualquier trozo de piel expuesta. Era un día caluroso incluso a la sombra, y llevaban el cuello y los antebrazos al descubierto. Activó el filtro para la detección de marcas hololíticas, y no tardó en ver que los tres llevaban tatuajes de pertenencia a un clan, en tintas que reaccionaban bajo los filtros. Todos los tenían donde debían tenerlos: justo bajo la clavícula, para poder ocultarlos rápidamente cuando se hallaban en el exterior. Eran parte del Segundo Círculo del cártel: luchadores juramentados, libres de obligaciones pecuniarias y protegidos de ataques sin autorización por el código Ghaan, la serie de convenciones formales que gobernaban las actividades de los bajos fondos de la ciudad.

El miembro masculino de ese trío podría ser Serpiente Amarilla, pensó Zidarov, aunque no podía verificarlo a esa distancia. El primer hombre le dio algo: un paquete, posiblemente lasca o quizá algún tipo de contrabando, o tal vez solo fuera un paquete de comida. Intercambiaron algunas palabras, pero estaban demasiado lejos para que Zidarov pudiera grabar lo que decían. Mientras hablaban entre ellos, media docena de personas más salieron de la unidad de almacenamiento. Esos iban claramente armados, cada uno con un arma de proyectiles: escopetas, además de un par de armas automáticas. Esos parecían los matones del Tercer Círculo: músculo de bajo rango, con pretensiones de ir subiendo en la jerarquía a base de realizar sus obligaciones básicas como les habían ordenado. No tenían prisa por ir a ninguna parte y se entretuvieron por el patio. Un par de ellos encendieron inyectores de cotin, y finos hilos de humo pálido se arremolinaron en la penumbra.

Zidarov tomaba notas todo el tiempo. Veía un montón de guardias para una localización que prometía tan poco. Había algo en la unidad de almacenamiento que valía la pena proteger, y Zidarov partió de la suposición de que seguramente habría más guardias armados en el interior. Alzó el visor hacia las unidades de ventilación. Aplicó un filtro de temperatura, y vio que por las rejillas salía mucho calor y humedad.

Entonces, la puerta corredera volvió a abrirse, y dos operativos sacaron algo sobre ruedas. Tenía el aspecto de un sillón medicae: un artefacto de metal con un asiento reclinable acolchado, cuyos brazos contenían conectores directos para el material de los quirurgos. El artefacto traqueteaba ruidosamente sobre las ruedas, y largos tubos colgaban de un sistema de fluidos colocado encima. Se fijó más, y vio manillas y grilletes soldados a la estructura. La tapicería se veía manchada. El primero de los hombres en el patio, el que llevaba ropas de obrero, le echó una ojeada bajo la vigilancia del Segundo Círculo Vidora. Meneó la cabeza y luego comenzó a toquetear el equipo. Zidarov se dio cuenta de que sus guantes no se podían sacar: eran como herramientas injertadas en los dedos. Era un mecánico.

Mientras él hacía eso, Zidarov pudo forzar el auspex hasta el límite de ampliación, y empleó un algoritmo de refuerzo para atravesar las sombras de la puerta abierta. Todo dentro de la unidad de almacenamiento era granuloso y mal iluminado, pero sí pudo distinguir más guardias justo bajo el dintel, y lo que parecían filas de sillones medicae alineados contra la pared interior. Esos sillones estaban todos ocupados, al menos hasta donde pudo ver: cuerpos delgados, atrapados, rodeados de marañas de tubos. Nadie se movía, y parecía como si llevaran una máscara sobre el rostro. Por encima de los sillones, en un largo estante, había viales transparentes, tubos y equipos de monitoreo.

Después, la puerta corredera se cerró, y su vista del interior de la unidad quedó cortada. Algunos de los guardias salieron de su campo de visión. Los operativos del Segundo Círculo y el mecánico seguían alrededor del sillón estropeado.

Zidarov paró la grabación y bajó el auspex. Puso en pantalla algunos de los pictógrafos y les echó otra mirada. No le había gustado verlos en tiempo real, y no mejoraban en una segunda sesión. Había visto lugares como ese en otros contextos. El Vidora no solía dedicarse a ayudar a gente enferma a curarse, y ninguno de los que yacían en los sillones estaba allí por propia voluntad.

Zidarov se puso en pie, recorrió la plataforma y se dirigió de nuevo hacia la escalera de mano. Mientras lo hacía, pidió una consulta-petición prioritaria con Vongella.

Volvería pronto.

CAPÍTULO SEIS

Helewe Vongella, Comandante de Sector del Bastión-U, siempre había sido difícil de interpretar. Algunos castellanos eran perezosos y otros eran eficientes. Unos aceptaban sobornos, otros eran escrupulosamente honestos. Unos dirigían sus operaciones como un vladar, aplastando cualquier señal de pensamiento independiente, mientras que otros dejaban las riendas bastante sueltas.

Vongella parecía capaz de hacer todo lo anterior, y de formas que eran difíciles de predecir. Zidarov sabía que su jefa estaba unida, al menos, a algunos de los cárteles más importantes, pero nunca había dado la impresión de que la dominaran. Era capaz de estar como ausente durante largos ratos, ocupada en proyectos de los que él sabía muy poco, y luego, de repente, se apoderaba de ella un inmenso celo y ordenaba una redada, ostensiblemente de elementos aleatorios de los principales comercios ilegales de Urgeyena.

Gyorgu estaba convencido de que Vongella tenía una enfermedad mental, algo que le afectaba al juicio. Zidarov no estaba de acuerdo. Sospechaba que al menos algunas de las decisiones aparentemente erráticas estaban pensadas para mantenerlos a ellos alerta, para que nunca llegaran a sentirse demasiado cómodos. Como mínimo, conseguía que la gente se anduviera con cuidado y estuviera atenta, lo que suponía que era lo que ella pretendía. Y en cuanto a la supuesta corrupción, era imposible dirigir un distrito urbano sin tratar con todos los jugadores importantes. Zidarov recordaba una gran ceremonia pública de hacía un tiempo, cuando uno de los grupos industriales había donado los fondos para la construcción de una instalación de recarga de combustible para el Bulwark. Incluso recordaba exactamente qué corporación había sido: Jazc, una de las mayores, y también recordaba que Vongella había saludado a los delegados en el estrado como si fueran familia. Así se tenía que hacer con los dorados, ya que el dinero que conseguían de los pagadores del presídium no habría financiado mucho más que unas cuantas porras y el estante donde colgarlas.

Fue por los pelos que consiguió su consulta prioritaria. Le gustaba pensar que tenía cierto peso, pero nada comparado con la coronel de la guarnición de los sancionadores. Bien podría haberle ignorado, o decirle que volviera en una semana. Pero su petición se cursó de forma sorprendentemente rápida y, al cabo de una hora de haber vuelto a la base, le llevaron a la sala de operaciones.

Conocía muy bien esa habitación. La había visitado frecuentemente cuando el predecesor de Vongella la había ocupado, y también con el anterior a ese. Tenía casi el mismo aspecto que había tenido siempre: a ninguno de sus ocupantes le había dado por un diseño de interiores ambicioso. En una pared había una gran ventana con un marco de metal, que daba al centro del distrito administrativo de Urgeyena. Otra pared estaba ocupada de arriba abajo por una pantalla, que mostraba los incidentes que iban ocurriendo por una franja de los sectores urbanos, junto a localizadores rúnicos para las principales patrullas de sancionadores. Tres grandes lúmenes de acero colgaban del techo. El escritorio de Vongella, largo y oblongo, ocupaba gran parte de la tercera pared. Dos incómodos sillones de sintecuero estaban frente a él, ambos más bajos de lo que deberían haber sido.

Cuando entró, Vongella se hallaba en su posición de siempre, con la cabeza entre las manos, mirando fijamente la pizarra de datos que tenía frente a ella sobre el escritorio. Zidarov se sentó en uno de los sillones y esperó.

Era una mujer corpulenta. De «hueso grande», hubiera dicho la madre de Zidarov. Vestía un traje protector ajustado bajo una chaqueta negra que le llegaba a la rodilla. El pelo también era muy negro, cortado a medio cuello, y tenía la piel tan blanca como el primer diente de un bebé. Sus rasgos faciales eran angulosos, con el mentón cuadrado y los labios finos. Había que acercarse mucho para verlo realmente, pero su mejilla izquierda era artificial en su totalidad: el resultado de un remiendo después de un encuentro con un señor de la guerra Chakshia nueve años atrás. Cuando sonreía, algunas veces se le veía el enganche de la carne sintética de la parte interior de la mejilla reconstruida.

Al cabo de un rato, le miró.

—¿Sabes lo que estás pidiendo? —preguntó, irritada.

—No suelo hacerlo, castellana —respondió Zidarov.
—Eso no importa.
—Sé que la patrulla de Draj está esperando trabajo. Le podría dar un poco.
—Apuesto a que sí podrías, pero no eres tú quien los asigna. Soy yo.

Zidarov nunca había conseguido descubrir si Vongella estaba genuinamente segura de su posición y era solamente irascible, o si cargaba con la profunda preocupación de que algún rival le quitara el puesto y por tanto lo compensaba recordándoles a sus subordinados su poder siempre que podía.

—La localización me la pasó Ajril Borodina —le explicó Zidarov—. Ya está en el velo.
—Lo sé.
—Es una casa franca del Vidora. No estoy seguro de cuánto tiempo llevan ahí.

Ella se recostó en la silla y parpadeó pesadamente.

—Haciendo lo que hacen. Por lo bajini. Si les damos, les tendremos preguntándose por qué.
—Porque están drenando células. —Zidarov la miró a los ojos mientras lo decía.
—Sí. He leído tu informe. Es una práctica muy vil.
—Tú lo has dicho.
—Hacen muchas cosas viles, evidenciado, y no podemos ir detrás de todas.
—De todas formas, me gustaría limpiarlo —insistió él, con firmeza—. Nos hemos librado de eso en nuestro territorio, castellana. Tú lo hiciste. Eso es algo de lo que todos podemos estar orgullosos.

Ella suspiró irritada, y tomó un inyector de cotin con incrustaciones de marfil.

—Nunca se erradica nada, evidenciador. Hay que circuncidarlo. No me digas que, por un minuto, pensaste que eso estaba extinto en Urgeyena.
—No, de verdad; lo pensé, porque, sin duda, lo estaba. —Sacudió la cabeza—. Mira, me has metido en esa cosa con Udmil Terashova, algo de lo que no puedo salirme, y ¡alabado sea el Trono! me ha llevado a algo en lo que realmente vale la pena invertir nuestro tiempo. Eso es un resultado.

Vongella se lo pensó, mientras el humo pálido se alzaba desde sus labios entreabiertos. Se lo pensó bien durante un buen rato.

—¿Lo sabe Borodina? —preguntó.

—Solo me dio la referencia de la localización. Lo dudo.

—Tendrás que hablar con ella.

—Sí, lo haré.

—Hazlo hoy.

—Solo me llevaré una patrulla. Un Bulwark, con el equipo completo, entrar y salir. Lo cerramos, chafamos a los matones y traemos aquí al supervisor. Incluso le podría preguntar por Adeard Terashova mientras lo tenemos aquí.

—Sí, el hombre que se supone que tienes que encontrarme.

Zidarov se encogió de hombros.

—Una cosa lleva a la otra...

—Esto no me gusta nada. Quiero que te concentres en tu tarea principal.

—Y lo estoy, castellana. —Zidarov notó que la cicatriz le volvía a tirar. Lo hacía algunas veces, cuando estaba tratando de lograr un resultado—. Yo lo veo así: Adeard Terashova ha estado fardando por ahí. Dirige una estación de importación en Cornisa Alta, algo que su madre le ha pasado para que se encargue; el supervisor me dio la conexión con el Vidora. Es un chaval rico y aburrido, al que le han dado un trabajo que encuentra aún más aburrido. Empieza a hacerse el chulo. Quizá mete bulla con lo de pagar por protección. Quizá crea que puede liarse con ellos durante un tiempo, meterse en sus negocios, hacer dinero de verdad. De un modo y otro, eso le viene grande. Su agente recaudador se llamaba Serpiente Amarilla. Borodina lo rastreó hasta esa localización, por eso lo tenemos registrado. Podríamos pillarlos a los dos: a tu hombre desaparecido, y a un auténtico jugador que fuerza los límites. Si solo pillamos al agente, le preguntaré por Adeard. Incluso podía contarme algo útil, una vez haya visto lo que hace Draj cuando se enfada.

—Por ahora no has conseguido nada y estás viendo a ver qué cae.

—Es una pista.

—Es una sospecha.

—Mira, el chico de Terashova podría estar operando él mismo esas malditas máquinas, o podría estar enganchado a una, o podría no tener nada que ver con todo esto; de todos modos, vale la pena hacerlo, porque esa gente son mierdas al por mayor y no nos sirve de nada mirar hacia otro lado. Tal y como yo lo veo, asaltamos ese lugar, les desmontamos la parada, y luego ya veremos lo que podemos usar.

Vongella reflexionó sobre eso. Zidarov tenía que reconocérselo: podía ser rara, y sin duda tenía fuentes de ingresos que no constaban en los registros oficiales, pero raramente rechazaba de plano una petición de refuerzos sin alguna razón de peso.

—Quieres hacerlo de todas todas —repuso ella.

—Si realmente ha desaparecido, si de verdad se ha mezclado con el Vidora, el tiempo es esencial. Podrías tener una respuesta para Udmil mañana mismo, o podríamos ir enviándole partes del cuerpo en unas semanas.

De nuevo, Vongella se lo pensó.

—Al amanecer —dijo—. Atrapa a Draj, como has dicho. Te puedo dar una patrulla, y tendrá que bastar. Quiero un trabajo limpio.

Zidarov asintió.

—Bien. Gracias. Muchas gracias.

Vongella se inclinó hacia delante y apoyó los codos acolchados sobre el escritorio.

—Escucha, lo detesto. Lo odio. El drenaje de células, me refiero. Lo odio tanto como tú, y lo quiero fuera de mi territorio para siempre. Pero si esto no te da una pista que podamos usar, una buena pista, lo pagarás. Lo pagarás caro, y seré yo quien te lo cobre.

Así eran las cosas.

—Me pongo ya con ello —repuso Zidarov—. Y así todos seremos más felices.

Organizar las cosas llevó su tiempo. Tuvo que rellenar los impresos de autorización, conseguir la licencia para el uso de una tanqueta antidisturbios Bulwark sin que fuera una emergencia, asegurarse de que la patrulla de sancionadores del subsector supiera que iba a ir. Y lo peor de todo: tenía que hablar con Draj, que era el sargento de turno y, por tanto, con quien tenía que trabajar.

Cuando entró en la sala de descanso de los sancionadores, Zidarov olió la hostilidad que emanaba de ellos con la misma acre intensidad que el olor corporal. La sala estaba forrada de cerámicas, el suelo era de rococemento sin pintar. Varios de los perros de ataque de Draj estaban sentados en los bancos, quitándose la armadura cuidadosamente, sacando las baterías de energía de las armas láser, metiendo las porras de energía en las fundas de recarga, petándose los nudillos acabados de sacar de los guanteletes. El aire era caliente y húmedo por las duchas de la sala adyacente. Zidarov oyó cantar a través de las nubes de vapor, y reconoció una vieja tonada de los ejecutores sobre dónde dar con la porra para fracturar limpiamente el cráneo.

Gurdic Draj alzó la vista al entrar Zidarov; sin el casco dejaba ver un sudado rostro que parecía la parte inferior de un elevador magnético abollado. El cuello era tan grueso como la cara, muy tatuada con dibujos espirales que, con el tiempo, se habían quedado en un color azul verdoso. Tenía la nariz torcida, tres veces rota; ojillos oscuros, y una boca de gruesos labios cortada por una cicatriz blanca que le llegaba hasta la parte baja de la mejilla. Se había quitado la placa pectoral, el acolchado y la camiseta, y mostraba un torso de toro cubierto de remolinos de grueso pelo negro.

—Sargento —le saludó Zidarov, con una leve inclinación de cabeza.

Draj gruñó. Zidarov olió alcohol en su aliento. Eso era normal. Se preguntó qué habría pensado si Draj no hubiera estado bebido. Eso podría ser peor. No sabría qué hacer con un Draj sobrio.

—Al amanecer, mañana —dijo Zidarov, mientras le pasaba un dataslug de tamaño de la palma—. Todo está aquí. Puedo revisarlo contigo en cualquier momento.

Sabía que Draj no se lo miraría. Solo se pondría la armadura; subiría al Bulwark, en silencio, con los ojos clavados en su porra de energía, la cosa a la que llamaban siniestramente un «cosquillas», y esperaría a que le dijeran en qué dirección cargar. Después de eso, con él todo era automático. Hacía aquello para lo que había sido creado. ¿Disfrutaba haciéndolo? Era difícil de decir. No parecía que Draj disfrutara mucho de nada, pero también costaba imaginárselo haciendo cualquier otra cosa.

—¿Necesitas algo más? —preguntó Zidarov.

Un sancionador pasó a su lado empujándolo, totalmente desnudo, de camino a la ducha. Su espalda estaba manchada con la sangre de otra persona. Su cuerpo era grueso, bajo, pero absurdamente musculoso, del modo en que lo era el cuerpo de los que abusaban de los estimulantes.

Llevaba el pelo cortado al cero, y los tatuajes le ondeaban en la piel. Ese era el auténtico uniforme de la patrulla: cortes al cero, marcas de fraternidad, cicatrices viejas y nuevas, transpiración especiada con sustancias químicas.

Draj lanzó una seca y dura carcajada, carente de humor.

—No, nos vemos mañana, evidenciador —contestó.

Pues ya estaba. Zidarov se encogió de hombros, y los dejó a todos en el vapor.

Después fue a buscar a Borodina. Cuando llegó a su escritorio, ella ya se había ido; había salido en una misión, seguramente en alguna parte de los suborbitales.

No la llamó directamente por el comunicador, por si estaba metida en algo importante. Volvió a su propio despacho y dejó un mensaje de prioridad baja para que lo oyera cuando pudiera.

—Gracias por la pista, evidenciadora —dijo en el auricular—. He encontrado más de lo que me esperaba en esos habs: están metidos en trabajos médicos sin licencia, así que vamos a asaltar ese sitio, a ver qué conseguimos. Si pillamos a mi objetivo allí, o a Serpiente Amarilla, te lo notificaré.

Y luego comenzó con otras tareas: el aburrido asunto de redactar los casos existentes, de responder a mensajes del comunicador y de correo en el datavelo, enviados por miembros del Bastión sobre otras mil cosas. Cuando llegó al final de la lista, ya era tarde. Toda la sección estaba medio a oscuras, con los evidenciadores y sus ayudantes trabajando bajo el resplandor de lúmenes de techo. Los trabajadores del turno-noctis ya estaban llegando, con aspecto soñoliento, mal dormidos, preparados para la vigilia durante la larga noche de Varangantua.

Zidarov se estiró, y notó el pegajoso sudor en las axilas. Bostezó. Sabía que dormiría mal, suponiendo que llegara a dormir. La perspectiva de entrar en acción al romper el alba siempre le hacía quedarse dando vueltas y vueltas en la cama. No era miedo. Tampoco era expectación. No sabía qué era realmente; solo saber que algo iba a suceder, algo con un resultado difícil de predecir, algo que para lo que tenía que levantarse; así que tenía que estar descansado, y por tanto tenía que dormir, y no podía.

Pero no pasaba nada. No iba a ir a casa. No era esa clase de noche. Se levantó, tomó el abrigo del perchero junto a su escritorio y se lo colocó sobre los hombros. Luego volvió a bajar, caminando sin prisa por la amplia escalera con sus estatuas de antiguos castellanos y su olor a abrillantador astringente en el suelo y las paredes, el aroma de la autoridad bien limpia.

Tomó el Luxer y fue hacia el norte, por la vía de tránsito principal. Las primeras gotas de lluvia de la muy esperada estación húmeda descendieron por la ventanilla delantera, y él activó el campo estático repelente. Las luces en movimiento giraban y zumbaban a su alrededor, saliendo de la oscuridad y volviendo a entrar en ella, algunas de otros vehículos; otras de edificios, punteados con trias de sodio o coronas de neón. En lo alto, la noche carecía de estrellas, ocultas por las nubes que se habían ido formando lentamente durante semanas. Ya llegaba. El aire estaba cargado. La gente en la calle miraba hacia arriba, notando el aumento de la presión, sintiendo la concentración, el constante crecimiento del calor y la humedad. Justo cuando empezara a resultar insoportable, comenzaría el diluvio. Hasta ese momento, todo estaba tenso.

Salió de la ruta principal y bajó por una calle que daba a un barrio residencial. Las rutas ahí eran como las que cogía para volver a su propia torre-hab: filas de anodinos bloques de viviendas, cada una suficientemente iluminada, construidas lo suficientemente sólidas, funcionales, en buen estado. Unos cuantos servocráneos pasaban por lo alto, zumbando al escanear mientras cruzaban. Una gran pantalla, perteneciente a la asociación de defensa cívica, se hallaba a un lado de la avenida de acceso. La imagen camaleón de esa semana, iluminada más que cualquier otra cosa en la avenida, mostraba un montaje de acorazados avanzando en el vacío, cada uno con un halo numinoso. El mensaje de abajo era el típico: ¡El brazo del Emperador llega a todos los mundos! ¡Suscribe bonos militares! ¡Cumple con tu obligación! ¡Financia a los Héroes Inmortales del Imperio!

Zidarov había pasado toda su vida en el planeta, como virtualmente todo el mundo de Alecto. Casi no tenía ni idea de cómo sería viajar a través de la Disformidad hacia otros sistemas. Sin embargo, dudaba mucho de que los Héroes de la Armada fueran realmente «inmortales». Sospechaba que, más bien, el número de los que morían era superior al de los que mantenían los pies sobre el polvo de un mundo real. Quizá su heroísmo compensaba eso. O, tal vez, una vez hubieran pasado por sus iniciaciones y se encontraran encerrados en el nivel de artillería cincuenta y tres de un acorazado en activo, enterrados en una choza forrada de hierro con maquinaria que no paraba de hacer ruido y supervisados por un capataz blandiendo un látigo eléctrico, se dieran cuenta de que habían cometido un terrible error, y que hubiera sido mejor no haber escuchado nunca al agradable oficial de reclutamiento de ojos compasivos que los había comprendido tan bien. Si no fueras un ingenuo, sabrías que Alecto tenía que cumplir con su diezmo. De algún modo, sin importar el coste, Alecto tenía que cumplir con su diezmo.

Y con eso, como era predecible, pensó en Naxi, lo que le puso de mal humor.

Cerró bien el coche, se subió el cuello del abrigo para protegerse de la incipiente lluvia, salió y caminó hasta el bloque-hab ante él. Su sello hololítico de evidenciador fue suficiente para permitirle cruzar las puertas de seguridad exteriores, y también ante el diligente guardia que controlaba el área común de la planta baja quien, de todas formas, lo miró con muy mala cara, como si él fuera un enemigo de algún oscuro tipo y debiera ser denunciado por alguna oscura razón.

Zidarov no le prestó atención. Llegaba puntual, lo que era raro en él. Entró en el ascensor, marcó el número del nivel y se apoyó sobre la pared mientras la jaula traqueteaba hacia arriba. Salió a un pasillo que ya había visto mil veces en mil lugares diferentes: una gastada alfombra de color verde oscuro; paredes pintadas de verde grisáceo con una pátina brillante barata; tableros de anuncios con papeles viejos que celebraban la mejora en la eficiencia energética de la torre-hab, o la necesidad de informar a las autoridades si tu vecino hacía algo fuera de lo normal.

Se bajó de nuevo el cuello del abrigo, y se pasó las manos por el pelo. Era imposible no sentirse culpable, por mucho que hubiera intentado librarse de esa sensación. Siguió la ruta que conocía tan bien, hasta llegar al hab 487, con su puerta de color amarillo vómito y las manchas negras en el marco donde se había saltado la pintura.

Apretó el timbre y esperó. Oyó sus pasos por el recibidor, pisando sin zapatos. Luego la cerradura se abrió, los goznes chirriaron y Lena Vasteva abrió la puerta. Llevaba un largo vestido naranja, el pelo suelto y el colgante de plata alrededor del cuello.

—Muy puntual, Zido —dijo ella, sonriéndole con calidez.

—Por una vez —repuso él; entró, la abrazó y cerró la puerta tras ambos.

CAPÍTULO SIETE

La alarma lo despertó en menos de una hora de sueño. Fue como si lo sacaran de un pozo de aceite agarrándole por el pelo, mientras intentaba tomar aire. Cuando trató de abrir los ojos, no le obedecieron.

La alarma sonó de nuevo, y él dejó caer su enorme mano sobre ella. Finalmente, los párpados se le fueron separando, y salió de entre de las sábanas.

Aún era noche cerrada en el exterior. Zidarov tardó un momento en recordar que estaba en la antigua cama de Naxi, y que tenía que salir del hab sin hacer ruido. Había sido una noche calurosa, y conseguir dormir en esa estrecha camita había sido casi imposible. De todas formas, mejor eso que arriesgarse a despertar a Milija cuando finalmente llegó a casa.

Se frotó el rostro, masajeándose con fuerza la piel con un bozo de barba, luego se palmeó las mejillas un par de veces. Tenía el equipo preparado, como de costumbre. Fue a trompicones hasta la sala de higiene e hizo lo que pudo para sacarse la noche del cuerpo, antes de regresar al dormitorio y ponerse el chaleco antibalas, las botas, el abrigo y la Zarina. Y luego ya estaba corriendo hacia el ascensor de nuevo, echando los cierres tras él lo más silenciosamente que pudo. Ya fuera, el aliento se le condensaba en el fresco de antes del alba mientras se dirigía hacia el Luxer.

Había poco tráfico de camino al Bastión, y decidió encender ambos motores. Se sentía irritable, con la cabeza espesa. Esperaba que la adrenalina le despejara, cuando las cosas se pusieran en marcha, pero por el momento, le hubiera ido bien dormir más, o quizá un chute de cafeína, o incluso algo de comer.

Cuando llegó, no aparcó en su lugar habitual, sino cerca de la cochera subterránea que usaban los sancionadores. Metió las manos en los bolsillos y bajó la larga rampa que llevaba a la resonante caverna donde se guardaban los Bulwarks. El lugar estaba poco iluminado. Las tanquetas antidisturbios y los furgones con las barras bull se hallaban sobre el rococemento desnudo como bovinos en un corral, verdinegros, compactos, enormes. La patrulla de Draj estaba preparando uno de los Bulwark en el fondo de la nave, y sus escapes ya estaban bombeando. Un grupo de asistentes de mantenimiento, dos de ellos servidores con herramientas mecánicas implantadas en lugar de manos, daban golpes y hacían ruido alrededor, toqueteando en los compartimientos de servicio y tomando lecturas. Las ruedas casi le llegaban a Zidarov a la cintura.

Draj ya llevaba la armadura, y su rostro se perdía tras la rejilla plana de su casco. Los cinco miembros de su patrulla rondaban esperando fuera del compartimiento del personal, vestidos igualmente con sus armaduras negras, lentes de visión nocturna, armas automáticas con miras láser y granadas de humo.

—Su Mano, sargento —saludó Zidarov, soplándose en las manos por el frío—. ¿Hay algo de cafeína?

Draj gruñó.

—Claro —contestó, palmeándose el estómago—. Aquí. Hace una hora.

Un par de sus secuaces soltó unas risitas, y siguieron comprobando las cajas de municiones.

Zidarov se ajustó el chaleco antibalas bajo el abrigo. Tenía un sabor seco y metálico en la boca que no podía quitarse. Quizá fuera una pequeña resaca de la noche anterior.

—Por si no te lo has leído todo en detalle —dijo—, solo vamos a tocar al Tercer Círculo. Quiero un nombre para interrogar: Serpiente Amarilla. Es Segundo Círculo. Lo quiero vivo. Puede que haya otro objetivo ahí dentro: Adeard Terashova. Es un civil. Pelo rubio. Joven. No le rompas la cara, aunque quieras. Sé que es un concepto difícil. Es todo lo que te pido. Aparte de eso, a tu aire.

Draj asintió con un gruñido; luego, con el pulgar, indicó a los otros que se metieran dentro. Los sancionadores subieron la escalerilla lateral y se metieron en el compartimiento trasero, donde lúmenes rojos de baja intensidad parpadeaban bajo bancos de metal. Las puertas blindadas se cerraron y los seguros se bajaron. Draj fue hasta el otro lado de la cabina y se subió. Zidarov se colocó en su sitio junto a él, en el asiento del copiloto.

Los sirvientes se retiraron, y Draj dio gas a los motores, llenando la cochera de humo. Los lúmenes delanteros se conectaron y proyectaron blancos charcos contra la pared del fondo. Todo el chasis se sacudió sobre la suspensión.

Zidarov se agarró a una barra del interior de la puerta. Ir en un Bulwark nunca era una experiencia cómoda, y Draj conducía con el mismo cuidado con el que bebía. El chaleco antibalas que llevaba Zidarov era más grueso y pesado que el habitual, preparado para lo que se pudieran encontrar, y ya estaba haciendo que le doliera el pecho.

Delante, una pesada puerta blindada se fue elevando del suelo y fue chirriando hacia el alto techo, dejando ver el amanecer en el exterior. El Bulwark subió la rampa ruidosamente, y botó sobre el umbral; entró en la vía de tránsito y fue ganando en velocidad y volumen de ruido.

Draj no era un gran conversador. Conducía con una mano y dejaba la izquierda cerca de la porra de energía que le colgaba del cinturón. De vez en cuando tosía, o resoplaba, o formaba un gargajo. Encerrado en ese casco de espejos, todo resonaba muy raro.

Zidarov se recostó en el asiento y fue mirando por la estrecha mirilla. Los bloques-hab pasaban rápidamente a medida que el Bulwark ganaba velocidad. En esos momentos, la ciudad estaba extrañamente silenciosa, como una máquina en reposo, cerrada, una mancha de lúmenes de sodio y sombrías paredes, desprovista de las masas que inundaban las vías de tránsito en cuanto se alzaba el sol. El aire era espeso, todavía cargado con la promesa de las tormentas venideras.

Zidarov seguía sintiéndose culpable, con una vocecilla en la cabeza que le repetía que la noche anterior había sido un error, de nuevo, y que tenía que dejar de hacerlo. Todo el asunto era más viejo que el mundo, tan viejo como el tiempo desde que había mujeres y hombres en Alecto, pero eso no hacía que fuera seguro. Tenía una familia en la que pensar. Tenía todo lo que había construido. No le hacía feliz, aunque seguía esperando que lo hiciera. Le hacía desgraciado.

El Bulwark botó sobre un alto bordillo, sin casi disminuir la velocidad, lanzado como una gran bestia confundida. Draj no había activado las sirenas o los lúmenes en lo alto de la cabina, lo que sorprendió a Zidarov, porque eso habría fastidiado a todo ciudadano durmiente en veinte kilómetros a la redonda, pero no dijo nada.

—Drenadores de células —dijo Draj, finalmente.

Zidarov lo miró, sorprendido de que le hablara.

—Así es —contestó.

—Cabrones de mierda —soltó Draj.

—Sí, lo son —repuso Zidarov.

Draj se lo pensó un momento.

—Los engancharía a sus propias máquinas. Los vigilaría todo el rato. Y haría que se lo volvieran a beber.

—Eso es muy inventivo por tu parte, sargento —comentó Zidarov—. Propónselo a Vongella. Nunca se sabe.

Estaba llegando a su destino. Draj dejó de hablar y comenzó a concentrarse. Zidarov no captaba mucho olor a alcohol saliendo por la rejilla del comunicador del casco, así que tal vez estuviera tomándose eso muy en serio.

Tuvo la primera punzada de expectación. Palpó el par de cargadores extra que llevaba atados al pecho, solo para asegurarse de que se había acordado de agarrarlos. Comprobó que llevaba las esposas en el cinturón, se colocó la nudillera en los dedos y luego activó los atenuadores de destellos de su iris. A los sancionadores les gustaba enviar granadas cegadoras al entrar, solo para aumentar el efecto y, si no tenías cuidado, te podías encontrar en el suelo con los ojos cargados de lágrimas y un pitido en la cabeza. Oyó ruidos metálicos provenientes del compartimento posterior cuando los sancionadores se prepararon para salir de golpe.

—Agárrate —gruñó Draj, mientras hacía torcer la tanqueta en una esquina y se lanzaba directamente por el estrecho paso entre dos grandes edificios. A cada lado, bloques-hab se alzaban hacia el rojo negruzco del cielo nocturno, decrépitos incluso en la oscuridad, con su silueta rota por grúas de emergencia con pinta de huesos. El espacio parecía muy pequeño. Le pareció ver cuerpos corriendo, solo siluetas, y no tuvo ni idea de si se trataba de civiles normales o de parte de la célula que habían ido a aplastar.

Zidarov se agarró, como le habían dicho. Reconoció vagamente la silueta de un par de bloques más altos, los que había estado espiando durante el día, antes de que el Bulwark se estrellara con fuerza contra una barrera baja, colocada cruzando la estrecha ruta de acceso.

La tanqueta se bamboleó y siguió adelante. Se disparó una alarma, un eje chilló, y el Bulwark cargó por el sinuoso callejón, con chispas saltando por ambos lados, antes de salir al estrecho patio que él había visto en la distancia. Otra barrera, esa vez hecha de barras de acero reforzado, quedó arrancada por el fuerte morro del Bulwark, antes de que el vehículo hiciera un giro, derrapando sobre el asfalto y se detuviera en seco.

Las puertas se abrieron de golpe y los sancionadores salieron corriendo. Draj paró los motores y saltó de la cabina; su porra ya crepitaba y lanzaba un resplandor azul muy claro en la oscuridad. Zidarov le siguió más torpemente; casi falló en el último travesaño de la escalerilla y llegó al suelo trastabillando.

Dos sancionadores corrieron hacia la entrada cerrada y engancharon rompedores de metal a ambos lados, mientras el resto se agazapaba para cubrirse, con las miras láser apuntando hacia allí.

—¡Ahora! —gritó Draj, y Zidarov se agachó detrás de las enormes ruedas del Bulwark.

Los rompedores se dispararon con un seco crujido, uno, dos, y las puertas volaron hacia adentro saltando de las bisagras. Incluso antes de que las placas hubieran tocado el suelo, los sancionadores ya estaban en marcha: dos granadas cegadoras volaron por el agujero y estallaron, seguidas de los sancionadores, que entraban medio agazapados, apuntando con las armas de un lado al otro mientras las mirillas láser buscaban objetivos.

Zidarov sacó su Zarina y los siguió, saltando sobre las ruinas de la entrada y parpadeando con fuerza para activar el ojo. El corazón le latía con fuerza, la adrenalina le inundaba el cuerpo y se tensó para disparar. Sin embargo, los sancionadores aún no habían abierto fuego, lo que le alarmó: el lugar ya tendría que estar ardiendo con ráfagas de impactos.

Se oyó a sí mismo respirar con fuerza y trató de controlarse. Vio a Draj pisando con fuerza, exudando una furiosa frustración. Había enviado a tres sancionadores hacia el fondo de la gran nave del almacén, por si acaso, pero podían ver casi hasta el final, y ahí no había nada. Otro de los sancionadores fue hasta el control de los lúmenes y bajó la palanca. Tiras de luces baratas parpadearon para encenderse, y mostraron un suelo sucio y vacío. Los ventiladores se pusieron en marcha, porque seguramente estarían en el mismo circuito, y levantaron el polvo.

—Joder —escupió Draj, volviéndose de un lado al otro, su instinto aún buscando algo a lo que hacer daño.

Por un momento, Zidarov pensó que podría haber cometido un error con la referencia de la localización. Fue hasta la pared, la que había tenido los estantes donde guardaban los viales y los tubos. El suelo tenía unas largas marcas, donde unidades con ruedas habían sido apartadas con prisas. Aún podía oler los medicamentos; los vagamente nauseosos sedativos y los compuestos antisépticos colgaban en el aire como al día siguiente de una mala fiesta.

—¡Nada por aquí, sargento! —gritó uno de los sancionadores desde el fondo, y su voz resonó en el espacio vacío.

Zidarov tuvo ganas de quedarse de rodillas. Tuvo ganas de meter la cabeza bajo el suelo. O quizá de golpeársela contra él.

Draj se le acercó para hacerle sentir mejor.

—Estúpido de mierda —rugió—. Estúpido cabrón de mierda. Ese era el lugar. Había estado lleno. Había estado activo. Y no le habían visto, estaba seguro. Hacía solo unas horas, era una unidad activa. Nadie sabía que había ido a observarla. Hasta Vongella había querido acabar con ese lugar.

Enfundó la Zarina y se levantó.

—Eso parece —respondió.

Algunos de los sancionadores estaban murmurando. Uno se sacó el casco, y le lanzó una mirada asesina.

—La castellana querrá tus dientes, estúpido de mierda —dijo Draj, caldeándose.

—Corta el rollo, sargento —replicó Zidarov, cansado, mientras regresaba lentamente hacia la puerta rota—. Haré venir un verispex. Puede que hayan dejado algo.

Pero estaba convencido de que no. El Vidora sabía lo que se hacía. Y al parecer, mejor que él.

—Ni te acerques a la tanqueta —gruñó Draj, a su espalda—. Se necesita para cosas que no son una puta pérdida de mi puto tiempo.

—De todos modos, estaba pensando en volver andando —repuso Zidarov, sin volverse—. Me gusta ver el sol alzarse sobre cada nuevo y magnífico día.

Dos horas después, estaba sentado en una barra descascarillada y descolorida, con una taza de cafeína entre las manos. Llevaba un chupito dentro. Brecht estaba junto a él con la misma bebida, solo que sin la cafeína. Ambos miraron la manchada fórmica durante un rato.

Había vuelto a Vostoka, a un lugar que ambos habían visitado muchas veces antes, uno con un cartel parpadeante sobre la puerta de un sótano que parecía como si fueran a asesinarte antes de servirte. El abarrotado interior estaba cargado de humo de cotin y conversación. Un viejo audex baqueteado machacaba algunos de los antiguos estándares lentos, del tipo que los departamentos municipales de planificación familiar hacían sonar en oscuros antros para conseguir aumentar los índices de natalidad oficiales. El camarero, un viejo con una placa de hierro en lugar de mandíbula, limpiaba sin éxito el espejo de detrás de la barra, consiguiendo manchar unas cuantas partes que aún no estaban borrosas.

—No lo entiendo —dijo Zidarov, malhumorado.

—Ya pasa —repuso Brecht, mientras vaciaba su vaso y hacía gestos de que les pusieran otros dos.

—No me vieron. Estoy totalmente seguro.

—Ya no eres tan rápido y ágil como eras, amigo mío —replicó Brecht, deslizando su vaso vacío por la barra—. Ninguno lo somos.

—No me vieron.

—Debían de tener vigilantes.

—Los hubiera visto.

—Sí. Porque eres un psíquico ligado al Trono.

—No blasfemes.

Llegaron los chupitos. Brecht tomó uno, Zidarov metió el suyo en la cafeína, lo que hizo una mezcla de casi cincuenta a cincuenta.

—¿Hay un topo en el Bastión? —pensó Zidarov en voz alta.

Brecht se echó a reír y chocó su vaso contra el costado de la taza de Zidarov antes de echarse un trago.

—Hay cien topos en el Bastión. Hay topos de los topos. ¿Por dónde vas a empezar? No es exactamente un secreto.

—He intentado comunicarme con Borodina otra vez. Sigue ocupada.

—Está en una misión. De todas formas, ¿qué te va a decir? —Se encogió de hombros—. Draj estaba al corriente. Vongella estaba al corriente. Al sector de los sancionadores se les había avisado. Si vas a volverte paranoico, podrás encontrar cientos de nombres, pero seguirá sin servirte de nada. —Se rascó la bulbosa nariz, pasándose una uña por donde se le habían roto las venas—. Ya pasa.

Zidarov dio un trago e hizo una mueca por el sabor. Ni siquiera sabía exactamente qué había pedido Brecht.

—La castellana está que trina. De todas formas, ya creía que era un error. He recibido tres mensajes de voz suyos a los que aún no puedo responder.

—Ya. El Vidora tampoco estará muy contento.

—Sin duda.

Brecht lo miró directamente.

—Mira. No sé qué pinta tenía todo esto para ti, pero, bueno, ¿no ha sido un poco… precipitado?

Zidarov suspiro.

—No. ¿Tú también? Mira, todo esto es cuento. Adeard Terashova no ha desaparecido. Yo lo sé y tú lo sabes. Infiernos, hasta Lija lo sabe, y ella ni siquiera está metida en esto. Si lo estuviera, el Consorcio lo hubiera mantenido en silencio y habría puesto a algunos agentes de los caros a buscarlo, y nosotros ni nos habríamos enterado de nada. Seguramente ni sabían dónde estaba el Bastión hasta que algún sirviente se lo mostró. Todo es cuento, y yo he ido y he querido sacar algo de nada.

Brecht alzó las manos.

—De acuerdo. No te estoy diciendo que no te comprenda.

Zidarov vació su traza.

—Recuerdo cuando comenzaba —explicó—. Estaba en una patrulla con Berjer en los sancionadores; ¿te acuerdas de él? Entonces, pensaba que era un cabrón acabado, pero ahora que he conocido a más de ellos, creo que realmente no estaba mal. Tuvimos una llamada, y yo no sabía qué significaba el código de misión, y él me explicó que eran drenadores de células. Y yo le dije que tampoco sabía lo que era eso, y a él le pareció muy divertido. Y entonces me hizo sentar y me dijo: «¿Sabes lo que es el serum rejuvenecedor? ¿La mierda que los dorados se meten en las venas para parecer que tienen veinticinco años cuando sus riñones ya están diciendo basta y sus nietos están creando sus propias familias?». Le dije que sí. Y él siguió: «Bien, ¿y de dónde crees que sale?». Y como un niñato le dije que había laboratorios que lo hacían.

Brecht pidió otra en silencio. El aire se fue descargando un poco en el bar mientras la mañana lucía en las calles, pero las ventanas aún estaban opacas por la condensación y la suciedad.

—Y hay laboratorios. Montones, y hacen un montón de dinero legal. Probablemente, Vongella se ha gastado la mitad de su estipendio allí durante veinte años, y todo es legal. Pero luego me puso la mano en el hombro y me sacudió como si yo fuera algún tipo de cánido estúpido y me dijo que cuando hay una cosa cara y segura, también hay algo barato y peligroso. Y luego me dijo cómo funcionaba, y que se podía prescindir de los cultivadores recolectando el plasma y las células madre directamente del tuétano vivo, y que si realmente buscabas un buen margen y no tenías ni alma ni conciencia, ni siquiera necesitabas usar buenos sedantes. Y me contó lo que tarda un donante en morir, y lo doloroso que es, y cómo intercambias jóvenes por viejos cabrones odiosos con más dinero que moral, y que se hace por toda Varangantua y se ha hecho durante años. Es peor que el rapto. Es peor que el asesinato. Roban… juventud.

Llegó la tercera ronda, y en esa, ya no había cafeína.

—Quería impresionarme, me parece, y lo consiguió, aunque no me lo creí del todo y pensé que era otra historia para asustar a los novatos. Así que cuando realmente me tocó ir a uno de esos antros para acabar con él y vi lo que quedaba de los pobres tipos atados a esas máquinas, pensé que nunca iba a dejar de vomitar. Después de eso, pasé unas cuantas noches sin dormir. Entonces aún era soltero, así que me quedé por los bares del clave centro y me dosifiqué ampliamente.

—Es una estrategia —comentó Brecht.

—Después de eso, me gustaba desmontar esas cosas. Me gustaba usar la porra con los que habían engañado a los pobres tipos para meterlos en esos antros. Esta mañana, Draj me ha dicho que él los engancharía a sus propias máquinas. Draj no siempre dice estupideces.

Brecht alzó una ceja, pero no dijo nada.

—No me gusta la idea de que alguien los esté protegiendo —insistió Zidarov—. Quizá estoy dispuesto a un poco.

Brecht dejó el vaso sobre la barra.

—No seas estúpido. Escucha, Zido, te estás arrancando los ojos. La castellana perdonará un fracaso así, pero tienes que darle lo que necesita, que es a ese chico, esté donde esté.

—Todo es cu…

—Cierra el pico. Eso no lo sabes. E incluso si lo es, tienes que fingir que estás currándotelo. Haz algo de piernas. ¿De verdad te crees que iba a estar allí, como si la Disformidad te fuera a escupir justo delante? Estabas dando palos de ciego, tratando de salirte de una misión perdida. ¿Con cuánta gente has hablado? ¿Has rellenado ya algún informe?

Zidarov sonrió torvamente, y tomó otro trago.

—Eres todo un motivador, ¿lo sabías, Gyorgu?

—Soy un evidenciador modelo, eso es lo que soy. Me atengo a las reglas; vivo una vida sobria.

Zidarov rio sin ganas.

—Lo digo en serio —insistió Brecht—. ¿Sabes cuál es tu problema? Que te crees muy afortunado.

—Sí, vivo la vida dorada.

—Es cierto. Lo haces de verdad. Lo tienes todo. No lo tires por la borda.

Zidarov miró fijamente a Brecht, que le devolvió una dura mirada. Casi le preguntó qué quería decir con eso. Quizá fuera exactamente lo que parecía.

Acabó su vaso. Aún era pronto. El alcohol, igual que siempre, estaba demostrando ser un mal sustituto del sueño.

—Gracias por la charla de ánimo.

—Sí, vete a la mierda.

—No, lo digo en serio. Intentaré lo que has sugerido. —Se levantó del taburete, apretó el pulgar sobre el lector de la barra para cargarlo a su cuenta, además de una donación automática para el templo local de la Eclesiarquía—. Quizá esté por ahí fuera. Quizá lo esté.

—Yo te sacaré a la castellana de encima.

—Durante un tiempo —dijo Zidarov, mientras se marchaba—. Solo durante un tiempo.

CAPÍTULO OCHO

Después de eso, hizo lo que había dicho que haría. Volvió al trabajo y se puso a examinar las pistas potenciales, una a una, empleando los datos locales que le filtraba su iris, sin volver al Bastión excepto para recuperar su coche, después de tomar un atronador transporte magnético hasta el aparcamiento de la entrada. Si se quedaba más rato, alguien lo vería y entonces tendría que presentarse ante Vongella, y eso le cabrearía. Era mejor quedarse por la ciudad, mantener un perfil bajo e intentar salvar algo que se pudiera usar.

Mientras conducía por Urgeyena, en dirección sur por la vía multicarril del Mártir Targutai, se dispararon alertas por todo el datavelo, advirtiendo de una posible inquietud en el nexus del crimen organizado, algo que habría que vigilar. Se enviaron a todo el mundo en el sector. Así que ahora todo el mundo sabía que había habido una redada fallida, y que él había sido el nombre detrás de eso, lo que iba a hacer que cualquier Vidora conocido se pusiera nervioso. Fabuloso.

Por sus pecados, visitó a más nombres de la extensa colección de amigos semiadosados de Adread. No, no, evidenciador. Nada extraño en absoluto. ¿Si lo conocía bien? Ya sabes, en realidad no. Fiestas. Amigo de un amigo, supongo. Sí, evidenciador, si me entero de algo, te lo haré saber.

Le costó no golpearse la frente contra la pizarra de datos. La niebla del cansancio fue creciendo, extendiéndose como una infusión en la sangre. Necesitaba comer algo otra vez. Le rugía el estómago, que notaba lleno de líquido, como seguramente estaba.

Revisó los archivos que había sacado sobre el negocio de los Terashova, sus rivales y su relación con las autoridades. Como cualquier gran casa comercial, se las habían tenido con un montón de firmas: el Grupo Nomen, la Corporación Jazc, el Colectivo Lowella. Varias infracciones de regulaciones aparecieron, pero nada que resultara sorprendente. Había importantes pagos a importantes compañías de seguridad y, sin duda, otros pagos mayores, sin registrar, a organizaciones más turbias, como el Vidora.

Había conseguido localizar a un hombre que había trabajado por contrato para proveer de protección directa a los Terashova. Se llamaba Berisa Kharkev y trabajaba para una empresa de seguridad privada con raíces por todo Havduk y otros enclaves de mayor valía. Al principio, Zidarov no había tenido la intención de visitarlo, esperando que un cuerpo apareciera en los grado ocho, pero Brecht tenía razón: había que hacer piernas. Kharkev aún trabajaba al por menor, aunque su contrato con el Consorcio había terminado hacía tiempo, lo que significaba que quizá estuviera dispuesto a hablar. No estaba muy claro de qué podría hablar, pero cuanto más averiguara Zidarov de todo el panorama, mejor.

Salió de la vía multicarril y volvió a las sombras de las calles altas, donde los apiñados habs tapaban la luz roja del sol y todo se mantenía en la conocida oscuridad sombría de hedor a cloaca, calor corporal y limpiador de motor. Se encontraron en una casa-refec pública, una de las muchas en un distrito especializado en los antiguos platos clásicos de Urgeyena. El lugar estaba en silencio y, cuando Zidarov entró, vio a Kharkev sentado solo, cerca de la ventana, mirando hacia la entrada con las manos bajo la mesa. Una sórdida barra ocupaba el espacio al fondo de la zona de mesas, que estaba decorada de modo barato con plástek y fórmica. Estatuillas de yeso de los Primarcas y san Zetrova presidían el centro de cada mesa cuadrada. No había música enlatada, por suerte. Olía a aceite de cocinar, pimienta rota y carne churruscada, los pilares de la *cuisine* de Urgeyena, perfecta para endurecer las arterias.

Zidarov se sentó frente a Kharkev, y pidió dos jenezas con un gesto.

—Gracias por encontrarte conmigo —dijo.

—No hay problema —repuso Kharkev—. Lo que sea por la ley.

Era corpulento, como cabía esperar, con dos cicatrices elevadas en la mejilla izquierda. Llevaba el pelo muy corto sobre un cráneo pálido y de aspecto sólido. Tenía los labios carnosos, los nudillos amoratados y una gran panza. Por el modo en que estaba sentado, Zidarov supuso que llevaba una pistola de un tamaño decente en el cinturón. Iba elegantemente vestido, con un chaleco oscuro ajustado sobre su amplio pecho. Parecía una persona práctica, con un comportamiento razonable. En su experiencia, las mejores firmas privadas que trabajaban para grandes corporaciones lo solían ser: no se podían permitir ser abiertamente matones, cuando las reputaciones comerciales eran el premio.

—Así que trabajaste para Udmil Terashova —dijo Ziradov.

—Mordach.

—Pensaban que iban siempre juntos.

—Quizá lo hagan, en algunos aspectos. No siempre. Y yo me dedicaba a la protección personal, como guardaespaldas, así que le seguía a todas partes.

—¿Durante cuánto tiempo?

—Oh, casi un año, creo. Sí, diez meses, más o menos.

—¿Qué acabó el contrato?

—Cambiaron toda la seguridad. Las grandes familias siempre lo hacen. Es un viaje corto; no les gusta que la gente de fuera se les acerque demasiado.

Zidarov asintió.

—¿Y qué hay del hijo? ¿Lo conocías?

—Un poco. Nunca trabajé directamente con él.

Llegaron las jenezas, sobre una bandeja de acero. Ambas eran de la fuerte producción local, elaboradas con la densa malta marrón que se cultivaba en las zonas agrarias empapadas de lluvia. El líquido era oscuro como la brea, y la espuma espesa como nata grumosa. En cuanto Zidarov la vio, se preguntó si tendría que pedir algo sólido, solo para mantener las cosas en su sitio.

—¿Había algo de él que te preocupara? —preguntó Zidarov—. ¿Algo fuera de lo normal?

Kharkev bebió, y luego sonrió sarcástico.

—Si hubiera sido mi hijo, lo habría enviado al exterior en la caja de un carguero. Los dorados, sin embargo... son una raza aparte. No piensan como tú o como yo. Supongo que él no era diferente. Nunca hacía gran cosa, por lo que pude ver. Mimado.

—¿Parejas sexuales?

—Docenas, pero nada importante. Eran aburridas, esas chiquillas. Tomaban topacio, bebían rezi, dormían en una choza diferente cada día. Creo que algunas veces quería que se lo tomaran más en serio, pero no creo que llegara a gran cosa. Ya sabes: hacer que el viejo se sienta orgulloso.

—Entonces, ¿tenían una buena relación, su padre y él?
—Bah, todos se odian. Se mantienen alejados los unos de los otros. Pero creo que quería que el viejo Mordach le respetara un poco. Que lo viera como un hombre de verdad. Pero no confiaban mucho en él.
—¿Y la madre?
—Ni idea. No creo que le importara mucho, para ser sinceros. No era del tipo maternal.
—Esa no fue la impresión que me dio cuando hablé con ella. Parecía estar preocupada por él.
—¿Por qué? ¿Alguien ha acabado de una vez con el pequeño cabrón?
—Posiblemente. —Zidarov tomó un largo trago de jeneza, que lo calentó de pies a cabeza—. Aún estoy intentando averiguar cómo alguien puede haber llegado hasta él.
—No es fácil. Las casas en las que viven son como fortalezas. Diría que es virtualmente imposible, a no ser que alguien de dentro tuviera algo que ver. El único momento en que son ligeramente vulnerables es cuando tienen que ir en coche o tomar un transporte atmosférico. Y entonces llevan guardias, y los coches son blindados, pero aun así… Ese es el punto flaco.
—Interesante.
—Pero supongo que te habrías enterado si hubieran ido a por un coche. Hubiera habido un gran tiroteo en una de las arterias principales, artillería pesada, difícil de ocultar.
—Quizá. Me iría bien hablar con alguien que lo conociera realmente. Alguien que me pudiera explicar más sobre lo que podría haber estado haciendo, dónde podría haber ido.
Kharkev frunció los labios.
—Hubo una. Hace tiempo. No estoy seguro de recordar su nombre. A mí me caía bien. No creo que fueran amantes. No estoy seguro de por qué la mantenía con él; no era como las otras, todo plástek y pintalabios. Era como feúcha. Pero parecían llevarse bien. Quizá fuera por eso. Podría haber sido de la misionaria. Quizá intentara salvar su alma. Algo como… Erina. Eruna. Perdona, no es de gran ayuda.
—Es una gran ayuda. —Zidarov se recostó en el asiento, deseando estirarse y bostezar a conciencia. Parpadeó, y dejó una propina de cincuenta lascas en el nodo del datavelo de Kharkev.
—Por tu tiempo —dijo—. Si recuerdas algo más, puedes buscarme.

Kharkev asintió en agradecimiento.

—Escucha, no sé si debería decirte esto... Pero, mira, trabajé con ellos durante un tiempo. Nosotros éramos solo la salsa, por decirlo así. Los guardaespaldas públicos, más o menos para lucir. No recuerdo tener que sacar un arma en los diez meses. Los Terashova tenían a alguna gente muy seria trabajando para ellos de puertas adentro. Gente peligrosa. Si Adeard se ha metido en líos, lo que no me cuesta creer, supongo que les resultaría más fácil arreglarlo ellos mismos.

Zidarov se acabó el resto de la bebida.

—Esa idea se me había pasado por la cabeza. Gracias por hablar. Veré que puedo hacer con ese nombre.

Después fue más trabajo con los archivos de datos, más intentos infructíferos de establecer conexiones. Las imágenes que se habían enviado a los sancionadores de patrulla tampoco descubrieron nada, como imaginaba. La ciudad siguió con sus asuntos, consiguiendo, de algún modo, funcionar en ausencia de Adread Terashova. Nada salió en los boletines públicos de los canales de información, lo que no le sorprendió. Era como si Adeard nunca hubiera existido. A los que le habían conocido no les importaba. Los que no, ni siquiera sabían que se había ido.

Zidarov se conectó con los analistas en el nodo del datavelo del Bastión, y consiguió respuesta a su petición de conexión derivada a Alexi Cuo, un hombrecillo que trabajaba en el archivo y en los registros municipales, y que le debía un favor o dos.

—¡*Zido*!— le llegó la voz zalamera a sus receptores del iris—. *Creía que la castellana había puesto precio a tu cabeza o algo así. ¿Dónde estás?*

—Por aquí y por allí. ¿Estás muy ocupado?

—*Me cuesta encontrar tiempo para dormir.*

—Necesito una cosita. Registros de empleados en los locales de la misionaria en los distritos de Vostoka y Havduk. Estoy buscando a una persona. Erina o quizá Eruna.

—*¿Cuál?*

—Dímelo tú. O podría ser otro. Mujer, joven, alguna posible relación con la familia Terashova. En cuanto puedas.

Cuo rio.

—¿Y qué has hecho ahora? ¿Por qué Vongella te quiere lanzar sus cuchillos?

Zidarov no tenía ganas de hablar de eso.

—Muchas gracias. Me hablas por el comunicador en cuanto tengas algo.

Y cortó la conexión. Revisó lo que había hecho, lo que tenía, y se dio cuenta de lo poco que era. Pensó en los cuerpos que había entrevisto en la guarida del Vidora, y no pudo evitar pensar dónde los habrían llevado. Las células eran muy eficientes, para haberlos trasladado tan deprisa. A pesar de todo lo que le había dicho Brecht, estaba seguro de que no le habían visto. Normalmente lo sabías: recordabas un pequeño despiste, un momento en que habías ido un poco demasiado lejos. Así que alguien había avisado. Debía ser eso. Eso cerraba el tema, al menos por el momento pero, cuando las cosas se enfriaran, tendría que investigar.

No llovió en el trayecto de vuelta, aunque las nubes seguían cerrándose. El calor estaba cargado de humedad, como un dolor de cabeza detrás de los ojos, y aumentaba y aumentaba esperando el inevitable final que todo el mundo ansiaba. La presión era tangible, se espesaba; daba la sensación de estar caminando en jeneza. Aumentando, aumentando.

Mientras tomaba la vía de tránsito elevada, vio la estela de un gran carguero elevador que bajaba hacia las estaciones suborbitales del norte, la pesada barriga llena de mercancía, los flancos soltando vapor. Pensó en Borodina, y se dio cuenta de que no le había contestado. Eso también tendría que investigarlo.

Llegó a su unidad-hab y vio luz en la ventana. El cielo era de un negro púrpura y florido, a punto de tormenta. Cuando entró y pasó al refec, Milija ya estaba ahí. Lo miró mientras entraba.

—¿Un buen día? —preguntó.

—Largo —contestó él, mientras iba a la unidad de almacenamiento y buscaba algo que comer—. ¿El tuyo?

—Bien. Pero, claro, yo dormí anoche.

Zidarov se tensó, pero siguió buscando.

—¿A qué hora llegaste? —preguntó Milija.

—No recuerdo. Ya te dije que llegaría…

—Tarde, sí. ¿Llegaste a venir?

—Claro que sí. ¿Qué comemos?

—Yo ya he comido. —Milija se puso en pie con un vaso en la mano y lo miró con dureza—. Naxi va a volver. ¿Lo recuerdas? Tiene un permiso de la academia y quiere hablar contigo sobre su colocación.

Mierda. Lo había olvidado.

—Lo sé.

—Pues saca tu mierda de su habitación antes de que vuelva. Y luego tenemos que hablar. No quiero que se aliste en la Guardia. Ya sabes que no, y tiene que escucharnos ahora, antes de que sea demasiado tarde.

Zidarov rebuscó en el armario. Podía pasar sin esa discusión.

—Ya nos encargaremos. ¿Qué ha pasado con la comida?

—Yo trabajo, tú trabajas, solo que tú lo haces durante veintiséis horas, o eso parece, y no puedes recordar dónde estabas cuando lo estabas haciendo, así que supongo que tu suerte se ha acabado.

Zidarov cerró el armario de un portazo.

—¿Qué se supone que…?

—Cuando estés listo para concederme algo de tiempo de tu apretada agenda, tendremos que idear una estrategia, porque no voy a esperar que el Munitorum me envíe mi mensaje de En Su Glorioso Servicio detallándome en que mundo de mierda ha muerto mi hija. ¿Te has enterado? No se va a alistar.

Pasó junto a él y se fue directa al dormitorio.

—Y puedes dormir en su cama hoy otra vez, cuando acabes. Necesito descansar, y está claro que tú no. Ya hablaremos mañana.

Dio un portazo con la puerta corredera y saltó un poco más de la pintura de la pared.

Zidarov se apoyó en la pared y parpadeó con fuerza. Recordó las palabras de Brecht.

—Sí —dijo—. Lo tengo todo.

CAPÍTULO NUEVE

Vasteva estaba allí, y llevaba el colgante; intentaba hacerlo volver al apartamento, pero él sabía que no podía ir, no tan pronto, así que intentó escaquearse. En alguna parte sonaba un timbre, como una alarma de incendios, y por alguna razón, el Luxer no quería encenderse. Se volvió hacia el asiento del pasajero y vio a Udmil Terashova, que le dijo que buscara mejor o acabaría conectado a un drenador de células, pero no era Udmil, era Vongella, y tenía agarrada una porra de energía activada.

Entonces el timbre lo devolvió a la realidad: una señal prioritaria y codificada desde el datavelo. Se movió de un lado al otro, olvidando otra vez que estaba en una cama extraña, con lo que a punto estuvo de caer al suelo.

>*Código E. Respondan todas las unidades. Código E. Referencia de localización 456-908. Código E.*

Código E. Eso significaba un ataque a un ejecutor. No debería haberle llegado a él, porque eso fluía en un canal para los sancionadores, pero supuso, incluso en su estado semidespierto, que le habían incluido a él deliberadamente en la distribución. Tuvo un repentino momento de horror, como si el estómago se le saliera del abdomen.

Se vistió rápidamente, tomó la Zarina de la caja fuerte y trotó hasta el aparcamiento del coche. Parpadeó para tener una lectura de crono mientras bajaba: mitad de la noche. Debía de haber dormido solo unas tres horas.

Se puso el cinturón, envió la referencia al espíritu máquina y esperó a que el HUD se cargara. En nada ya estaba conduciendo, rápido, serpenteando entre el tráfico nocturno, intentando aclarar sus pensamientos.

La localización pronto resultó evidente: las principales campos de aterrizaje suborbitales. Urgeyena no tenía su propio puerto en el vacío.

El pequeño fondeadero de la Armada en Varangantua estaba mucho más al norte, y él solo lo había visto una vez: un bosque gigante de espolones y amarraderos, bullendo de naves auxiliares y elevadores de material bélico que iban hacia las plataformas armadas en órbita. Ese lugar podía albergar a una fragata de línea, se decía. Quizá hasta un crucero. Siempre hablaban de ampliarlo, para sumar Alecto al circuito de mundos que podían acomodar a un grupo de batalla entero, pero nunca parecía hacerse nada. La lasca necesaria sería de proporciones astronómicas.

Eso aún dejaba mucho comercio que bajaba por los carriles de vacío. Los distritos majoris de Varangantua tenían sus propios puertos de recepción, donde vehículos orbitales tomaban tierra para descargar. Esos lugares eran mucho menos impresionantes que la instalación de la Armada, pero seguían siendo enormes, seguían abarcando una gran extensión, con unos costes de mantenimiento y tasas de desembarque de miedo.

Urgeyena confiaba en una solución a medio camino: un grupo de discos receptores lo suficientemente grandes para recibir un transportador suborbital Slovo VI, que a su vez amarrara en estaciones de vacío colocadas en el límite de la troposfera, desde donde los verdaderos leviatanes espaciales podían despegar. Esos discos eran viejos y habían sido reparados muchas veces a lo largo de los siglos. Se alzaban sobre una celosía de pilones de rococemento, por encima de un efervescente montón de plantas de procesamiento. La zona en su conjunto se conocía como los suborbitales, a pesar de que el término realmente se refería a los hinchados vehículos que empleaban los discos de aterrizaje. Esos lugares eran como pasteles de miel, tanto para el comercio legítimo como para las operaciones del crimen organizado, debido al volumen de mercancías que pasaban en ambas direcciones. Borodina había estado muy activa ahí, aunque ella era solo uno de los muchos evidenciadores asignados para mantener el equilibrio.

Salió de la arteria vial y bajó lentamente hacia el primero de los grandes discos. Sobre él había un Slovo VI, con sus costados inclinados de la altura de un bloque-hab de doce pisos, los ventiladores soltando vapor y las turbinas ralentizándose. Las escotillas de acceso estaban abiertas, y los transportistas mecanizados iban y venían como insectos. Permanecería en tierra menos de dos horas, si mantenían los horarios;

su cavernoso interior se vaciaría y luego se volvería a llenar con cajones de tránsito hacia el exterior, se le llenarían los tanques de prometio y el capitán de vuelo sería interrogado por los preceptores. Luego partiría de nuevo, volviendo a su interminable rotación, el poner y sacar constante que era el sustento de ese sector.

Zidarov siguió camino bajo el borde del disco y se metió en un inframundo de puntales, zanjas y arcos. Ahí abajo, los lúmenes nunca se apagaban; incluso a pleno día era el reino de las tinieblas, salpicado con manchas de colores rojo y verde brillantes, sacudido por el trueno de las turbinas al acelerar; un mundo frenético de gente de paso y príncipes mercantes. Todas las superficies parecían estar cubiertas con los iconos de las casas mercantes: vio la cabeza leonina más de una vez, grabada sobre vallas publicitarias picoteadas por la gravilla y en matrículas comerciales enmarcadas en metal.

El transponedor de localización comenzó a pitar y una runa de completado apareció en la pantalla virtual. Vio lúmenes parpadeantes por delante y la silueta de los vehículos estándar de los sancionadores. En lo alto, ocultos por los discos de aterrizaje, oía el traqueteo de los cópteros de turbina manteniendo la posición. Un cordón de balizas destellaba en la oscuridad y sellaba el área frente a él con rayos traslúcidos.

Aparcó y salió de Luxer. Había sancionadores rondando para evitar que los ciudadanos inquisitivos se acercaran demasiado. La mayoría de ellos lo reconocieron, y no tuvo que mostrar su sello hololítico para que le dejaran pasar el cordón. Un par de servocráneos flotaban sobre el lugar, y sus ojos lentes no paraban de destellar. Los verispex se habían presentado, con sus equipos de auspex forenses chasqueando sus ruedas sobre el asfalto. Al acercarse, vio sangre en la calle: una fina salpicadura, y luego más manchas, como si alguien se hubiera tambaleado hasta cierta distancia. Tres furgones medicae del Bastión esperaban con las puertas traseras abiertas; su personal se ajetreaba en el exterior. Al dar la vuelta a la cabina de un Bulwark aparcado, vio a Vongella con su uniforme de campo, de un color rojo oscuro. La acompañaban Adimir, el sargento mayor de la Pantera, el ala táctica de los sancionadores, y unas cuantas docenas de tipos más. Lo que hubiera pasado ahí, parecía haber acabado. Sin embargo, la escena era eléctrica: todo el mundo estaba furioso.

Vongella lo vio acercarse, y fue a encontrarse con él a grandes zancadas; su abrigo de cuero se le agitaba alrededor de las piernas. Adimir fue con ella, con paso pesado bajo toda la armadura antibalas que vestía. Llevaba un rifle automático entre ambas manos, y lo sujetaba como si fuera lo único que realmente le importara, lo que bien podría ser el caso.

—¡Evidenciador Zidarov! —le llamó Vongella, con una voz cargada de furia—. No debería hacer falta un Código E para que aparecieras ante mí, ¿no crees?

Zidarov notó que la cicatriz le tiraba.

—Y yo no debería estar recibiendo un Código E. ¿Qué ha pasado?

Vongella torció la cabeza hacia los vehículos medicae. Dos tenían ocupante. Uno contenía el cuerpo de un sancionador en su armadura. No se movía. En el otro estaba Borodina, que tampoco se movía. Iba vestida como vestían todos cuando estaban en una misión, y se parecía mucho a cualquier otro ciudadano zarrapastroso en los corrales de trueque, aunque en ese momento estaba cubierta de sangre y enganchada a una telaraña de tubos. Tres ordenanzas estaban trabajando en ella, suturando y metiéndole aire y sangre. Zidarov notó que le volvía la náusea.

—Estaban juntos —le dijo Adimir, con una voz rasposa como un chafadora de chatarra—. Había pedido protección. ¿Sabes por qué lo hizo, evidenciador?

—Dímelo tú.

Adimir agarró a Zidarov por la solapa del abrigo y lo estrelló contra el Bulwark. El sargento mayor lo agarraba con firmeza y su fuerza era impresionante, así que le dolió cuando la cabeza impactó contra un borde del blindaje del vehículo.

—Porque una mierda de evidenciador imbécil la cagó con una redada a una célula de los Vidora —le siseó Adimir a la cara—. Por eso, pedazo de mierda.

—Suéltalo, Sargento —dijo Vongella, con una voz gélida, aunque no sonaba mucho como si le importase realmente ser obedecida.

Adimir lo agarró durante un instante más, mirándolo como si le hubiera gustado aplastar un poco más a Zidarov contra la carrocería del Bulwark. Zidarov se fue un poco hacia abajo antes de recuperarse.

—Se acabó antes de que el equipo de respuesta pudiera llegar aquí —explicó Vongella, mirándolo con asco—. Solo una llamada de pánico por el velo, sin ninguna descripción, y luego el ruido de disparos. El sancionador Rovach está muerto. La evidenciadora Borodina está en coma inducido. Puede que llegue al Bastión o puede que no. Encontramos un coche quemado a unas cuantas millas arriba; nada que recuperar. Llegaron hasta aquí, descargaron sus armas y se marcharon. Objetivos específicos.

Zidarov se sacudió el abrigo.

—Y crees que está relacionado conmigo.

—Borodina estaba monitorizando la célula de Yuti del Vidora. Te pasó la pista. Siempre hemos respetado las distancias: ellos sabían que ella trabajaba por aquí, eso estaba claro, y ella llevaba cuidado. Esto ha sido una venganza. Un trabajo profesional.

—Hay muchos profesionales en los suborbitales. No todos son del Vidora.

Adimir fue de nuevo a por él, y solo lo detuvo el guantelete estirado de Vongella.

—No lo empeores. Si quieres encontrar a otro culpable, hazlo en tu tiempo libre. Revolviste el nido de víboras.

—Con todo el respeto, castellana, hicimos nuestro trabajo. No les gusta. No hacemos lo que les gusta. No detenemos operaciones solo por si acaso se enfadan con nosotros.

—No, y podría vivir con ello si hubiéramos sacado algo —replicó Vongella, con frialdad—. Pero lo revolviste para nada. Borodina era una buena ejecutora. Me gustaba. Nos gustaba a todos.

Zidarov miró a Adimir, que asentía. La voz de Vongella era baja y sincopada. Había un ambiente rabioso en el aire, y todo el mundo en la escena parecía compartirlo.

—Vas a ir a por ellos, ¿verdad? —preguntó Zidarov.

—Siempre hay consecuencias —respondió ella.

Eso era de admirar en Vongella. No dejaba pasar las cosas.

—Y quieres que yo forme parte.

Ella sonrió torvamente.

—Cómo te gustan esta clase de cosas... Encontraremos a quien hizo esto. ¿Quién sabe? Incluso puede que acabes encontrando a quien buscas. ¿Cómo se llamaba? Serpiente Amarilla, creo que dijiste.

Zidarov miró hacia el vehículo medicae. Las puertas se estaban cerrando, y las luces del techo parpadeaban azules. No tardaría en partir; volvería a toda prisa al centro medicae para tratar de estabilizar a Borodina. Suponiendo, claro, que siguiera viva.

—Eso me gustaría —respondió con rabia.

Esta vez, los preparativos fueron mucho más rápidos. Se apartaron casos, se reasignaron sancionadores. Los Bulwark se pusieron a punto y se cargaron de combustible, y tres de las nueve cañoneras a turbina Zurov del Bastión se apartaron de operaciones de vigilancia a largo plazo. Era impresionante lo rápido que se podían mover las cosas cuando detrás había una motivación adecuada.

Vongella había dicho que siempre habían respetado las distancias. Eso era cierto. Los ejecutores sabían mucho sobre el personal y las principales bases de operaciones de los cárteles criminales. No todo, eso era evidente, pero bastante. No se hacía nada con la mayoría de esa información, por falta de auténticas pruebas o por falta de recursos, pero sobre todo para mantener el crucial equilibrio. A cambio, era raro que un ejecutor fuera asesinado estando de servicio por alguien de los operativos que cumplían el Ghaan. Nadie sacaba provecho en tiempo de guerra; eran los psicópatas, los drogados y la escoria de los barrios bajos los que se arriesgaban a sacarle un arma a un sancionador, porque nada les importaba, y no tenían nada que proteger.

Pero cuando el equilibrio se rompía, tenía que restablecerse. Toda la información contenida en los archivos centrales podía utilizarse, se pedía el pago de favores, y se cancelaban los periodos de excedencia. El Bastión, cuando quería, podía ser peor que todos los infiernos.

Las redadas estuvieron coordinadas y se realizaron antes del amanecer. Por un horrible momento, Zidarov pensó que Vongella lo enviaría otra vez con Draj, pero ni siquiera ella era tan sádica. Fue asignado a una patrulla de sancionadores con la que nunca había trabajado, dirigida por una tal sargento Onorova y compuesta por la habitual dotación de artistas e intelectuales bienhablados. Cuando entró en la cabina del Bulwark, ella le lanzó una mirada asesina antes de colocarse el casco.

—He oído que todo esto ha sido por tu culpa, evidenciador —dijo ella, mientras agarraba las columnas de control de la tanqueta y le daba caña a los motores.

—No me adules —replicó Zidarov, mientras se ataba—. Te encanta eso.

Y ya estaban en marcha, retumbando por la rampa; salieron a la débil luz del amanecer temprano, con la neblina matutina alzándose como un manto. Los sancionadores en la parte trasera se fueron preparando: metieron los cargadores con un chasquido, comprobaron los visores y se apretaron ruidosamente las placas de la armadura.

—¿Adónde vamos? —preguntó Zidarov.

—A la Columna Cinco —contestó Onorova, que conducía el Bulwark con brusquedad. Aún no había demasiado tráfico rodado, pero una de las cañoneras petardeaba por encima de sus cabezas, cerca de las torres-hab. Las nubes del humo manchado de negro de las refinerías que se encontraban a distancia hacia el este acababan de comenzar, y habían cambiado el color del horizonte a un marrón sucio donde se topaban con la pared de niebla—. Solo una oficina contable. No tardaremos.

Zidarov se recostó en el asiento. Quería cerrar los ojos, solo unos momentos, pero el Bulwark ya estaba botando sobre el irregular rococemento, y su interior traqueteaba y chirriaba. Quizá partir unas cuantas cabezas le fuera bien. Tal vez necesitara la clase de alivio del estrés que solía conseguir cuando iba de uniforme.

—Avísame cuando lleguemos allí —pidió, acomodando los hombros contra el respaldo gomoso, tratando de desconectar.

Pero Onorova tenía razón: no tardaron mucho. Entraron a toda velocidad en una amplia intersección, obligando a un vehículo oruga de transporte de ciudadanos a salirse de sus raíles-guía, antes de acelerar directamente hacia una pared de ladrillos, pintada de un blanco sucio y adornada con capas medio despegadas de viejos pósteres. Las dos hojas de verja doble de acero estaban cerradas con cadenas enrolladas, y vueltas de alambre de espino envolvían la barra superior de seguridad. Zidarov apenas tuvo tiempo de agarrarse a algo antes de que el Bulwark arremetiese contra ellas; las cadenas se cortaron y las hojas de la verja se fueron hacia adentro. La tanqueta siguió botando, con sirenas sonando y reflectores iluminados de repente, y avanzó por un estrecho patio de almacenamiento antes de estrellarse con fuerza contra una segunda puerta de seguridad.

El motor se detuvo y las puertas se abrieron. Zidarov saltó afuera, mientras sacaba la Zarina de su funda. Al otro lado de la cabina, Onorova hacía lo mismo, y rápidamente se le unieron sus sancionadores, que saltaban del compartimento abierto y corrían a través de la abertura que el golpe de la tanqueta había abierto.

Portaban rifles automáticos de asalto con cañón corto y culata para el hombro, sin silenciador. Era cosas bastas que repartían balas como si fueran confeti en una ceremonia de emparejamiento del Ministorum. Las primeras granadas aturdidoras estallaron después de que las lanzaran a la sala al otro lado de la puerta, antes de que todos entraran de golpe.

Los sancionadores abrieron fuego inmediatamente y llenaron el interior con un estruendo resonante de armas automáticas. Con ese ruido, ni siquiera se podían oír los gritos, solo el fuerte martilleo de las ráfagas agujereando el rococemento. Zidarov no disparó, y dejó que primero Onorova limpiara la primera sala. Los siguió adentró, y desactivó los atenuadores del iris, justo para quedarse medio ciego de nuevo por todos los fogonazos en un espacio cerrado. Vio un espacio estrecho, sucio, cuerpos ya por el suelo, tres salidas hacia el interior, sancionadores cargando por ellas, disparando todo el rato.

Fue detrás de Onorova, que había escogido la puerta interior más a la izquierda. Un cuerpo malherido trató de atraparla desde el suelo mientras ella corría sobre él, y ella le pegó una fuerte patada en la cara antes de continuar.

Zidarov lo miró mientras pasaba a su lado. Tercer Círculo, por su apariencia. Al menos, en esta información parecía haber acertado.

Entraron en una sala mucho mayor que olía a humedad arraigada bajo un olor mucho más nuevo de propelente. Un techo muy alto les cubría, cruzado por vigas de plastiacero. Todos los lúmenes de sodio estaban destrozados y colgaban balanceándose locamente de los cables. Estaba oscuro, aunque Zidarov podía ver lo suficiente para distinguir más cuerpos retorciéndose en el suelo, caliente y húmedo de sangre fresca. Onorova había agarrado a alguien por el cuello y lo estaba arrastrando. El sonido de los disparos y los chispazos de las porras resonaban en las salas más allá, señales de que la matanza continuaba a buena velocidad.

Todo acabó muy rápido. Zidarov no llegó a disparar. La guarida no era tan grande: media docena de habitaciones, poco más de treinta habitantes, reducidos finalmente a uno. Las salas exteriores parecían ser espacios para uso general, donde los del Tercer Círculo pasaban el rato, se inyectaban cotin y jugueteaban con sus cuchillos. Otro par de salas, más interiores, contenían un montón de lasca física en armarios cerrados, empaquetado y listo para su traslado. En otra sala había cámaras frías para almacenar topacio, sleeper y otras sustancias controladas. No quedaba mucha cantidad, seguramente habían hecho una entrega recientemente. La sala en la que se hallaban en ese momento parecía ser el centro de todo. Tenía escritorios que se podían cerrar y estaban llenos de papeles: agendas, registros de pagos, listas de lugares a los que ir. Nada sería de demasiado interés: lo realmente importante no estaría escrito.

Los sancionadores dejaron de disparar y los ecos fueron desapareciendo. Dos de ellos volvieron para asegurar el Bulwark y vigilar la entrada. Dos más rebuscaron en la destrucción que habían causado, para ver si había algo que valiera la pena embolsar para el verispex. Uno cruzó ruidosamente la puerta para ayudar a Onorova a poner en pie al único superviviente, sacarle la chaqueta y camisa, y tirar lejos sus cuchillos.

Zidarov esperó a que acabaran antes de hacer un gesto hacia la silla más cercana. Lo empujaron sobre ella, manteniendo cada uno una mano sobre sus hombros.

El hombre estaba en mal estado. Había recibido un corte en el hombro, y la herida le sangraba. No le habían disparado a él, pero Onorova tampoco había tenido demasiado cuidado. Cuando alzó la mirada, su fino rostro estaba blanco y desorientado. Sin camisa, Zidarov vio que tenía el torso muy musculado. Parpadeó para activar un filtro y las marcas del Vidora se hicieron visibles. Segundo Círculo. Probablemente, el único al que habían destinado aquí.

Zidarov agarró otra silla y se sentó frente a él.

—¿Qué… demonios es esto? —dijo el Vidora, jadeante.

—El resultado de la estupidez —contestó Zidarov—. ¿Cómo te llamas?

—Rogal Dorn.

—Encantado de conocerte, Rogal.

Onorova soltó un siseo. No le gustaba eso.

—Entonces, ¿vais a acabar con esto? —escupió el Vidora. Se refería a sí mismo. Sin duda, los oídos debían seguirle pitando, el hombro le dolería y los ojos le llorarían, pero nadie del Segundo Círculo era débil.

—No, no voy a matarte. ¿Qué montaje tenéis aquí?

—Míralo tú mismo.

—Protección, algunos narcóticos. ¿Drenaje de células?

El Vidora pareció confundido.

—¿Qué?

—¿Comercio ilegal de rejuvenecimiento? ¿Empleo de donantes forzosos?

—No. No. Mira, podrás ver...

—No puedo ver mucho de nada por aquí. Alguien ha volado las luces. —Se inclinó hacia el Vidora, mirándole de arriba abajo—. Pero ahora esto es personal, ¿lo entiendes? Uno de vosotros, ¿sabes? ha matado a uno de nosotros. —Sonrió fríamente—. Causa y efecto.

El Vidora se lo quedó mirando un momento más, como si se preguntara si eso podía ser cierto; después bajó la mirada y dejó caer los hombros un poco.

—No sé nada de todo eso.

—No, supongo que no. Pero os vamos a estrujar hasta encontrar a alguien que sí lo sepa. —Zidarov se echó hacia atrás—. Este lugar está cerrado ahora. No vuelvas aquí. Cuando hayamos acabado, puedes irte. Te sugiero que lleves el mensaje de que no nos gusta nada cuando nos disparáis. ¿Lo has entendido? ¿Lo pasarás?

El Vidora no volvió a alzar la mirada. De repente, parecía encontrar que el suelo era fascinante.

—Habéis cometido un error —masculló—. Va en los dos sentidos. Vosotros nos estrujáis, nosotros os estrujamos.

Ziradov se puso en pie.

—Bueno, ya veremos lo bien que os va con eso. Tú lleva ese mensaje. Ahora, ¿verdad? Dadnos a los que lo hicieron, y las cosas pueden volver a la normalidad. Podemos seguir todos tan ricamente, como de costumbre. Pero tú se lo dices.

El Vidora no dijo nada más. Su hombro parecía estar empeorando.

Onorova le soltó y se acercó a Zidarov.

—¿No nos los llevamos?

—Ya has oído lo que he dicho. Dudo que esta mañana estén deteniendo a muchos.

Pero eso no era del todo correcto. Incluso mientras las palabras le salían de la boca, su iris palpitó.

—Orden de la castellana para el evidenciador Zidarov —dijo la voz incorpórea de un operador del repetidor—. Regresa al Bastión. Tenemos a Serpiente Amarilla.

CAPÍTULO DIEZ

Serpiente Amarilla era un cobrador de deudas, una de las funciones más simples del Segundo Círculo. Visitaba los negocios legítimos en una estricta rotación y se aseguraba de que pagasen; comprobaba sus ingresos, comprobaba que no les ocultaran nada, y se ocupaba del castigo si las cosas no eran como debían ser. Ahí era donde los operativos aprendían su trabajo. Si eran buenos, progresaban a hacer cosas más importantes. Dejaban totalmente la calle, ponían a otros a hacer las rondas, tal vez incluso encontraran un modo de entrar en el Primer Círculo, donde se tomaban las verdaderas decisiones.

Lo habían atrapado durante una de las primeras olas de redadas de Vongella. Había tenido suerte, quizá, de no acabar muerto en medio de todas las balas, aunque Zidarov suponía que en ese momento no se sentía tan afortunado.

De vuelta de la redada, Zidarov se tomó su tiempo. Fue a su celdilla y comprobó si tenía algún mensaje urgente. Había uno de Lena Vasteva, que no leyó. Había unas cosillas que llegaban referentes al caso Terashova, pero aún nada de Cuo. Había todo tipo de pistas y quejas y peticiones de ayuda de otros ejecutores. Contestó a unos cuantos, dejó otros para más tarde y tiró unos cuantos a la basura.

Fue a servirse un poco de cafeína y tomó algo de comer. Se sentía mohoso y sucio, pero no le apetecía usar las duchas del departamento; esperaría hasta llegar a su hab. Se preguntó si Milija estaría de mejor disposición. Sería más fácil si lo estaba. Naxi volvería pronto a casa. De algún modo, ese sería una especie de momento de la verdad.

Todo eso le estaba provocando un dolor de cabeza. Comió mal: todo era sacarosa refinada y carbohidratos procesados. Tenía dolores, todo el tiempo, y no solo el de la cicatriz. Le gustaba el dolor de esa cicatriz. Era como un amigo, un amigo molesto, pero uno al que echaría de menos si se iba.

Finalmente, bajó a las celdas de retención. Para llegar allí, había que descender tres niveles, y luego atravesar el dominio de los castigadores. Ahí abajo, hasta el aire parecía cáustico. A nadie le gustaba entretenerse en esos corredores, con las manchas que de algún modo resistían todos los intentos de blanquearlas y los gritos que resonaban en las cámaras sin ventanas y cerradas con barras. Si pasabas a un castigador en el corredor, uno de esos que llevaban el largo abrigo negro con la espiral supresora de emociones en la nuca, no te cuadrabas ni le dabas el saludo de Su Mano. Dejabas la cabeza gacha. Seguías caminando.

Después de las celdas sin ventanas venían las celdas normales. Las habían colocado ahí para que sus ocupantes pudieran oír mucho de lo que estaba sucediendo más arriba. Solo eso ya servía para ablandarlos. Algunas veces, Zidarov había bajado, había abierto una puerta y se había encontrado a un interno deseando hablar. Una o dos veces, si los guardias del turno no habían tenido cuidado, se había encontrado con que ya se habían cortado las venas. Eso hacía que todos se cabrearan: era un desperdicio de tiempo y de recursos.

Serpiente Amarilla no sería así, claro. Los Vidora tenían su orgullo. Zidarov había ordenado que lo llevaran a una sala de interrogatorio: una celda vacía, una mesa, tres sillas, luz fuerte, dos mensajes del comité supervisor del Ministorum pintados en lo alto, cerca del techo, en grandes letras: *Ningún desgraciado está tan degradado que no le alcance Su clemencia* y *Mejor confesar la culpa que perder el alma*. La efectividad de esos mensajes era cuestionable. Muchos de los ocupantes de las celdas no se preocupaban demasiado por sus almas. Y para empezar, gran cantidad de ellos ni sabían leer.

Zidarov llegó a la puerta de la celda, y presionó el dedo sobre el ciclador de sangre. El lumen se iluminó y la puerta se deslizó hasta abrirse. Entró, se sentó, sacó una pizarra de datos y la colocó sobre la mesa ante él.

Serpiente Amarilla se hallaba enfrente, vestido con la ropa que había llevado cuando se hizo la redada: una camisa amplia, pantalones ajustados, una bandana de tela sobre la frente. Era fibroso, delgado como un perro vagabundo. Tenía el rostro estrecho, y la piel de un color marrón claro, como la de Zidarov. Sus tatuajes reactivos eran visibles bajo los lúmenes, que habían sido calibrados para mostrarlos. La piel expuesta —rostro, cuello y antebrazos— mostraba grandes cardenales.

Un feo verdugón jaspeado le marcaba toda la mejilla: la marca de un golpe con una porra. Parte de todo esto podía haber ocurrido durante la redada. Otra parte, probablemente, durante la custodia.

—¿Y qué mierda es esta? —preguntó, con una voz cansada y despectiva.

Zidarov alzó la vista de la pizarra de datos.

—Las preguntas las hago yo —respondió, y apartó la pizarra. Se apoyó con los codos en la mesa. Serpiente Amarilla se quedó donde estaba. Los grilletes de adamantio en las muñecas y los tobillos tenían ese efecto en la gente—. Estoy buscando a un hombre, Adeard Terashova. ¿Sabes algo de él?

Serpiente Amarilla entrecerró los ojos.

—No.

—¿Estás seguro? Piénsalo un momento. Tenemos todo el tiempo del mundo.

Se lo pensó un momento.

—No.

—Estaba dirigiendo la Planta de Importación Gargoza. A tiempo parcial, supongo, cuando le daba la gana. Estoy seguro de que lo habrás encontrado allí, mientras hacías tus rondas.

—Ni idea.

Ziradov suspiró.

—Mira, soy uno de los buenos de por aquí. Tienes suerte. Sigue así y te enviaré arriba un rato, y luego comenzaremos de nuevo. Y pareces bastante apañado. Lo que es un problema, porque se lo tomaran como un reto profesional.

Serpiente Amarilla no se inmutó.

—No puedo ayudarte.

—Mira, no te han arrestado por eso. Échame una mano y volverás a estar fuera en unas horas. Solo tengo que hablar contigo sobre Adeard Terashova. Ha desaparecido y me gustaría encontrarlo. ¿Cuándo lo viste por última vez?

Serpiente Amarilla pensó un momento. Zidarov podía verle sopesando qué hacer. Finalmente, el joven se encogió de hombros.

—Hace casi un mes. Tuvimos una reunión de negocios.

—¿En la planta?

—Sí.

—¿Y era ahí donde hacíais todas las reuniones?
—Sí.
—¿Y sobre qué tipo de negocios estabais hablando?
—Importación y exportación.
Zidarov rio torvamente. Siempre era importación y exportación.
—¿Alguna vez expresó insatisfacción con los términos de vuestros acuerdos de negocios?
—No.
—¿Tuvisteis algún otro tipo de desacuerdo? ¿Se comportó de algún modo inusual?
—No.
—¿Así que no tienes ni idea de por qué puede que haya desaparecido poco después?
—Ni la más mínima.
Zidarov fue a rascarse la nuca. La sala se mantenía fría. Al menos, eso le ayudaba a seguir despierto.
—Por lo que sé de Adeard, tenía ambición, aunque no mucho seso. Creo que debía encontrar el trabajo en una planta como Gargoza muy aburrido. Creo que debía querer probar cosas nuevas. Así que me pregunto qué habrías hecho si, digamos, te hubiera expresado su interés en jugar un papel más importante en tus operaciones. No solo pagar las facturas, sino quizá también cobrar unas cuantas.
Serpiente Amarilla miró a Zidarov directamente.
—¿Y qué atractivo tendría eso para nosotros?
—No lo sé. Yo no estoy en importación y exportación. ¿Lasca, quizá? Él tenía acceso a mucha.
—Nosotros también.
—Tiene un nombre importante.
—Eso, en nuestro tipo de trabajo, no es una ventaja.
—¿Así que no buscabas nada como eso? ¿Él no estaba tratando de ser socio vuestro?
Serpiente Amarilla sonrió fríamente.
—No necesitamos socios.
—Pero yo creo que sí. Creo que él vio una oportunidad para algo con más glamur. Mucho más lucrativo. Como el drenaje de células, por ejemplo.
Zidarov observaba atentamente mientras hablaba, buscando cual-

quier cosa: un parpadeo, el movimiento de un dedo. Serpiente Amarilla era demasiado bueno para eso.

—Pero eso no es legal, evidenciador.

—No, no lo es. Así que, si tuviera la grabación de un almacén, una grabación verificable, que muestra actividad medicae ilícita, en una localización donde sabemos que la cédula Yezan realizaba operaciones, ¿te sorprendería?

—Me sorprendería mucho. Pero si te refieres al lugar que creo que te refieres, no hay nada allí. Nada en absoluto. Así que te equivocas en eso.

—Raro, ¿verdad? ¿Poseer un almacén vacío?

Serpiente Amarilla se mostró equívoco.

—La verdad es que no. Las cosas se van moviendo. Las instalaciones cambian. Así es nuestro negocio.

—Ya no. Hemos echado el cierre.

—Ya me he fijado. ¿Y de qué va todo esto? ¿Por el chaval Terashova?

—No del todo. Tu gente se cargó a un sancionador e hirió a una evidenciadora. La castellana está marcando los límites.

Por primera vez, Serpiente Amarilla pareció un poco sorprendido.

—No sé nada de eso.

—¿Seguro? Porque si supieras, te podría ahorrar un montón de problemas.

—¿Dónde ocurrió?

—En los suborbitales. Piensa un poco más. Alguien se puso nervioso, y eso te ha dejado a ti con un montón de problemas.

Por segunda vez, Serpiente Amarilla hizo lo que se le pedía, y pensó un poco más.

Zidarov le dejó que lo hiciera. Sabía que estaría valorando varias cosas. La probabilidad de que lo pasaran a los castigadores. Si le sería posible aguantar mucho allí. Si tenía algo con lo que negociar, algo que pudiera revelar sin violar la prohibición Ghaan sobre soplar información.

Finalmente, soltó un suspiro cansado.

—Mira, esto es lo que te puedo dar. No tengo nada sobre esos ataques. Cometimos un error o vosotros cometisteis un error; de un modo u otro, Yuti no tardará en llamaros. Pero del chico no sé nada. Quería probar, y dijo que tenía lasca. Pero no era en mi especialidad. Lo único que le dije fue adónde ir, con quién hablar. No sé si lo hizo. Quizá se metió en algo de lo que no pudo salir. Pero si me lo preguntas, eso no me parece probable. Era pura fachada, era estúpido, y nosotros no trabajamos con estúpidos. Así que no lo sé, de verdad. Creo que tendrías que buscar por otro lado, pero eso es trabajo tuyo.

Zidarov lo anotó.

—¿A quién le enviaste?

—Al sector Primero, Silka. Pero ya hace tiempo que se ha escondido, a no ser que ya la tengáis vosotros. Como todos los Primeros. Eso es lo que pasa cuando enviáis a vuestros perros.

—Lo investigaré.

Serpiente Amarilla sonrió.

—No creo que te vaya a servir de mucho.

Zidarov desconectó la pizarra de datos y se puso en pie.

—Nos volveremos a ver, ¿verdad? Tú sigue corriendo y nosotros seguiremos atrapándote.

Pero tenía razón, claro. Silka, la miembro del Primer Círculo del Vidora que había mencionado Serpiente Amarilla, estaba fuera de alcance, al menos por el momento. Toda la organización se había ocultado; habían cerrado todos los pisos francos conocidos y corrido hacia los niveles de subte-habs, donde se tardaba mucho tiempo en encontrar nada o a nadie; habían abandonado incluso las extorsiones más lucrativas mientras durara la tormenta. Vongella les había dado fuerte, y eso les estaba costando caro, pero eso también tenía un precio. El jefe de la sección de Urgeyena, el hombre conocido como Yuti Uno, tampoco estaba accesible, al igual que todos sus segundos. Las porras siempre podían limpiar la basura del final del montón, y lo hacían de vez en cuando, pero era mucho más difícil llegar al cerebro de la organización.

Zidarov puso una orden para detener a Silka, aun sabiendo que quedaría esperando hacia el final de la cola. Lo mejor que podía esperar era que Vongella quisiera que se acabara rápidamente con el asunto de Terashova y pudiera acelerar las cosas, pero tampoco apostaba por ello.

Su malhumor empeoró. Comió otra vez, sabiendo que era una mala idea. Se sentía como si todo eso fuera un peso colgado del cuello, que además interfería con todo lo que realmente debería estar haciendo. Si él tuviera mano en el asunto, habría estado en más celdas de interrogatorio con más Vidoras, averiguando adónde se habían llevado el equipo para el drenado de células. Eso era lo importante, lo que realmente le gustaría aplastar. Sin embargo, desde la redada, se le había dejado muy claro que su prioridad era la búsqueda del mimado niño rico, además de restaurar el equilibrio que, según aseguraban, a todos les importaba tanto.

Y seguramente Serpiente Amarilla también tendría razón respecto a Adeard. Costaba ver por qué el Vidora querría que él participara en sus actividades, ni por qué le habrían raptado o matado si las cosas se hubieran puesto feas. De un modo u otro, habrían corrido el riesgo de atraer una atención que no les interesaba a cambio de una ganancia muy escasa. Y no se quitaba la vieja idea de la cabeza: que todo eso era una farsa, que Adeard estaba sano y salvo, y que Udmil había estado jugando con ellos desde el principio por alguna razón que aún no tenía clara.

Lo más inteligente hubiera sido mantener una búsqueda perseverante, seguir representando el papel. Pero Zidarov no se sentía muy inteligente. Se sentía al límite e irritable.

Intentó llamar directamente a Udmil y fracasó. Intentó llamarla a través del servicio de información principal del Consorcio Terashova y no llegó a ninguna parte. Intentó llamar a los agentes de contacto del Consorcio, los que se habían encargado de transferir fondos a los sancionadores, y se lo sacaron de encima.

Eso le puso aún más irritable, así que fue a su mesa y contactó con Glovach, el jefe de la división de crímenes financieros, el responsable de echar un ojo a todas las grandes corporaciones legítimas. Era corrupto como el que más, algo que iba con el cargo, pero, por lo general, tenía un alma amable y colaboradora. Podía permitirse serlo, con toda la lasca que se sacaba. Su personal vigilaba los movimientos de los jugadores más importantes, por lo que le había resultado de gran ayuda antes, más de una vez.

—Zido —le llegó la voz por el iris. Sonaba como si estuviera en el exterior. Sonaba como si las olas rompieran.

—¿Estás en… la playa? —preguntó Zidarov.

—*Solo un poco de entretenimiento* —contestó Glovach, satisfecho—. *Una invitación de la Corporación Jazc. Tranquiliza las cosas.*

Zidarov apostaría a que sí. Y seguro que también le tranquilizaba su cuenta personal.

—¿Y con cuánta lasca te está untando últimamente la Jazc?

—*Más de la que tú verás nunca.*

—Gracias por recordármelo. Escucha, tengo que hablar con Udmil Terashova. Su gente me dice que está ocupada, pero tengo que hablar con ella. ¿Una ayudita?

—*Espera un momento.* —Glovach cortó el vínculo, para repasar su velo privado de escritos de contactos e información. Tardó un poco, y Zidarov fue tamborileando con los dedos, nervioso—. *No ha habido suerte, me temo* —dijo finalmente Glovach—. *No tengo nada. Pero Mordach, el marido..., sabemos que tiene que presidir una convención en la zona dorada. Te puedo dar la referencia de la localización, pero eso significa que estará en su apartamento privado durante unas cuantas horas. Siempre se queda ahí, antes de una de esas.*

—Muchas gracias. ¿Cómo está el tiempo por ahí?

—*Aún no ha llovido, lo que es una suerte... para mí. Considéralo hecho.*

Al cabo de unos minutos, Zidarov notó el pulso de las coordenadas entrando en su receptor. Pero ya estaba de camino al Luxer, con la cabeza baja, esperando no encontrarse con Vasteva o Draj o con ninguno de las docenas de sancionadores metidos en la purga contra el Vidora. Muchos de ellos le culpaban de la perturbación y estarían encantados de verle intercambiando el lugar con Borodina.

No tuvo que ir muy lejos. El Bastión-U tenía una situación bastante céntrica, y los distritos comerciales más ricos estaban hacia el norte. Esas eran las zonas doradas, los lugares donde los dorados hacían su dinero y sus tratos. Las agujas —no torres, sino agujas— eran más altas, más ornamentadas, recubiertas de granito y de elegante pirita, y rematadas con águilas imperiales de basalto y serpientes de Varangantua enroscadas. Viaductos cubiertos conectaban cada uno de los pináculos, y se repartían entre los enormes puntales como los hilos de una telaraña, lo que permitía que un servidor interior fuera entre todos ellos sin siquiera tocar el suelo. Una vez, Brecht le había dicho que le recordaba a un corazón que había visto abierto en una mesa de autopsias, con los ventrículos al descubierto y el fibroso tejido conectivo.

Mirándolo en ese momento, Zidarov no consiguió ver la similitud. Las zonas doradas siempre le parecían un cementerio, una gran colección de monumentos de piedra muerta, cada uno proyectando una sombra de la longitud de todo un habclave, asfixiando la vida de la tierra bajo ellos.

Condujo el Luxer a uno de los edificios más grandes, una fina torre octogonal que surgía en medio de un nudo de viaductos de acceso y luego se alzaba en capas cada vez más contraídas hacia un cielo tormentoso. Ráfagas de lluvia cayeron sobre él cuando salió del coche y se dirigió a una de las varias docenas de vestíbulos de entrada. Ese, en concreto, era el de más alto standing, con paredes de mármol y suelos pulidos. En unos tiestos exteriores había plantas, quizá reales, quizá falsas. Cuando las puertas de vidrio blindado se abrieron deslizándose, se vieron más plantas, salpicadas de flores exóticas con un aspecto demasiado sano para ser naturales. Hombres y mujeres en elegantes túnicas pasaban por el interior, o estaban en grupitos, o daban instrucciones a sirvientes en tabardos y jubones igualmente elegantes. Unos cuantos servidores estaban por los márgenes, la mayoría mozos de cuerda, aunque incluso esos se veían menos desgraciados que los habituales. Los guardias de seguridad, tras sus visores de espejo, paseaban en parejas entre la gente, abrazados a sus rifles automáticos.

Un largo mostrador de recepción se hallaba en al fondo del vestíbulo, atendido por personal con un implausible aspecto juvenil, pero Zidarov no le prestó atención y fue directo hacia los ascensores. Cuando se acercó a ellos, uno de los omnipresentes guardias le bloqueó el paso.

—¿Puedo ayudarte, ciudadano? —le preguntó, contemplando la apariencia nada dorada de Zidarov.

Este le mostró su sello hololítico.

—Evidenciador. Bastión-U —explicó—. ¿Qué está pasando?

El guardia se relajó.

—Todo va bien, evidenciador. ¿Puedo preguntarte qué te trae aquí? Tengo que ponerlo en el informe.

—¿Cuál es tu identificador laboral, oficial? —preguntó Zidarov.

—Cinco, cinco, seis, nueve.

Zidarov activó una transferencia de crédito.

—Un regalito para ti. Sal a cenar. Disfruta de la vida. Pero, verás, es que tengo que seguir.

El guardia comprobó su saldo de lasca, y luego asintió.

—Todo parece estar en orden, evidenciador.

—Voy a ir al piso cuatrocientos sesenta y cinco.
—Su Mano, evidenciador.
—Su Mano, oficial.
Y desde ese momento todo fue fácil. Los pisos fueron pasando, el ascensor se detuvo, las puertas se abrieron y él recorrió los pasillos, caminando con confianza y sin atraer la atención de ninguno de los muchos guardias que pasó de camino.

Las salas en los pisos altos lucían una decoración aún más cara que los de abajo, si eso era posible. Todas las superficies eran duras y reflectantes. El aire parecía más limpio, como frotado varias veces antes de pasar por los tubos de los espacios interiores. Olía vagamente a pétalos aplastados.

Después de cruzar un amplio vestíbulo con una alfombra de terciopelo carmesí, llegó a un arco que mostraba el escudo de los Terashova. Lo vigilaban cuatro personas, metidos en armaduras rojo oscuro y con cascos que cubrían el rostro; todos con porras y pistolas aturdidoras. Su librea era diferente de las de los del vestíbulo, y Zidarov supuso que no tendrían el mismo conjunto de obligaciones. Aun así, estaba donde tenía que estar; a través del arco podía ver más alfombra, más puertas y más grupos de follaje con aspecto real.

—¿Perdido, ciudadano? —preguntó el guardia jefe. Ahí arriba, tenía que ser educado: a pesar de las apariencias, Zidarov podría ser alguien muy importante. Pocos mortales corrientes hubieran llegado tan lejos.

Por segunda vez, mostró su sello hololítico.

—Tengo una cita con ser Terashova. Evidenciador Zidarov, Bastión-U.

El guardia lo miró dudoso. Zidarov notó entonces que una de sus manos era un implante augmético. Estaba cubierta con un guante, pero el metal destellaba en la muñeca. Resultaba desagradable. Se preguntó qué podría hacer.

—Está reunido —dijo *mano de metal*—. No verá a nadie.

—Me verá a mí —repuso Zidarov—. Solo infórmale de que estoy aquí. Agusto Zidarov. Personas desaparecidas.

Por un momento, pareció que *mano de metal* no iba a ceder. Pero entonces inclinó el casco y resultó evidente que estaba recibiendo algo por un circuito privado de comunicación. Un momento después, los guardias se apartaron.

—Por aquí, por favor, evidenciador.

Mano de metal le guio por debajo del arco y por el pasillo que había después. La alfombra era alucinante: un grosor que parecía el de una nalga de grox, en el que se le hundía toda la suela de las botas. Llegaron a una puerta de doble jamba al fondo, y *mano de metal* activó una campanilla. La puerta se abrió y dejó ver una cámara donde se hubieran podido meter cómodamente un par de las cañoneras de turbina del Bastión. Había muchos muebles: bancos, sillones y mesas bajas con boles de fruta, que parecía no ser sintética; todo eso sobre más alfombrillas gruesas repartidas por un suelo de madera semireflectante. Cerca del fondo había una mesa de juntas curvada con asientos para veinte personas. Seis se hallaban sentadas alrededor: tres físicamente presentes y tres fantasmales proyecciones hololíticas.

Era imposible confundir al director. Zidarov reconoció a Mordach Terashova por los pictografos que Udmil le había dado. Era un hombre corpulento, alto, con una larga barba negra que le llegaba a mitad del pecho. Su piel era tan blanca como la grasa de la carne sin cocinar. Llevaba un chaleco largo, azul oscuro, sobre una camisa negra. Tenía un anillo en cada dedo de la mano.

Mientras Zidarov se acercaba a la mesa, Mordach dijo algo a los que estaban a su alrededor. Los hololitos parpadearon y desaparecieron. Los tres asistentes físicos se levantaron, hicieron una pequeña reverencia y se marcharon por una puerta doble en la pared del fondo. *Mano de metal* también se retiró; retrocedió por toda la sala y cerró las puertas al salir. Después de eso Zidarov y Mordach se hallaron solos en una habitación que podría haber albergado a unos cuantos cientos de personas sin parecer abarrotada.

Mordach se acercó a un armarito de bebidas y se sirvió una copa de opalvino.

—¿Una copa, evidenciador? —preguntó.

Estaba de servicio, así que no.

—Un rezi, si lo tienes —contestó Zidarov.

Mordach sacó un vaso de cristal, dejó caer ruidosamente algo de hielo y luego sirvió el rezi desde una botella chata. Zidarov lo tomó y brindaron.

—A tu salud —dijo Mordach—. ¿Cómo va la investigación?

—Gracias por preguntar. He comenzado a pensar si habría alguien a quien le importara.

Mordach alzó una ceja y lo guio hasta un sillón bajo.
—Es raro que digas eso.
—¿Lo es? —preguntó Zidarov mientras se sentaba—. No puedo conseguir una cita con tu esposa. No puedo conseguir una cita contigo. Estoy investigando la desaparición de tu hijo, así que eso es lo que yo llamo raro.

Mordach se sentó frente a él.
—¿Estás cansado, evidenciador? Pareces... inquieto.

Sí, estaba cansado. Sí, estaba inquieto.
—Yo lo veo así —comenzó. Bebió un largo trago del rezi. Luego otro—. Se me pidió que me encargara de este caso. Hice averiguaciones. Hice algún progreso. Fueron pasando los días. Me habría esperado, creo, que tu mujer se pusiera en contacto conmigo. O tú. Para saber cómo iban las cosas.

—Creo que Udmil y yo esperábamos que nos pusierais al día una vez tuvieras algo concreto.

—Muy bien. —Otro trago—. Pues aquí lo tienes. No hay ni rastro de él. Nadie con quien he hablado me ha dicho nada. Estaba aquí y ahora no lo está. Tuve varias ideas y las comprobé, pero no llegué a mucho. Y por tanto, me veo obligado a considerar algunas posibilidades indeseadas.

—¿Oh?

Zidarov bebió otro trago. Miró a Mordach. Mordach lo miró a él. Ese hombre tenía una mirada dura como una piedra. Era el tipo de mirada que, sin duda, era muy útil en negociaciones, la clase de mirada que decía al interlocutor que él tenía más dinero que joyas había en el Trono Dorado del Emperador y que, si tenía que hacerlo, lo emplearía para arrebatarte, a ti y a todo lo que amaras, la vida y la esperanza, hasta que consiguiera lo que pretendía; y cuando hubiera acabado, casi ni notaría lo que había perdido.

—No estoy seguro de que haya desaparecido —afirmó Zidarov.

Se hizo el silencio en la sala. Después de un momento de incomodidad, Mordach tomó un sorbo de su bebida.

—Una sugerencia absurda. Será mejor que me digas, evidenciador, qué te hace plantearla.

—Mi instinto. Es una sensación visceral. Y como ves, de eso tengo mucho.

Mordach no sonrió.

—Así que crees que todo esto es… alguna clase de juego.

—Uno no muy bueno. Verás, a nadie le importa. Nadie está preocupado. Y como le dije a tu esposa cuando nos vimos, vuestra organización puede comprar más músculo en unas horas del que mi departamento te podría proporcionar en un mes. Lo he comprobado. Y no lo habéis hecho. Estáis dejándomelo a mí, un solitario evidenciador en un departamento sobrecargado, cuando vuestras operaciones ni siquiera toman el agua corriente del suministro de la ciudad. Eso, y el hecho de que el rastro de tu hijo haya desaparecido tan completamente, con tan poco lío o explicaciones, hace que me pregunte si realmente queréis que lo encuentre.

—Ya veo.

Mordach habló en un tono bajo, suave, con seriedad. Se controlaba con precisión. En cierto sentido, se parecía a Udmil, aunque él proyectaba un aire palpable de amenaza física. Por alguna razón, esos malditos anillos en los dedos lo hacían más temible, como si contuvieran algún poder maléfico en su interior, soldado con el metal.

Zidarov acabó su bebida y dejó el vaso en la mesa frente a sí. No sabía si nada de lo que acababa de decir era realmente la verdad, pero había notado algo raro en todo el asunto desde el principio y era mejor ventilar esa clase de cosas lo antes posible. Si Mordach se enfurecía, él podría enterarse de algo. Si comenzaba a afirmar su inocencia, él podría enterarse de algo. Si sacaba un arma, entonces él tendría un problema.

Finalmente, Mordach se puso en pie y fue hasta un largo aparador colocado paralelo a la mesa de juntas. Al acercarse, activó la clave de un campo repelente, y todo el mueble brilló mientras el campo desaparecía. Dio un golpecito en la superficie y un panel se deslizó suavemente, dejando al descubierto una elegante caja fuerte. Mordach colocó dos dedos de la mano derecha en el panel de acceso de la caja fuerte, y salió un cajón. Tomó algo del cajón y luego dejó todo como había estado, incluso con el campo repelente. Volvió al lado de Zidarov con lo que parecía un pequeño paquete de terciopelo negro. Se lo pasó a Zidarov y volvió a sentarse.

—Míralo —dijo, y tomó otro sorbo de su bebida.

Zidarov desenvolvió el paquete. En el centro de terciopelo había una fina cámara de estasis con una tapa transparente. En el interior podía ver claramente un dedo humano, cortado por debajo del segundo nudillo. Estaba bien conservado.

Miró a Mordach.

—¿Es lo que...?

—Puedes abrirlo. Si lo haces, aquí o en tu comisaría, verás que es de Adeard. Eligieron el dedo adecuado: contiene el implante con su biofirma. Es de la mejor calidad, imposible de manipular. Déjame que te asegure, evidenciador, que esto no es ningún juego.

Zidarov miró el dedo durante un momento.

—¿Cuándo te llegó esto?

—Ayer.

—¿Y no se te ocurrió ponerte en contacto conmigo?

—Quise asegurarme de que fuera auténtico. Y luego informar a su madre. Aún no lo sabe. Verás, somos gente muy ocupada. Incluso yo, su esposo, no siempre puedo hablar con ella cuando quiero.

Zidarov le dio la vuelta a la cámara. Era una pieza de especialista, no algo que muchos pudieran conseguir.

—¿Llegó con algún mensaje?

—Un audex, que se borraba después de la primera reproducción. Nos advertía de no interferir más en actividades que no son de nuestra incumbencia.

—¿Y qué actividades podrían ser esas?

—No tengo ni idea, evidenciador. El Consorcio participa en cientos de negocios. He ordenado que se revise cualquier cosa que pudiera ser polémica. Esto no nos paralizará, pero debemos ser cautos.

Zidarov suspiró pesadamente.

—Me lo llevaré. Puede que nos hayan dejado algo, una bioseñal, un campo de resonancia. Al menos podemos verificar el dueño del... apéndice.

—Oh, no hay ninguna duda de eso —repuso Mordach, torvamente. Se inclinó hacia delante y apoyó los codos sobre las rodillas. Los anillos destellaron—. Como te he dicho, es de Adeard. Y quizá ahora veas que tus fantasiosas ideas sobre la veracidad de este caso no tienen fundamento. Déjame que te diga, fue Udmil la que me convenció de recurrir al Bastión. Decía que sería mejor que la investigación la llevara una organización neutral, ya que no podemos estar seguros de que este asunto no tenga relación con alguno de nuestros rivales. Tenemos espías en sus corporaciones, ellos tienen espías en las nuestras. Mejor, me dijo, recurrir a la ley. Nos proporcionarán un profesional. Alguien que pueda investigar esto con cuidado, tranquilamente, de un modo imparcial, antes de que las cosas se nos vayan de las manos.

La mirada de Mordach costaba mucho de mantener. Había un vacío detrás de sus ojos que resultaba desconcertante e incómodo. O quizá solo fuera lo que la vergüenza le hacía a Zidarov. Hasta el momento, ese asunto era como una letanía de un fracaso muy público.

—Lo has dejado muy claro —repuso Zidarov.

—Quizá no llevemos este asunto como estás acostumbrado —continuó Mordach—. Quizá quisieras que nos pusiéramos a llorar y te rogáramos que hicieras algo, lo que fuera, para devolvérnoslo. Tal vez te parezcamos fríos y sin sentimientos. Todo eso es una consecuencia de mi profesión. Una consecuencia de en qué me he convertido. Créeme, quiero a mi hijo. Todo lo que he hecho aquí, todo lo que he sufrido, ha sido por él. Cuando yo ya no esté, él se lo quedará todo. Por eso te digo con toda sinceridad que quiero que lo encuentres. Y quiero que los que se lo han llevado sean castigados. Así que, evidenciador, ya que a mí me has localizado con tanta facilidad, quizá podrías contarme qué progresos has hecho y cuán cerca estás de encontrarlo.

O todo eso era auténtico, o Mordach era un gran actor. Igual que antes, con Udmil, Zidarov sintió la sinceridad de sus palabras. Igual que antes, sintió que había algo raro bajo ellas. Y sin embargo, el dedo cortado estaba allí ante él. Lo comprobaría, pero no tenía ninguna razón para creer que no fuera de Adeard. Enviar un mensaje de ese modo era clásico del Vidora, como lo era también de una docena de otras bandas criminales. Incluso de algunas firmas comerciales.

—Mi línea de investigación actual se basa en las relaciones que tu hijo pueda haber establecido con ciertas organizaciones de protección —explicó, con cautela—. Pudo haber entrado en contacto con ellas cuando estaba trabajando para ti en Gargoza. De ser así, y si se involucró con ellas en algún sentido, eso podría haberle causado problemas.

Mordach no parecía muy convencido.

—¿Y eso es lo que estás investigando?

—Es por donde estoy mirando. Tenemos un montón de recursos puestos en esto ahora mismo. No es una ruta fácil, pero tenemos algunas pistas.

—Son gente peligrosa.
—Mucho.
—Adeard no era perfecto, en absoluto, pero me cuesta creer eso.
—Solo es una línea de investigación.
—¿Y tienes otras?
—Algunos de sus contactos están resultando difíciles de localizar. Me dieron un nombre: Erina. O quizá Eruna. Una conocida de Adeard. ¿Podrías haberla conocido?
—Nunca he oído ese nombre.
—Bueno, seguiremos buscando. Y las patrullas de sancionadores tienen su descripción. Por ahora, ahí estamos.
—No muy lejos.
—Es una ciudad muy grande.
—Y llena de juegos engañosos.
—Sí, ya lo has dejado claro. Esto no es uno de ellos. Pero...
—Tenías que comprobarlo. Bueno, ya lo has hecho. Creo que eso significa que ya nos hemos dicho todo lo que hacía falta. Estarás deseando volver ahí afuera.

Zidarov sonrió con sequedad y se puso en pie.

—Gracias por la bebida.
—Un placer. La próxima vez que te ofrezca una, asegúrate de tener algo que darme a cambio.

CAPÍTULO ONCE

En ese momento, la lluvia caía a salpicones y burbujeaba contra la ventanilla del Luxer. Iba a llegar mucha más, y la estática iba creciendo, lo que ponía irritable a todo el mundo. Cuando el diluvio cayera finalmente, la gente lo agradecería durante unos días, antes de empezar a quejarse de las alcantarillas rebosando y las telarañas de humedad en el techo de sus habs. Después de semanas, con las cloacas inundadas y los cuerpos hinchados flotando por toda la ciudad, rezarían al Trono para que acabara.

Zidarov condujo de vuelta al Bastión. El cielo estaba cargado de nubes arremolinadas, que pesaban sobre las agujas, borraban la débil luz y hacían que el rococemento se viera mortecino y apagado. Su humor era igualmente torvo. Su intuición, algo en lo que había aprendido a confiar plenamente, le estaba fallando.

Nunca se había considerado un agente brillante. Nunca había buscado que lo promovieran a senioris, con todos los juegos de poder y transferencias de lasca que eso implicaba. Siempre había pensado que se encontraba en su nivel. El trabajo era peligroso, de vez en cuando, y demasiado absorbente para intentar mantener una unidad familiar intacta, pero le cuadraba perfectamente. Mejor trabajar en el Bastión que laborar en alguna cadena de montaje, produciendo balas para alguna guerra remota bajo la mirada de un supervisor de ojos muertos. O eso era lo que siempre se había dicho. Quizá los de la cadena de montaje lo tuvieran más fácil. No les disparaban tanto. No tenían que tomar tantas decisiones.

Finalmente, Zidarov se detuvo en la recepción del área medicae del Bastión, dejó el Luxer en un sitio marcado como "Solo Activos de Emergencia" y entró. Se abrió paso entre un montón de ordenanzas que empujaban equipos de sangre y plasma, y se coló por la puerta corredera cerrada. El interior no se parecía en nada a la instalación medicae municipal donde trabajaba Milija. Una vez la había llevado ahí, y ella se había quedado tan impresionada como consternada. Impresionada porque los pasillos estaban medio vacíos, porque las camillas tenían suficiente equipo, porque no había gritos casuales ni vagos tambaleándose por las salas. Consternada porque las paredes eran de rococemento desnudo y las camas tenían esposas, y porque el personal medicae parecía más servidores para la cría de caballos industrial que humanos. El Bastión se esforzaba aún menos que las instalaciones de la ciudad en disimular lo que hacían. Ese era un taller de reparaciones: un lugar donde te ponían grapas, te ponían una inyección y un montón de estimulantes, y te devolvían al trabajo.

Pero olían igual: esa mezcla de productos químicos de limpieza y productos de desechos humanos, el cóctel que se te metía en la garganta y se quedaba ahí durante horas. Era igual en todas las instalaciones medicae, y Zidarov lo odiaba. Lo odiaba todo de ese lugar. Hacía que se le pusieran los pelos de punta, al recordarle todas las veces que había estado bajo los bisturís, las veces que había estado con la mirada clavada en los lúmenes del techo, pensando que había visto a los santos ir a por él con sus alas de marfil y sus lanzas de oro.

Habían puesto a Borodina en una solitaria sala de cuidados intensivos. Él tuvo que usar dos veces su sello hololítico para conseguir acceso: primero para pasar un grupo de servidores arma de piel gris, luego para pasar ante un sancionador que hacía guardia fuera de la puerta. Una vez dentro, tardó un momento en entender qué estaba mirando. Borodina estaba casi totalmente oculta bajo grandes cantidades de gasa dérmica translúcida, y las escasas partes expuestas de su cuerpo estaban llenas de tubos. Una columna de estado junto a su cama pitaba intermitentemente, comprobando un conjunto de biomarcadores. Un pulmón artificial respiraba por ella, y Zidarov supuso que la gran cantidad de equipo amontonado junto a la cama estaría ocupándose de otras funciones vitales menos evidentes.

El único otro ocupante de la sala era el medicae senioris de la instalación, un hombre llamado Hiero Vipa. Su piel tenía un leve tono marrón anaranjado, y su escaso pelo era de color blanco plata. Tenía una frente alta y la barbilla para adentro. Llevaba una bata blanca y tenía bultos de implantes subdérmicos en la papada.

—Evidenciador —le saludó, alzando la mirada de una pizarra de datos—. Su Mano.

—Su Mano. —Zidarov no podía apartar los ojos de la cama. Recordó cómo era, en su escritorio. Tan entusiasta—. Dime cómo está.

Vipa sorbió. Para ser un medicae, nunca parecía estar muy sano.

—Coma inducido. En este momento, esta sala está haciendo que viva. Perdió mucha sangre. Le dispararon, creemos, más de una docena de veces. Eran balas trituradoras. Cómo consiguió sobrevivir a eso, sin armadura... Es muy fuerte. Odiaría perderla.

—Yo también. —Balas trituradoras. ¡Trono!—. ¿Balística consiguió algo con lo que trabajar?

—Si me estás pidiendo que te diga quién lo hizo, no. Quiero decir, debieron contar con muy buenos recursos. Esos no eran gentuza tirada.

—¿Vidora?

—Posiblemente. O cualquiera de otras cien organizaciones. —Vipa meneó la cabeza tristemente—. No hay escasez de esas armas, no por aquí abajo.

Zidarov se acercó un poco más, tratando de verle el rostro a Borodina. Su boca estaba distorsionada por los dos tubos que le entraban en la garganta. La piel, lo que podía ver de ella, estaba amoratada. Los ojos estaban cerrados.

—¿Tenemos algo más? —preguntó—. ¿Algo del verispex?

Vipa alzó una ceja.

—Eso es tu departamento, me parece, evidenciador.

—No se me permite acercarme a ese asunto. —Lo miró directamente—. Pero estaría agradecido.

Vipa se encogió de hombros. Era un alma fría, anulada por su trabajo, pero no totalmente carente de sentimientos.

—No me lo habrían dicho a mí, si tuvieran algo. Y no creo que lo tengan. Pero puedo contarte lo que he oído: no dispararon al pasar. Creen que el coche estaba parado, con las puertas abiertas, cuando comenzaron a disparar. Así que tal vez la evidenciadora hizo parar a alguien.

Zidarov pensó un momento.

—O quizá fuera una reunión.

—Es solo algo que he oído.

Zidarov asintió.

—Gracias, de todos modos.

—Para lo que va a servir...

Zidarov hizo como si fuera a marcharse. Vipa bajó la vista, y en cuando dejó de mirarle, Zidarov hizo un rápido gesto sobre el cuerpo de Borodina: inclinó la mano derecha y la volvió a enderezar. Vipa no lo vio. Zidarov ya se fue hacia la puerta, dispuesto a torearse al sancionador de nuevo.

—Valdrá algo si la mantienes con vida, medicae —dijo, con sentimiento—. Así que... mantenla con vida.

Después volvió a sacar el coche, bajo la lluvia, y pasó por delante del enorme esqueleto de la vieja Fábrica de Municiones Goliat, que aún no había sido restaurada desde que el fuego la consumiera cinco años atrás. Se preguntó si estarían más cerca de restaurarla y ponerla en marcha. Seguramente debía haber dejado un agujero en las obligaciones tributarias del planeta, porque Goliat había sido una buena parte del tejido industrial de Varangantua. Quizá la hubiera reconstruido en algún otro lugar. O tal vez nadie lo había notado, o habían maquillado las cuentas, y en algún lugar algún destacamento de la Guardia se estaría preguntando dónde se hallaban los cargadores para sus armas láser.

Condujo bajo la fuerte lluvia constante, viendo cómo salpicaba y caía sobre las torres que se acumulaban a su alrededor. Hacía que los lúmenes callejeros se vieran borrosos. Oyó el retumbo de un trueno, muy lejos, y vio que los vientos comenzaban a levantar la tierra del suelo, la revolvían y la lanzaban hacia la oscuridad. Las hordas de gente en las vías peatonales se habían subido las capuchas y parecían miembros de alguna numerosa orden religiosa caminando hacia su vigilia nocturna.

Pasado un rato, su destino se alzó de entre las sombras: un alto portal marcado con un cartel de tubo fino de neón. En el patio, al otro lado, pequeños grupos de personas estaban bajo la lluvia. Más allá se veía un gran transportador de raíl, de cuarenta metros de largo y cinco de alto, con las vías salpicadas de barro, y sus empinados costados humeando de condensación.

Alessinaxa lo estaba esperando. Iba vestida con ropas de civil, lo que era bueno, pero era evidente que se había olvidado de traer algo para la lluvia, lo que era típico. Parecía una rata de alcantarilla empapada, con el pelo negro pegado a la cara, los pies mirándose el uno al otro y agarrándose los brazos con fuerza. Al verlo, se le formó una sonrisa y alzó las bolsas. En cuanto Zidarov estuvo fuera del Luxer, lo abrazó con fuerza y lo besó en la mejilla. Estaba fría y pegajosa, como un pez sacado del agua, pero Zidarov se encontró devolviéndole la sonrisa. Alessinaxa olía como su antigua habitación: las fragancias baratas que comparaba en los mercados informales, la ropa raída que lavaba mal en la planta higiénica comunal.

—¿Qué tal el viaje? —le preguntó Zidarov, mientras agarraba las bolsas más pesadas y las metía en el maletero del Luxor.

—¡Espantoso! —exclamó ella, alegremente—. Los preceptores nos detuvieron en el control de Riev, y registraron el cargo. ¡Con ejecutores! Te habría gustado verlos. Fueron muy minuciosos.

Subió al coche, sin parar de hablar. Él se sentó al volante y encendió los motores.

—¿Qué estaban buscando? —preguntó, recorriendo el camino para salir del patio y de vuelta al tráfico.

Alessinaxa se encogió de hombros.

—Migrantes, supongo. Venidos de la agrizona. Ha faltado mucha agua, dice Glavi.

—¿Quién es Glavi?

—Instructor majoris.

—Pensaba que ese era Volet.

—Se marchó. Ahora es Glavi. Están viniendo en manadas, dice. Y aquí no hay nada que puedan hacer, así que se mueren de hambre.

—¿Y por qué no les dejan quedarse en el transportador? ¿Darles la oportunidad de ir a alguna parte donde puedan ganarse la vida?

Alessinaxa se lo quedó mirando.

—Las normas, papi.

«Papi». Hacía mucho que no lo llamaba así. Era infantil, pero no podía fingir que no le agradaba oírlo. La recordó corriendo hacia él, cuando aún era un sancionador y vivían en la unidad-hab abarrotada cerca de los muelles, con el cabello recogido en los tirantes moñitos que Milija siempre le hacía, y las mejillas tan regordetas como las piernecitas.

Ahora ya era tan alta como él. Seguramente más fuerte. Y sin duda más rápida. Había recibido la clase de entrenamiento en balística y de combate que lo dejaba a él a la sombra. Podría haber conducido el Lu-

xer mejor que él, forzándolo hasta el límite. Seguramente lo veía gordo, con menos pelo e incipientes arrugas en la piel.
Papi. Seguía siendo muy agradable oírlo.
Tardaron mucho en llegar a casa. Por el camino, ella le explicó todo sobre la instalación de entrenamiento. Parte ya se la había contado, en eso era como su madre, y otra parte era novedad. Pasó muy por encima las partes más duras, lo que a él ya le iba bien. No quería oír cuántas veces los disciplinaban o los enviaban a una marcha forzada bajo un calor abrasador, o le imponían penitencia por alguna infracción menor de los códigos de conducta del Ministorum.
Parecía ser bastante feliz. Se la veía sana y sin ninguna herida visible.
Llegaron, y Zidarov le dijo que se adelantara mientras él sacaba el equipaje del coche. La siguió al ascensor, sudando por el peso, maravillándose de que ella lo hubiera podido sacar todo del transportador. Cuando llegó a la unidad-hab, todo eran risas que él se había perdido: dos voces femeninas, hablando a la vez, con las palabras que caían como prendas tiradas al suelo. Fue a la cocina, y las vio ya dándole al rezi, Alessinaxa con los pies en alto; Milija ajetreada con el calientaplatos.
Lo pilló desprevenido. De repente, sintió un nudo en la garganta, un inesperado recuerdo de cómo había sido cuando la unidad-hab siempre era así de ruidosa, llena de vida, llena de irritaciones y olores y humor. Vio reír a Milija, su relleno rostro enrojecido por la cocina, las manos hábiles como siempre, con la práctica de lo que hacía durante todo el día.
—¡Aquí está! —exclamó Alessinaxa, sirviéndose el tercer vaso—. Pero no creo que quiera enterarse de esto.
Milija lo miró divertida.
—¿Los jóvenes de cadetes de la Guardia? —dijo, en un tono de flirteo—. ¿Los guapos jóvenes con el uniforme y los documentos de servicio? Iría a por ellos, Naxi, si le das los nombres. Los cazaría.
—Lo haré —afirmó Zidarov mientras tomaba el vaso—. Los encontraré y los mataré.
Y se quedaron hablando y riendo, y apareció la comida y más rezi. Estaban sentados a la mesa de plástek, casi tocándose los codos, discutiendo sobre el estado del actual presídium imperante, la situación económica, las perspectivas para la ciudad, si era cierto que los xenos ha-

bían sido avistados en las estaciones polares nueve años atrás, si era cierto que los xenos realmente existían.

—Pero ¿tú estás bien, hija? —preguntó Milija.

—Mejor que bien —contestó Alessinaxa, hablando mientras masticaba—. Me siento bien. ¡Trono! Duele las primeras semanas. Creí que iba a morir cuando comenzamos el condicionamiento básico. Dicen que un diez por ciento lo deja. Perdimos a unos cuantos. Y casi me fui con ellos. Pero luego mejora. Y luego, lo más raro, empiezas a disfrutarlo. Las carreras, las sesiones de gimnasia. Me gusta el entrenamiento en armas. Ahora ya estamos en el grado Militarum: tengo un rifle láser, un M-Galaxy. Es más ligero de lo que creía que sería. No tiene retroceso, así que tienes que acostumbrarte a eso, y pega más fuerte de lo que imaginaba. Aún no podemos usarlos sin supervisión, pero cuando nos graduemos para pasar a entrenamiento completo, eso cambiará.

Milija miró a Zidarov. Zidarov miró a Milija.

—Sí, bueno, aún tenemos que hablar sobre eso —dijo ella.

Alessinaxa frunció el ceño.

—Creía que...

—Lo dejamos abierto —repuso Zidarov—. Dijimos que lo pensaríamos, tu madre y yo.

—Hay opciones, Naxi —dijo Milija—. Cuerpos de defensa planetaria. Los ejecutores. Para eso has estado entrenando, para... elegir.

—Pero he visto...

—Has visto las imágenes de propaganda, Naxi —le interrumpió Zidarov—. Te han dicho que entrarás en un buen regimiento, uno de los de Alecto-majoris. Te han dicho que tendrás un permiso para ir a casa cada cinco años. Eso es lo que siempre dicen. Pero lo he comprobado. Nunca es cierto.

A Alessinaxa se le encendieron las mejillas. Todos habían bebido bastante.

—Creía que lo habíamos decidido —insistió.

—No, no habíamos decidido nada.

—Es lo que quiero.

—Ya sé que sí —dijo Milija—. Pero eres joven. Te parece la única opción, ahora, pero tienes...

—Me quieren allí —replicó Alessinaxa, desafiante—. Soy buena.

—Eres más que buena —dijo Zidarov.

—No puedo creer que os estéis echando atrás ahora —protestó Naxi.

—No nos estamos echando atrás en nada —replicó Milija—. Solo queremos que lo pienses.

—Lo que queréis es que me quede aquí.

—Infiernos, ¡pues claro! —masculló Zidarov—. Queremos que te quedes aquí. Podrías hacer cualquier cosa que quisieras, aquí. En diez años, podrías estar dirigiendo la ciudad. ¿Para qué alistarte?

—Porque es importante —soltó Alessinaxa, mirando a ambos como si tratara de encontrar el más débil para insistirle—. ¿Sabéis lo que está pasando ahí fuera? Es el mayor reclutamiento que ha habido nunca en el sector. Es el mayor impulso que ha habido nunca. Esto va de conquista, de destino. Y quiero formar parte de ello.

Zidarov negó con la cabeza.

—Eso es lo que te dicen. Pero Brecht... ¿recuerdas al tío Gyorgu? Brecht conoce a gente en el fondeadero de la Armada. Conoce a gente en las oficinas de Transportes. Todos le dicen que hay grandes problemas con los carriles de vacío. Grandes problemas por todos lados. Me dijo que cree que es algún tipo de desastre, algo que está haciendo que enrolen a gente tan deprisa como pueden.

Alessinaxa puso los ojos en blanco.

—Oh, vale. Así que el tío Gyorgu es la autoridad ahora, ¿no?

—Sabe de lo que está hablando.

—Y piensa, piensa por un momento —añadió Milija—. Claro que te dicen que todo es glorioso. Que volverás después de unos cuantos años. De otro modo, no irías. Conozco a padres de reclutas. Uno lleva trece años esperando noticias. Si entras en uno de esos transportes, niña, ya no nos volverás a ver.

Alessinaxa lanzó a su madre la clase de mirada que solo un adolescente puede hacer perfectamente: la clase de mirada que transmite desprecio y pena en la misma medida.

—Entonces, ¿la fe no significa nada? —apartó su plato—. ¡Trono de Terra! Entonces, ¿el deber tampoco significa nada? Solo se trata de estar cómodo, ponerse gordo y tener una bonita vida. ¿Que es duro ahí fuera? ¿Y qué? Si mueres, al menos has vivido. ¡Quiero verlo! Quiero ser parte de todo eso. Me enviabais al templo todos los días del salvador, me hacíais tomar lecciones de esas zorras resecas en el centro de la misionaria. Ahora quiero hacer algo con todo eso. Puedo hacerlo.

—Claro que quieres —repuso Zidarov—. Estarán deseando tenerte. Pero no eres ningún pobre desgraciado al que van a obligar o un convicto en una situación de alistarse o ser ejecutado. Tienes opciones. Hemos trabajado muy duro para que las tuvieras.

—Quiero hacerlo.

—Espera —dijo Milija—. Piénsalo mejor.

—No tiene que ser para siempre —añadió Zidarov.

—Mi leva empezará la formación completa la próxima temporada —insistió Alessinaxa.

—Hay cientos de levas —replicó Zidarov—. Habrá otra oportunidad.

—Y diréis lo mismo.

—O puede que hayas cambiado de idea.

—¡No lo haré! —Alessinaxa se puso en pie y golpeó con el puño sobre la mesa—. Y nunca tuvisteis la intención de que acabara la formación. ¿Para qué pagármela, si nunca quisisteis que me alistara?

Milija la contempló y su expresión se fue endureciendo.

—Están las fuerzas de defensa. Están los ejecutores, como tu padre. Están los…

—¿Y por qué iba a querer ser ejecutor? ¿Por qué? Podría ver todo el Imperium, y vosotros queréis que me quede atrapada en este agujero de mierda de mundo capturando a comedores de topacio. —Le lanzó una furiosa mirada a Zidarov—. Voy a ir. Lo voy a hacer. Y no podéis impedírmelo.

Zidarov notó que le comenzaba una jaqueca. Notó que le picaba la cicatriz. Notó la edad, el cansancio. Recordó a Mordach hablando, el hombre que podía pagarlo todo, que podía obtener cualquier cosa y que se hiciera cualquier cosa, desesperado por tener noticias, por alguna señal de que el destino aún estaba a su alcance. Una vez se iban, se iban.

—No vas a comenzar la formación completa este año, Naxi —dijo con firmeza—. Completa el curso en la scholam. Consigue tu certificado estándar. Entonces, volveremos a hablar.

Ella lo miró furiosa. Por un momento, Zidarov pensó que su hija podría saltar sobre la mesa y lanzársele al cuello. Y con lo que la joven había aprendido, no estaba seguro de poder controlar muy bien la situación.

—No crees —le dijo ella, fría, muy fríamente. Eso fue lo peor de todo—. Ese es tu problema. No crees.

Se levantó y se marchó furiosa, evitando el poco convencido intento de su madre por retenerla. Fue hasta su habitación y cerró de un portazo, haciendo saltar un poco más de pintura.

Milija le miró.

—Igual que en los viejos tiempos —suspiró.

—Sí, echaba de menos estas pequeñas charlas.

—Si hubieras estado aquí más...

—Ahora no, Lija. Ahora no.

Milija comenzó a recoger.

—¿Qué crees que ha querido decir? ¿No crees?

Zidarov quería quedarse sentado. El peso que sentía sobre él desde hacía mucho parecía haberse incrementado. Finalmente, consiguió ponerse en pie. Cogió un plato y fue hasta la encimera.

—No lo sé —contestó—. Ya se le pasará. No será nada. Pero no lo sé.

CAPÍTULO DOCE

El día siguiente trajo más lluvia, con fuerza, ya tan torrencial como debía; corría por los canalones y los desagües como voluminosa espuma. Los edificios de Urgeyena se oscurecieron aún más, los carteles chillones resaltaron sus manchas, las vías de tránsito pasaron a ser cintas destellantes bajo el cielo rosa gris.

El mensaje de Cuo le llegó temprano; Zidarov lo recibió en el iris por un canal no muy seguro y aún estaba parpadeando cuando lo leyó, tumbado de espaldas en la oscuridad, en el extraño espesor que se siente después del primer largo sueño en un tiempo.

>*He encontrado a tu misionera, Zido. Se llama Elina. Elina Gurgev. Estuvo destinada en Vostoka hace unos años. La transfirieron al seminario del Ministorum en Yven Tora. Puedes darme las gracias cuando vuelvas.*

Eran buenas noticias. Quizá podrían llevar a algo, o quizá no, pero Kharkev había parecido ser bueno juzgando a la gente.

Revisó el resto de los boletines que le importaban. Más redadas a las células del Vidora. Sin duda, Vongella estaba dejando muy claro su mensaje. A ese paso, Yuti estaría en la mesa antes de que acabara el día.

Milija no estaba en la cama junto a él. Un turno temprano. Había estado molesta toda la noche, y habían estado esquivando el asunto, ambos demasiado cansados para lanzarse de lleno. Pero ya llegaría el momento. Antes siempre solían hablar, sobre cualquier cosa, planeando sus brillantes carreras: la ley y la sierra de huesos, solían bromear. Tú los encierras, yo les pongo los parches. Pero ahora casi ni se veían. Los turnos seguían haciéndose más largos. ¿Habían permitido ellos que eso sucediera? ¿O había una parte de ellos que, subconscientemente, encontraba que era más fácil así?

Se levantó, se vistió y se afeitó. Agarró unas barritas de carbohidratos y cafeína, y se metió en el Luxer. Pronto se encontró entre la lluvia, salpicando con las ruedas mientras se iba metiendo entre el tráfico en la ruta vertebral este-oeste, subiendo constantemente. Las torres de los habclaves centrales fueron quedando atrás y las terrazas de la parte superior de las laderas se alzaron a su alrededor. La alfombra urbana comenzó a deshilacharse al cabo de un rato, partida por un paisaje más duro que había debajo. Picos rocosos se elevaban entre torres residenciales como dedos arañando el barniz de la civilización. Unidades habitadas colgaban precariamente de largos viaductos arqueados y tejían una telaraña tridimensional sobre las arrugas del terreno roto.

Una gran pantalla camaleón se entrevió en la lluvia, patrocinada por la Eclesiarquía, que era dueña de gran parte de la tierra de por ahí.

¡Cree en el Poder del Trono!, decía, sobre la imagen de brillantes colores de una familia sonrosada con uniformes militares a conjunto, que contemplaban un cielo al amanecer, salpicado de naves de guerra. Parecían sanos, bien alimentados, y sonreían de felicidad y orgullo. Bien por ellos, pensó Zidarov.

Yvem Tora había sido construido sobre uno de los más altos picos de basalto, con las paredes fundiéndose con las rocas para formar una elevación aparentemente continua desde el laberinto de calles de abajo. Por ahí, todo era viejo: decían que era el lugar de uno de los primeros asentamientos humanos en Alecto. Brecht, a quien le gustaba estudiar la historia además de cualquier otra cosa, le había contado que el núcleo de ese lugar, muy por debajo del suelo, era una nave espacial, y que las primeras paredes habían sido de metal y plasticemento, antes de que la piedra lo cubriera todo. Brecht sabía muchas cosas, pero también le gustaba creer en ideas románticas. Zidarov dudaba que nada de eso fuera cierto. Pero nunca lo averiguaría: los clérigos vigilaban estrechamente todo el lugar y solo permitían a las autoridades seculares el acceso a los niveles superiores.

En la entrada principal, una gran puerta blanca de doble hoja bajo un alto arco donde se veía el sigilo de la calavera del Ministorum, le recibieron guardias encapuchados con armadura de caparazón. Llevaban lanzallamas, lo que a Zidarov le pareció un toque ridículo, incluso para clérigos. Los morros de los lanzallamas parecían medio oxidados bajo el aguacero, y por las capuchas de los guardias corrían hilillos sucios de agua de lluvia.

El jefe apuntó con su arma al coche y un gruñido de: «¡Nombre e intención!» surgió a través de la rejilla de voz que le cubría la cara.

Zidarov les enseñó su sello.

—Tengo una reunión con la Misionaria Gurgev. Y, Trono, no apuntéis a las ventanillas con eso; si me soltáis una chispa en mi campo de dispersión, os juro que os mato.

Consultaron, malhumorados, e hicieron señal de que pasara. Aparcó en un gran patio cubierto de gravilla y rodeado por más paredes de pirita. Altos campanarios se elevaban en cada esquina, con más decoraciones grabadas, inspiradas en las calaveras. Las numerosas puertas del patio también tenían calaveras en los dinteles, al igual que muchas de las partes superiores de los marcos de las ventanas. Si la Iglesia sabía hacer algo, era aferrarse a un tema.

Zidarov salió a tiempo de que lo saludaran un grupo de tres personas: dos mujeres y un hombre, vestidos con el hábito de los sacerdotes. Los tres eran calvos, y tenían el símbolo «I» del Ministorum grabado a fuego en la frente. Sus túnicas eran de un sencillo flax tejido a máquina y parecían muy incómodas. Una de las mujeres llevaba un cayado con un cráneo en la punta. Alrededor del cuello, el hombre tenía un collar de penitencia, que tenía un aspecto muy desagradable.

—Sé bienvenido aquí, evidenciador— dijo la mujer del cayado—. Tu petición se ha transmitido. La hermana Gurgev ha indicado que está dispuesta a verte.

—No era una petición —replicó Zidarov. Los sacerdotes le sacaban lo peor de sí mismo—. Tengo que verla a solas.

La sacerdotisa sonrió. Era una sonrisa que dejaba helado: la clase de sonrisa que una persona mezquina adoptaba cuando se le daba muchísimo poder. Zidarov la había visto muchas veces, desde oficiales del Adeptus Terra a funcionarios del Munitorum. Al parecer, cuando entrabas a formar parte del núcleo de la burocracia de Terra, algo en tu alma moría.

El sacerdote con el collar gruñó y meneó los dedos. Quizá tuviera una pistola bajo el hábito. O quizá el collar le acabara de dar un pellizco.

Los tres lo acompañaron al interior y lo guiaron por una serie de escaleras retorcidas. El interior del lugar era adecuadamente monástico; nada que ver con el despliegue secular más habitual en Varangantua. Las velas ardían en hornacinas talladas en la piedra, y los suelos eran losas mal cortadas. Zidarov oyó cánticos procedentes de arriba, una grave cantinela que se repetía hasta enloquecer, y todo olía a un fuerte incienso. Si relajabas la concentración, podrías imaginarte que estabas en alguna de las grandes catedrales de los mundos santuario, con esas altas montañas de gárgolas y altares barrocos que mostraban en las imágenes de propaganda; pero no se tardaba mucho en ver más allá de la fachada. La mampostería era sobre todo de escayola; las velas, réplicas eléctricas. Ese lugar parecía rico, pero Yvem Tora siempre había sido una institución más bien regular, sin ninguno de los diezmos importantes que equipaban los templos más grandes de la Eclesiarquía.

La alcoba de Gurgev estaba justo en lo alto de una de las muchas torres. No había ascensores, así que tuvieron que subir a pie la escalera, oyendo el ruido de la lluvia al golpear las paredes. Cuando llegaron al piso correcto, Zidarov estaba sudando. La mujer con el cayado le sonrió irónica mientras apretaban el timbre de llamada.

—Este lugar es bueno para el alma, evidenciador —dijo—. Si bien es duro con el cuerpo.

—Con todos mis respetos —contestó él, apoyándose en la pared de piedra—, poned ascensores.

La puerta la abrió una mujer delgada y de aspecto frágil. Llevaba el mismo hábito que los demás, aunque su pelo era de color castaño y lo llevaba recogido en una coleta. Era vieja, unos cincuenta estándar, si no más, y con aspecto de gastada. La alcoba que ocupaba era minúscula, con una sola ventana que daba a los patios y los campanarios. La ventana estaba abierta, por lo que olía a lluvia en vez de a incienso, lo que resultaba ser una gran mejoría.

—Hermana Elina —dijo la sacerdotisa—, ¿deseas que permanezcamos presentes?

Gurgev negó con la cabeza.

—No es necesario, madre superiora Orbacha. Me parece bien hablar con él a solas.

Orbacha parecía escéptica, y se quedó durante unos incómodos momentos, pero finalmente aceptó retirarse y se llevó a los otros con ella. Elina cerró la puerta y sonrió débilmente a Zidarov.

—¿Quieres sentarte, evidenciador? —preguntó, indicando una silla de madera colocada ante un estrecho escritorio. El único otro mueble de la alcoba era un duro camastro, sobre el que se sentó ella, con las piernecitas casi sin tocar el suelo.

Zidarov se sentó pesadamente y se abrió un poco más el cuello de la camisa.

—¿Elegiste tú este sitio? —preguntó.

—Me gusta —contestó ella. Tenía algo dulce y casi juvenil. Zidarov pensó que parecía simple—. Puedo ver gran parte de la ciudad, por la noche. Puedo ver las luces desde mi habitación. Puedo imaginar lo que está pasando, abajo en el valle.

—No todo es bueno.

—Oh, ya lo sé. Pero mis oraciones pueden viajar muy lejos, desde aquí arriba. —Volvió a sonreír, con la misma dulzura—. Son necesarias en Urgeyena, ¿sí?

—Sin ninguna duda. —Comenzó a recuperar la compostura, y sacó su pizarra de datos—. Tengo que hablar contigo, hermana, sobre un hombre que creo que conocías. Adeard Terashova. ¿Me equivoco al suponer que él y tú erais… amigos?

—Adeard. Sí, sí que lo éramos. ¿Qué ha pasado?

—Ha desaparecido. Estoy tratando de encontrarlo. Parece haber conocido a un montón de gente, pero nadie ha sido capaz de ayudarme mucho. —Se secó una línea de sudor de la frente—. Lo conocían, pero no lo conocían, ¿sabes a qué me refiero?

—Oh, sí. —Colocó las manos juntas sobre el regazo—. Así funcionaba. Igual que todos. Podía llamar a cien almas en una noche, pero por la mañana, todo estaba olvidado de nuevo. Así era como vivían. Pero, él ha desaparecido… eso es malo. No tenía ni idea. ¿No le pasará nada?

Zidarov pensó en el dedo.

—Esperemos. Cuanto antes lo encuentre, más fácil será que no le pase nada. Lo que lo hace más difícil es que él sigue siendo un misterio para mí. He hablado con su familia. He hablado con la gente con la que trabajaba. Pero no lo conozco. No sé qué le hacía funcionar. Así que solo corro detrás de corazonadas. —Se recostó en la silla, haciéndola crujir—. Y ninguna ha sido demasiado buena.

—Te puedo contar todo lo que quieras de Adeard.

—¿Erais… muy íntimos?

—¿Amantes, te refieres? No, no lo éramos. —Su sonrisa pareció un poco arrepentida—. Verás, lo que tienes que entender de Adeard es que podría haber tenido a quien quisiera. Chicas o chicos, mujeres u hombres, los podía comprar a todos. La mayor parte del tiempo, no lo necesitaba: todos saltaban en cuanto él abría la boca. Era un Terashova, y todos lo sabían. Así que, evidenciador, imagínate que pudieras tener tantos amantes como estrellas hay en el cielo, en cualquier momento, de cualquier modo, ¿qué crees que pasaría? Que querrías otra cosa. Algo más difícil de conseguir. Algo que tu nombre no facilitara, sino que lo dificultara. —Respiró hondo—. Te habrás fijado en que a nadie le gustaba mucho Adeard. A mí me hubiera pasado lo mismo, si nuestras posiciones hubieran sido diferentes, pero yo estaba allí, en la Misionaria. Mi trabajo era ver lo mejor de la gente. No era una de las chicas que se podía llevar al apartamento por capricho. Si me lo hubiera pedido, yo no hubiera ido. Pero sí quería hablar con él. Intentar salvar su alma.

—Rio—. Nunca he aceptado trabajos fáciles.

—¿Cuánto tiempo estuviste en la Misionaria?

—Diez años.

—¿Y cuánto tiempo hacía que conocías a Adeard?

—Oh, yo diría que unos tres años. Quizá cuatro. Me llamaba, a veces muy tarde. Hablábamos. No creo que hablara con nadie más. En muchos sentidos, era un alma perdida.

—Así que estaba interesado en lo que tú tenías que decirle, ¿no? ¿Qué estabas tratando de hacer, convertirlo a una vida más sobria?

—En eso fallé, evidentemente. Pero sí, creía que quizá pudiera cambiarle. Es un fallo muy habitual entre las mujeres, ¿no es así, evidenciador? Un hombre no trata de cambiar a una mujer; o la acepta o la rechaza. Una mujer cree que puede reformar a un hombre, y por eso acaba sufriendo, porque hay cosas que no se pueden cambiar. Debes confiar en la Gracia del Emperador, o en nada.

—Yo no sabría decirte mucho de eso. Hombres y mujeres, me refiero.

Ella rio.

—O de gracia, quizá. Pero no has venido aquí para escuchar un sermón. Nuestra relación, tal como era, llegó a su fin hace algún tiempo. Creo que se aburrió. O quizá Udmil le prohibió verme. Ella siempre me odió. Tal vez solo porque mostré interés en él. Así que volví aquí, y trabajé un tiempo más, antes de que las cosas se calmaran. Ahora mis oraciones bajan hasta la ciudad, pero yo no. Tengo mis recuerdos, y la mayoría son buenos, a pesar de todos los pecados que se cometen allí.

—¿Conocías bien a Udmil?

—Bien no. Nadie conoce bien a Udmil. Pero, dime, evidenciador, ¿qué sabes de ella?

Zidarov se encogió de hombros.

—Supongo que no mucho. Hizo su fortuna de modo independiente; un montón de lasca. Ella y Mordach crearon el Consorcio Terashova juntos, y ahora tienen más dinero que los Altos Señores de Terra. Aunque eso no parece haberles hecho felices.

—Entonces, no sabes la verdadera historia —repuso Elina, con un guiño de conspiración ligeramente juvenil—. No hay mucha gente que la sepa. Udmil y Mordach no construyeron nada juntos. Casi todo es de Mordach, al menos sobre el papel. Oh, Udmil era rica. Era increíblemente rica, pero tuvo algún tipo de colapso antes de que se conocieran. Algo terrible, creo que ni siquiera Adeard sabía lo que era. Así que cuando Mordach apareció, ella estaba arruinada. El matrimonio fue un acuerdo de negocios: él la sacaba de su espiral, y a cambio consiguió acceso a los activos y a los contactos que ella controlaba. Y funcionó; consiguieron hacerse más ricos que antes. Pero no creas que se tienen alguna clase de afecto. No es así. Se odian el uno al otro. Cuando se encuentran, es como meter varias ratas en una bolsa. No se ven a menudo.

Zidarov escuchaba con atención.

—No lo sabía.

—Lo mantienen en secreto. Muy en secreto. Son el Duplo, ¿sabes? Cualquier indicio de que no son perfectos, y la magia pierde su lustre. Todo son apariencias. Y son muy buenos en esto... Supongo que has comprobado sus registros.

—Claro. Todo está muy limpio.

Elina rio.

—Lo que te he dicho. Son muy buenos.

—Pero Adeard te lo contó.

—Cierto. Hablaba mucho de ellos. Yo sabía que quería que su padre le respetara, pero no tenía ni idea de cómo lograrlo. Eso era lo que yo esperaba poder usar. Intenté guiarlo hacia un camino más constructivo. Toma menos topacio, ve a menos fiestas, trabaja un poco más. La Voluntad del Emperador se logra por medio del trabajo diligente, como sabes. A veces, pensaba que me estaba escuchando. Tomó unas cuantas cosas, aquí y allí. No sé si siguió con ello. Luego Udmil empezó a interferir, a meterse por medio, y comenzamos a perder el contacto.

—Una pena. ¿Por qué su madre no quería que le ayudaras?

—¿Su madre? ¿Eso es lo que crees?
Zidarov alzó la vista de la pizarra de datos.
—Sí. Udmil.
Ella rio de nuevo.
—No es su madre.
Zidarov tuvo la incómoda sensación de que el suelo caía bajo sus pies, y respiró hondo.
—Está registrada como su madre legal y biológica. ¿Me estás diciendo que eso también es mentira?
—No tienen ninguna relación biológica. Mordach es su padre, seguro. Pero ese fue el trato entre ellos. Mordach nunca diría que ella estaba a punto de la ruina antes de acordar su matrimonio. Y ella nunca diría que Adeard era de alguna chica de él, hacía tiempo, pagada para desaparecer. Todo era muy respetable. Pero Adeard lo sabía.
Zidarov recordó cómo había visto a Udmil. Tan estirada, tan fríamente furiosa.
—Fue ella la que empezó todo esto —dijo—. Ella me llamó.
—Seguro, si tú lo dices, pero odiaba a Adeard. Siempre que él estaba cerca de lograr algo, ella tenía que meter baza. No sé si quería arruinarle la vida. Quizá, a su manera, también estuviera tratando de que mejorara. Pero no lo hacía por amor. Ya verás tú qué haces con todo esto.
Zidarov pensó en sus impresiones durante la primera reunión. Recordó la sensación que había tenido, desde el inicio, que todo eso era algún tipo de farsa, algún tipo de montaje.
—Hace que las cosas se vean muy diferentes —comentó.
—Sin duda.
—¿Sabe Udmil que tú sabes todo esto?
—No tengo ni idea. Pero no te preocupes por mí, evidenciador. Aquí estoy segura.
—¿De verdad? Esa gente es muy poderosa.
—No tan poderosa que no pueda, de algún modo, perder a un niño.
Zidarov soltó una risita. Contra todas sus expectativas, encontró que le gustaba esa misionera.
—Voy a tener que escarbar un poco más. Están pasando otras cosas, cosas raras. Tengo la sensación de que se está tirando de las cuerdas, y no me gusta. —Se levantó—. Has sido de gran ayuda, hermana. ¿Puedo volver a verte, si lo necesito?

—Claro. —Permaneció sentada, balanceando las piernas por el borde del camastro—. Pero sospecho que ahora ya tienes todo lo que necesitas.

Zidarov la miró.

—Hay una cosa más, supongo. Ya sé que Adeard y tú no erais... de esa manera, pero aun así, él era un hombre joven. No sé por qué se abrió tanto contigo. Quiero decir, era muy superficial, según me dicen. La diferencia...

Elina sonrió, de nuevo con esa mirada triste en los ojos.

—¿Te refieres a la diferencia de edad? Eso no le hubiera importado, no para lo que queríamos el uno del otro. Pero no me has preguntado por qué volví aquí, cuando tenía la vida que quería, allí abajo. Verás, evidenciador, tengo exactamente la misma edad que él. Entonces podía ir a esas fiestas y encajar perfectamente. —Suspiró, y apretó las manos contra la cama, con las palmas hacia abajo—. Es una enfermedad muy cruel. El Síndrome de Escila. Seguramente me quedan un par de años. Y para entonces, calculo que pareceré tener unos ochenta.

Zidarov se encontró mirándola fijamente, y bajó la mirada.

—Ah. Lo siento. No lo sabía.

—Así que ya ves, hay muy poco que pueda temer de Udmil Terashova. Es probable que crea que llevo tiempo muerta. Ya me va bien. Ya estoy en paz con todo eso. No soy tan fuerte como era, y no salgo mucho, pero aún puedo rezar por Varangantua. Incluso rezaré por ti, evidenciador, si quieres. El Emperador tiene sitio en Sus brazos para todos Sus hijos.

—Quizá si perdiera un poco de peso... —repuso él, tontamente—. Pero yo... Mierda. Lo siento.

—No te preocupes. Es como dices. No todos los dorados son felices. Yo lo soy. Me hubiera gustado tener un poco más de tiempo, pero no podemos elegir nuestro destino. En todas las cosas, sométete a Su voluntad. No hay otro camino.

—Me has sido de gran ayuda —afirmó Zidarov.

Ella sonrió de nuevo. Se había pasado toda la conversación sonriendo.

—Me alegro. El servicio es su propia recompensa, ¿no crees? Quédate junto a Él, evidenciador; eso es lo que yo te diría. Quédate cerca de Su guía, y encontrarás lo que estás buscando.

Zidarov supuso que ella no se había referido a Adeard al decir eso. O quizá sí, pero de todas formas le había dado un pequeño empujón a su conciencia. Tal vez fuera clarividente, con la capacidad de mirar en el alma humana. Zidarov había oído decir que algunos sacerdotes lo eran, aunque siempre se había resistido a aceptar esa idea. Siempre había odiado a los sacerdotes. Al menos a la mayoría.

Mientras dejaba el seminario y regresaba conduciendo al valle, su mente no dejaba de trabajar. Se había quitado lo peor de la fatiga. Por unos momentos, se había olvidado de Naxi, y de Lena, y de todo ese descontento que le carcomía, y se había concentrado en el asunto que tenía entre manos. Recordó el modo en que Mordach había reaccionado al mencionarle el Vidora. Quitándole importancia, pero sin una auténtica convicción. Pensó de nuevo en Serpiente Amarilla: lo mismo. Esa era la pista que debería haber estado siguiendo. Quizá su instinto no se había equivocado, y solo había sido la forma chapucera en que se había hecho esa redada lo que había oscurecido las cosas. A pesar de lo que Brecht le había dicho, estaba más seguro que nunca de que alguien había avisado al Vidora. No era tan ágil como lo había sido, pero aún podía realizar una observación sin que lo detectaran: eso era básico.

Al acercarse al Bastión, llamó a Brecht.

—Su Mano, Gyorgu —comenzó, mientras adelantaba a un vehículo oruga que cargaba minerales provenientes de las zonas industriales—. Dime, ¿ha salido algo ya de la purga al Vidora? ¿Algo de Yuti?

—*No lo sé. Vongella lleva todo el día encerrada en el Bastión, y ha ordenado que la Pantera esté a punto. Supongo que tienen algo. O una pista sobre algo. Tendrá que pasar pronto. Perderemos a otro sancionador si siguen las redadas al ritmo que las han estado haciendo.*

—Sabes, tengo que admirar el compromiso de esa mujer.

—*Es una manera de decirlo.*

—Mira a ver qué puedes averiguar. Estaré de vuelta en una hora.

—*Quieres apuntarte con ellos, ¿verdad?*

—Confirmaría una serie de cosas que he empezado a pensar.

—*Serás tan bienvenido como un ladrón de genes en una cesta de vacío.*

Zidarov rio.

—No existen los ladrones de genes, Gyorgu.

—*Eso dices tú, pero tengo este contacto en los muelles, y me contó que...*

Zidarov cortó la conexión. Apretó el pedal de control un poco más, y aceleró más de lo estrictamente seguro. Por primera vez, sentía que tenía algo que rastrear, y eso le volvía temerario.

Mientras conducía, activó los bancos de datos del Luxer. Una telaraña de runas fantasmales se extendió por el HUD, y la interfaz de voz del espíritu máquina se activó.

—Practicantes medicae, especialidad rejuvenecimiento —dijo, hablando al micrófono de la consola, mientras tenía más de medio ojo en la carretera—. Con licencia para practicar, historial limpio. Distrito urbano de Urgeyena.

Una larga lista de nombre, clínicas y referencias de localizaciones bajó por la pantalla, en caracteres verdes y brillantes. La lluvia, otra vez a intervalos, como si los cielos no estuvieran seguros de si dejarse ir de verdad, goteaba tras ellos.

—Proximidad a grados ocho, menos de treinta kilómetros.

La lista se acortó.

—Pásamelos, lista ordenada. Resumen en audex, resto en pantalla.

La voz del avatar del espíritu máquina, el simulacro mecánico y forzado de la voz de un hombre, comenzó a recitar los datos.

Fladir Borsh, Instalación Medicae Centro Mejor Salud. Ningún antecedente criminal. En funcionamiento desde...

Zidarov fue conduciendo, mientras escuchaba los datos que salían torpemente por el altavoz. Más datos destellaban en el HUD, unos trozos más útiles que otros. Por lo menos, hacía que el viaje pasara más rápido. Para cuando el Bastión se alzó ante él, robusto bajo la llovizna como un enorme chubasquero cubriendo los edificios adyacentes, no tenía ni idea de lo que quería sacar de ahí.

—Guarda referencia de localización y datos inmediatos para el Sujeto Ocho —dijo, mientras salía de la ruta principal y bajaba la rampa de acceso—. Le iré a hacer una visita cuando esto acabe.

Después de aparcar el coche, entró en el laberinto interno del Bastión. Estaba tan ajetreado como lo había estado antes. Las celdas de detención estaban llenas, y personal de la Oficina del Justicius abarrotaba las áreas de acceso público. Muchos de los gánsteres del Vidora tenían acceso a una cantidad significativa de lasca, y eso compraba representación. Se podían romper unas cuantas cabezas, detener algunas operaciones, pero era más difícil retener a los gánsteres del Segundo Círculo durante mucho tiempo sin, al menos, algo en el formulario de pruebas.

No perdió el tiempo comprobando a quién habían llevado, sino que se fue derecho al despacho de Vongella. Adimir estaba junto a la puerta cerrada, como si hiciera guardia. Otros miembros de la Pantera estaban sentados en la antesala de más allá, preparados para la acción.

—Como un talismán de mala suerte —dijo Adimir, mirándolo directamente—. ¿Qué te ha hecho volver?

—Tengo que hablar con ella.

Adimir se echó a reír.

—Está ocupada.

—Lo sé. Por eso necesito hablar con ella.

La expresión de Adimir se quedó en blanco por un momento, y Zidarov supuso que se estaba preguntando por dentro. Cuando tuvo la respuesta, rápidamente recuperó la expresión que tenía la mayor parte del tiempo: hostilidad específica. El tipo de odio estándar de los ejecutores que, de algún modo, conseguían convertirlo en personal.

—Que sea rápido —dijo, y apretó el control de la puerta.

En el interior, Vongella estaba rodeada por tres de sus consejeros legales de mayor nivel, todos vestidos con las túnicas de color rojo oscuro de los maestros del saber. Uno de ellos tenía rollos de pergamino que salían de una máquina colgada del hombro. Otra tenía el dedo índice acabado en una plumilla y un augmético ocular del tamaño del puño de un niño. Zidarov reconoció a esta última, Beckia Haile, con quien había tratado muchas veces antes. Conocía el rostro de los otros dos, pero no los nombres. Trataba de evitar pedir consejo sobre la Lex tanto como podía; pocas veces obtenía respuestas que le gustaran.

—Supongo que estás aquí para decirme que por fin has hecho avances importantes —dijo Vongella, mirándolo con frialdad.

—Voy progresando —respondió Zidarov—. He oído que las cosas se están moviendo con nuestros amigos.

—Tú siempre con el oído pegado al suelo.

Zidarov lanzó una rápida mirada a Haile. Preferiría tener esa conversación sin la presencia de los sabios.

—Yuti se ha puesto en contacto.

—¿Y qué tiene eso que ver contigo?

—Me gustaría ir.

Vongella rio.

—¿No estás contento con todo el daño que ya has causado?

—No tendría que hablar mucho. Quizá nada. Tiene que ver con el caso Terashova.
—Todavía sigues tirando de ese hilo. ¿Sabes que Serpiente Amarilla sigue retenido? Podrías hablar con él.
—Ya lo he hecho. Y se está volviendo más complicado. Me gustaría oír lo que Yuti tiene que decir.
—Supongo que sí. Aunque no estoy segura de qué voy a sacar yo de eso.
—Mira, ¿podemos hablar de esto en privado? ¿Solo un momento?
Vongella se lo pensó, y luego hizo un gesto a los maestros del saber, que fueron saliendo de la sala.
—Tienes un minuto —dijo—. Aprovéchalo.
—Vuelvo adonde comencé. Adeard ha sido raptado, eso lo sabemos. Podría seguir vivo. Podría estar hecho picadillo. Pero no creo que eso sea lo importante. Algo mayor está en juego, y nos están arrastrando a ello. Quizá Udmil quiera usarnos. Quizá sea Mordach. Tal vez los dos. No me gusta que me usen, castellana, así que me gustaría llegar al fondo del asunto cuanto antes. El Vidora está involucrado, eso es seguro. Pero necesito mirar a Yuti a los ojos, oír lo que tenga que decir.
Vongella lo miró fijamente, durante un buen rato.
—Tienes razón. No me gusta que me usen, ni ellos, ni tú, ni nadie. Sin embargo, en este momento, todo lo que veo es a una evidenciadora en coma, y una limpieza que ya llevaba tiempo siendo necesaria. De todo eso me encargo yo.
—Claro. Como he dicho, no necesito hacer nada. Solo estar ahí. No interferirá con mis otras líneas de investigación.
—Te enviaré un informe.
—Eso no me daría lo que necesito. —La cicatriz comenzó a picarle—. Es un favor. Otro más, ya sé.
—Ya me debes muchos.
—Lo sé.
Vongella puso los ojos en blanco.
—Pero ¿qué es lo que tienes, Zido? Por alguna razón, nada es nunca fácil. ¿Por qué te llaman afortunado? Nunca lo he entendido.
—Mi belleza, supongo.
—Sí, ya será eso. —Suspiró—. Esta es la segunda vez que me arriesgo contigo. Me está comenzando a aburrir.

Zidarov se permitió sentirse aliviado. Si le hubiera denegado la petición, tendría que haberlos seguido, y eso podría haber sido un problema.

—¿Ya tenéis lugar y hora?
—Esta noche. Aún estamos discutiendo el lugar. Adimir los pone a todos nerviosos.
—Bien. Entonces, ¿me lo harás saber?
—He dicho que lo haré. Ahora vete, evidenciador, antes de que cambie de opinión.
—Te lo agradezco.
—Más te vale.

CAPÍTULO TRECE

Zidarov volvió a su celdilla y sacó varios informes de las terminales. Algunos ya los había estudiado, justo al principio. Otros eran más antiguos; había intentado mirarlos, pero no había tenido la oportunidad. Buscó el nombre de Udmil en los depósitos legales de los matrimonios civiles. Sacó registros de nacimiento y muerte de los archivos municipales. Luego se sumergió en la gran masa de informes financieros que había encargado a los analistas. En su momento, los había pedido solo por cumplir con la rutina, sin la intención de usarlos. Pero habían adquirido un nuevo interés.

Antes de hablar con Elina, nada de todo eso le hubiera indicado que había algo raro. Sin embargo, ahora vio indicios de que lo que le había dicho bien podía ser cierto. Los holdings industriales de Udmil parecían haber tenido problemas durante los meses previos a su matrimonio con Mordach. Incluso había referencias en los informes, muchas censuradas, sobre intervenciones de las casas de préstamos de Varangantua. Era difícil imaginárselo, en la situación actual. Pero no había nada que sugiriera lo que podía haber estado sucediendo. Una vez se hizo oficial su unión con Mordach, todo mejoró mucho. Esas cosas eran de hacía décadas. No resultaba sorprendente que ya no se supieran.

Tomó varias notas y luego envió unos cuantos mensajes. Uno fue para Vipa, en el área medicae, quien le contestó inmediatamente.

—¿Algún cambio, medicae? —preguntó Zidarov.

—Se halla estable, evidenciador. Podría ser que la salváramos. ¿Quieres que te avise si recobra la consciencia?

—Te lo agradecería. A la hora que sea, avísame.

Luego se puso en marcha de nuevo. Por el camino fue revisando la lista de nombres que había extraído. Fueron pasando por su implante retinal uno a uno. Como antes, Sujeto Ocho era el que parecía más probable de dar algún resultado. Cuando llegó al Luxer, ya había absorbido los principales puntos que le interesaban.

El hombre que había elegido se llamaba Ginald Peravov. Era nativo de Urgeyena y miembro de una familia que llevaba mucho tiempo viviendo en el sector. Los Peravov era moderadamente ricos, y habían hecho el dinero con suministros medicae en el curso de unas cuantas generaciones. En ese momento, Ginald dirigía su propia clínica, especializada en lo más avanzado en tratamientos comerciales: mejoras cosméticas, trastornos psiquiátricos y tecnologías de rejuvenecimiento, que eran lo más lucrativo. La demanda de esos tratamientos era constante, fuera cual fuera la realidad económica. Los que deseaban evitar la mano muerta de la edad debían ser ricos. También debían estar convencidos: los procedimientos eran, o eso le habían dicho siempre, dolorosos e invasivos.

La mayoría de las clínicas hacía que su exclusividad fuera una virtud. Eran caras y no trataban en ningún momento de no serlo. Ser caro parecía lo bueno: la gente lo interpretaba como una señal de competencia. Sin embargo, algunas habían visto una oportunidad en el otro extremo de la escala. La lasca necesaria seguía siendo de espanto, mucho más de lo que Zidarov hubiera podido reunir, pero ya no eran exactamente exclusivas para los plutócratas del nivel de los Terashova. Peravov parecía haberse colocado en ese segmento, anunciando discretamente tratamientos rejuvenecedores a precios más bajos. Nunca antes había caído en el radar del Bastión, excepto por un par de irregularidades menores de entrega de diezmos hacía años. En teoría, los inspectores de los practicantes medicae deberían estar echando un ojo a esos institutos, pero en la práctica, ese grupo era más fácil de sobornar que un estibador de vacío ludópata.

La clínica de Peravov seguía las convenciones muy literales del gremio en cuanto a nombres: «Salud Infinita para Ciudadanos». Mientras Zidarov entraba en el aparcamiento, echó una buena mirada al exterior. El edificio estaba en el habclave de Novgy, una zona media colocada entre los barrios de bajo nivel infestados de crimen y las polvorientas atracciones de Havduk. Se hallaba en su propio terreno, flanqueada de grandes torres comerciales por todos lados, pero rodeada por una especie de jardín ornamental. Su cartel estaba palideciendo,, uno de los tubos de lumen de color rosa pálido de la entrada se había fundido. Había unos cuantos coches en el parking, la mayoría bastante elegantes; más elegantes que el suyo, sin duda.

Zidarov salió del Luxer, lo aseguró y cruzó la puerta de vidrio. Con su iris fue realizando un escaneo disimulado mientras pasaba, y solo vio unos cuantos detectores de intrusos en la fachada de rococemento del edificio. En el interior había una lúgubre sala de espera con un suelo de losas marrones y unas cuantas imágenes descoloridas en las paredes, mostrando cuerpos jóvenes y sonrientes correteando por playas. Unas cuantas personas estaban sentadas en sillas de plástek, ninguna de ellas ni joven ni sonriente. A un hombre parecía que le hubieran estirado la cara de cualquier manera, y llevaba vendajes en el cuello. Una mujer tenía medio cráneo rapado, con una larga sutura en la piel. Zidarov captó el tenue olor de los productos químicos, igual que en el área medicae del Bastión.

Un mostrador de recepción ocupaba parte del fondo de la sala, y fue hacia allí. Un hombre cubierto por una bata medicae estaba sentado frente a él.

—¿Puedo ayudarte? —preguntó, en un tono de voz que sugería que preferiría no hacerlo.

—Tengo que hablar con Ser Peravov. ¿Está aquí?

—Lo está, pero necesitarás una cita.

Zidarov le mostró su sello.

—Creo que no.

El ordenanza abrió mucho los ojos, vaciló, y luego envió un mensaje. Zidarov oyó una apagada respuesta por el comunicador y luego el ordenanza le miró.

—Pasa directamente, evidenciador. Última sala al final del pasillo.

Zidarov siguió las indicaciones. Después de la sala de espera había un largo pasillo con muchas puertas. El olor químico se hizo más intenso. Varias de las puertas eran blindadas y con cierres de seguridad; más de lo necesario, supuso, para mantener fuera a los drogatas normales. El suelo era de plástek, pero limpio; de las paredes colgaban los preceptos estándar del Ministorum sobre la limpieza del cuerpo como parte de la santidad espiritual. Uno de los lúmenes parpadeaba ahí también. ¿Era el único que notaba esas cosas?

El despacho privado de Peravov estaba detrás de una puerta con el panel de plástek estándar. Zidarov entró sin llamar y se encontró en una pequeña sala llena de archivadores cerrados. Un tanto perdido en medio de todos ellos había un escritorio, donde estaba sentado el propio Peravov. Era un hombre con pinta de mal genio, una testa medio calva y una larga nariz aviar. Llevaba túnica medicae, que parecía casi limpia. En el rostro tenía papada y arrugas, y una pronunciada sobremordida.

Era raro, reflexionó Zidarov, que los mercantes del rejuvenecimiento tan pocas veces cuidaran de sí mismos como lo hacían de sus pacientes. Pero claro, ellos sabían qué contenían sus elixires.

—Evidenciador —saludó Peravov, en una voz aguda y congraciadora—. ¿En qué puedo ayudarte?

Zidarov acercó una silla y se sentó frente a él. Miró alrededor. La sala olía a mustio. Sobre el escritorio colgaba un icono con el Ángel Sanguinius, algo así como el santo patrón de los practicantes medicae. Sus ojos pintados, de mirada triste, miraban la escena con suciedad incrustada.

—¿Qué tal el negocio? —preguntó Zidarov.

Peravov se encogió de hombros.

—No va mal del todo.

Estaba nervioso, pero eso era de esperar. Zidarov lo vio contenerse para no retorcerse las manos.

—Veo que estás trabajando en rejuvenecimiento —comentó Zidarov.

—Sí. Tengo los permisos, si quieres…

—Estoy seguro de que están en orden. —Zidarov le sonrió con frialdad—. Aunque tampoco es que tengan mucho valor, ¿verdad?

Peravov tuvo la capacidad de parecer ofendido.

—Puedo asegurarte que…

—No importa. Quizá más tarde les eche una ojeada. Quiero que me hables del mercado.

—¿El mercado?

—El mercado para tus suministros. Tengo entendido que se ha complicado. ¿Es cierto?

—Lo es. Tratamos de mantener los precios bajos, pero los permisos tardan más en llegarnos de lo que antes solían tardar.

—¿Y a qué es debido?

—No soy un comerciante de vacío, evidenciador.

—Eso ya lo sé. ¿Qué te dicen tus proveedores?

El hombre parecía darse cuenta de que le estaban conduciendo a una trampa, y hablaba con cautela.

—Esto queda entre nosotros, ¿de acuerdo? No soy ningún experto. Pero me dicen que las rutas en el exterior están todas en peligro. No está entrando mucho. No está saliendo mucho. Estoy hablando del sector del comercio. Sucede, de vez en cuando. Pero esta vez parece peor. Peor de lo que yo he visto nunca, al menos. Los precios de las materias primas son muy altos.

—Y entonces, ¿dónde consigues tus suministros?

—Intento diversificarme.

—Eso no es una respuesta.

Por primera vez, la irritación de Peravov superó a su miedo.

—Son los negocios, evidenciador. Aquí todo es de fiar.

—Me alegro de oírlo. Quizá quiera hablar un poco más sobre eso. Pero ahora mismo, estoy aquí para informarme sobre las terapias rejuvenecedoras sin licencia. De esas que toman plasma y células madre de sujetos vivos.

Peravov pareció asqueado.

—Abominable —dijo.

—Tú no tendrías nada que ver con eso. Incluso si los precios se pusieran tan altos que no pudieras conseguir beneficios de otra manera.

Peravov palideció un poco.

—No, claro que no.

Zidarov se inclinó hacia él. Como si darle importancia, sacó su Zarina y le dio la vuelta en la mano antes de colocarla sobre la mesa entre ellos.

—Pero eres un experto en el campo —dijo—. Oyes cosas de esos que tienen menos escrúpulos que tú. Quieres saber qué es lo que está pasando.

—No sabría…

—Pero no te atrevas a mentirme —continuó Zidarov tranquilamente—. Puedo tener a una patrulla aquí en cinco minutos, y esas puertas cerradas se abrirían antes de que tuvieras tiempo siquiera de apagar los almacenadores de frío. Puedes obligarme a que haga eso, y concluiremos esta conversación en el Bastión. O podemos fingir que no eres un pedazo de mierda durante un poco más.

Peravov tragó saliva. Estaba temblando, y sin duda su mente corría por algún oscuro callejón.

—¿Hipotéticamente, quieres decir? —aventuró—. Ya veo. Bueno, sí que oigo cosas. Si tuviera interés y quisiera averiguarlo, creo que sería más difícil que nunca conseguir esas... entradas. ¿Cómo llaman al proceso de producción? ¿Drenaje de células? Mala práctica. He oído que ha sido expulsada de Varangantua. Pero, claro, las importaciones son lentas, los precios suben... Supongo que algunos se ven tentados. Pero el problema es... hay una guerra ahí fuera. Ya lo debes saber.

—Pero explícamelo tú. Como si no lo supiera.

—Pues me dijeron que había entusiasmo por retomarlo, el drenaje de células. Pero no es fácil; sigues necesitando lasca y experiencia para montarlo. Lo haces mal, y lo único que consigues es matar a un montón de jóvenes sangrantes por nada que valga la pena usar. Hay que invertir y conseguir las máquinas adecuadas, lo que no resulta fácil. Luego hay que mantenerlo oculto, y encontrar una manera de hacer llegar el producto a aquellos lo suficientemente inmorales para comprarlo. Y luego tienes que encontrar la forma de blanquear la lasca, así que necesitas otras actividades... industrias por las que puedes canalizar las monedas. Cualquiera que lo esté haciendo, ya era rico.

—Dame algunos nombres.

—No sé ninguno.

Zidarov tomó su Zarina y Peravov se asustó.

—¡No sé ninguno! ¿Cómo iba a saberlos? Pero, mira, he oído cosas. He oído que hay tres cárteles metidos en eso: Zin, Chakshira y Vidora. Todos querían un trozo y durante un tiempo fue brutal. Estaban cambiando de sitio a los sangrantes todo el rato y nadie hacía dinero, porque tenían que pelear muy duro para mantener lo que tenían. Ese negocio podría ser mayor que el del topacio, pero es demasiado despiadado.

—El Vidora —dijo Zidarov—. Siguen con esto.

—No lo sé. ¡No lo sé! Si lo supiera, les...

Casi se le escapó, casi lo dijo en voz alta: «Les compraría a ellos».

Zidarov alzó la Zarina, e hizo todo un espectáculo de observar las inscripciones que tenía en cañón.

—Pero si de alguna manera te enterarás, estarías dispuesto a denunciarlos, ciudadano. ¿No es así?

—Claro.

—Pero hay algo que nunca he acabado de entender: ¿por qué es mucho más barato que lo que se hace crecer en el laboratorio? Quiero decir, tienes que ocuparte de todos esos líos, mantenerlo oculto, correr el riesgo de que te atrapen...

—Oh, por muchas razones. Los compuestos base, las máquinas de separación, los filtros de toxinas... Muy pocos tienen acceso a todo eso.

—Peravov tragó saliva—. Pero si puedes tomar fresco lo que necesitas, te saltas todo eso. Y luego, si puedes mantenerlos con vida, siguen dándote más. Eso es lo que hacen los más listos. Los mantienen con vida. Durante mucho tiempo.

Zidarov sintió náuseas de nuevo. Se inclinó hacia delante.

—Pues esto es lo que vamos a hacer. Tú te libras de cualquier cosa que ronde por esas habitaciones blindadas. Cualquier cosa que no debería estar ahí, quémalo. Luego reformas tu práctica. Comprarás plasma sintético y células madre cultivadas en los laboratorios autorizados. Y como se ve claramente que eres un hombre piadoso, creo que una donación también estaría bien. ¿Has oído hablar del seminario en Yvem Tora? Ese es un buen lugar para escoger. Tiene algunos miembros que sufren del Síndrome de Escila. Si se les envía alguna cosa, lo agradecerán mucho.

Peravov parecía totalmente desgraciado.

—¿Y de dónde voy a sacar lasca para todo eso? ¿Acaso no me has oído? Los precios están por las...

Para ser un hombre corpulento, Zidarov se podía mover muy rápido cuando quería. Ya estaba en pie y con la pistola clavada en el cuello de Peravov antes de que este pudiera acabar la frase.

—Puedo volver en cualquier momento —dijo Zidarov, siseando las palabras—. ¿Me oyes? En cualquier momento. Así que piensa en lo que te puedes permitir, y piensa en todas tus opciones.

Peravov se lo quedó mirando, pálido y, de repente, pegajoso.

—Entonces lo haré —croó.

Zidarov lo soltó, enfundó la pistola automática y se ajustó el abrigo.

—El síndrome de Escila —dijo Peravov, débilmente, tratando de salvar algo—. Envejecimiento acelerado. Podría hacer algo con eso. Quiero decir, al menos ocultar los efectos visibles.

Zidarov le lanzó una mirada fulminante.

—Mejor envía el dinero. Así tendrá alguna posibilidad de servir para algo útil.

Zidarov estaba de vuelta al Bastión cuando le llegó la confirmación de la reunión, enviada por Vongella. Tiraba adelante sin dilación, forzada —eso le dijeron—, por un repentino nerviosismo por parte del Vidora, que decía que todo el asunto de la reunión era algún tipo de farsa y que las redadas estaban a punto de comenzar de nuevo.

Para entonces, la luz estaba menguando y la lluvia había comenzado a caer con ganas, resbalando por los canalones a lo largo de las vías de tránsito, chorreando con fuerza cuando daba a las vías incrustadas en el pavimento. Consultó la referencia de la localización en el paquete de la transmisión y se dio cuenta de que tendía a conducir deprisa para llegar a tiempo. Vongella había escogido un lugar en los límites de las zonas tóxicas, las Tierras Cicatrizadas, unos espacios tan mutilados por la industria que incluso los comités de seguridad ciudadana, famosos por su descuido habían prohibido el desarrollo y habían desmontado las viejas manufactorum. Toda la región era una gran herida: unas zanjas se extendían por unos cuantos miles de metros cuadrados de suelo edificable de Urgeyena; un monumento a una cultura, prevalente desde hacía mucho tiempo, de explotación masiva sin pensar en las consecuencias.

Encendió ambos motores y el Lexus rugió, levantando chorros de agua por detrás de las gruesas ruedas. En ese momento, le pareció como si hubiera pasado demasiado tiempo detrás de ese volante. Le dolían ambos hombros y notaba las piernas como si tuviera rampas. Le iría bien un trago, le iría bien dormir más, pero ya sabía que esa noche sería larga y que no tendría ni una cosa ni la otra.

Lentamente, los habclaves a su alrededor se fueron degradando. Los edificios pasaron de ser bloques de apiñadas torres residenciales y unidades comerciales, a talleres semiindustriales y almacenes, y luego a viejas ruinas, con las ventanas vacías y las ennegrecidas paredes agujereadas por la fuerza del viento. La vida se alejaba de todo eso, retenida donde los lúmenes aún brillaban y las carreteras estaban llenas de vehículos.

Zidarov activó los filtros de atmósfera mejorada del coche, y conectó un lector de toxinas. No había mucho que pudiera hacer con lo que le dijera, pero al menos sabría algo sobre el nivel de mierda que estaba respirando. Finalmente llegó a la referencia de localización que le habían pasado: una gran explanada entre las enormes carcasas de dos edificios. El suelo bajo sus pies era una mezcla de gravilla pálida y residuos de mampostería, en ese momento empapada por la lluvia. El lector de toxinas pitaba alarmantemente. Salió del Luxer, fue al maletero y sacó un respirador. Se lo colocó, y notó el sabor del látex viejo y medio deshecho que le presionaba la nariz y la barbilla. Debería haberlo cambiado hacía años.

No había nadie más por ahí. Comprobó la Zarina. Entrechocó los tacones. Miró a un lado y al otro.

El edificio del norte, a unos cientos de metros de distancia, debía haber sido magnífico. Quizá hubiera sido una sala de asamblea, o algún tipo de reactor de energía. Aún se podían ver cosas brillantes en el suelo alrededor: pepitas de metales pesados amontonadas, manchas de derrames de fuel. Mientras las miraba, se imaginó la resonante vida de ese viejo lugar, los estallidos, los rugidos, el golpeteo del metal contra metal.

Tardó unos minutos en darse cuenta de que el ruido se estaba haciendo real. Se volvió al ver que los charcos a sus pies comenzaban a temblar. Lejos, hacia el sur, algo estaba avanzando hacia él, iluminando el horizonte con lúmenes foco, llenando el aire con el rugido de las turbinas. Pasado un momento, las impresiones se clarificaron, formando la cuadrada silueta de un Zurov del Bastión flotando bajo, con el aspecto de un insecto negro monstruoso bajo la lluvia, con las armas y las antenas colgando bajo él. Esas cosas no habían sido construidas ni para el sigilo ni por el aspecto. Mientras la cañonera descendía hasta el suelo, la gravilla se alzaba en remolinos azotada por el viento, y Zidarov se envolvió más en el abrigo.

Las turbinas fueron gimiendo hasta callar, y las escotillas de acceso se abrieron. Los sancionadores saltaron, con los lúmenes de los cascos encendidos y las armas dispuestas. Zidarov reconoció la librea de la Pantera por las hombreras, y vio a Adimir avanzando a grandes pasos entre ellos. Vongella descendió con un poco más de elegancia, con el rostro oculto por un respirador y una bufanda envuelta alrededor del cuello y sobre el casco.

—Veo que has llegado a tiempo —dijo ella, sin sonar demasiado complacida por ello.

—No me lo perdería —repuso Zidarov—. ¿Dónde están?

—Vendrán aquí. —Fue hasta su lado. El visor de su respirador parecía empañado—. ¿Conoces ya a Yuti?

—No puedo decir que sí.

—Es un hombre interesante.
—Es un hombre violento.
—Todos los hombres interesantes son violentos.
—¿De verdad? Puede que me tengas que explicar eso.

Antes de que ella pudiera responder, se encendieron luces entre las ruinas del edificio del norte. Zidarov se tensó inmediatamente, y deseó haber tenido tiempo de tomar una protección adecuada de la armería en vez de su chaleco antibalas estándar.

Los números cuadraban. Vongella había traído seis sancionadores con ella, incluyendo a Adimir, lo que hacía un total de ocho del Bastión. Ocho Vidora surgieron desde las ruinas, a pie. Todos iban vestidos con lo que parecía ropa de combate. Llevaban cuchillos abiertamente. Unos cuantos tenían armas láser de algún tipo, pero a los Vidora les gustaban las armas blancas, y en cualquier caso, las armas eran más para lucirlas que para usarlas.

Era imposible confundir a Yuti. Iba desnudo hasta la cintura, era grueso y la piel le relucía como si se la hubiera untado en aceite. La lluvia le corría en largas líneas sobre sus muchos tatuajes, todos resaltados por el amplio espectro de lúmenes que llevaban los sancionadores en el hombro. No era tan alto como Adimir. Demonios, tampoco era tan alto como Zidarov, pero eso no significaba que no pudiera derrotarlos a los dos sin disturbar demasiado el intrincado dibujo de tinta azul oscura de su piel. Tenía los ojos oscuros, como si las pupilas fueran anormalmente grandes. Era calvo, y el cuello se le hinchaba de brillante músculo. No llevaba armas en las manos. Tampoco parecía que tuviera alguna oculta entre los pliegues de los pantalones, pero nunca se podía estar seguro. Caminaba como un hombre que podía sacar una daga de la propia lluvia.

Vongella esperó a que se acercara.

—Hablaré yo —dijo en voz baja.

—Ningún problema.

Y entonces ya estaban los unos frente a los otros bajo la llovizna, con las armas preparadas.

—Castellana —saludó Yuti, haciendo la fracción de una inclinación.

—Ciudadano —replicó Vongella, sin inclinarse—. Dime. Entonces, ¿qué ha estado pasando?

Yuti sonrió. Zidarov lo observó fijamente. El hombre parecía cómodo, casi relajado. Su misma sonrisa era algo curioso: totalmente sin calor, pero astuta y cortés como si la tuviera practicada. Se encontró recordando a Mordach.

—Podría preguntar lo mismo —repuso Yuti, cruzándose de brazos—. Pero iré al grano. Hay reglas en este negocio. Vosotros las sabéis, nosotros las sabemos. Cuando se rompen, es como si se abrieran las puertas del infierno. Eso lo acepto. Pero, y es la pura verdad, nosotros no hemos roto nada. Así que tengo que saber qué creéis que ha pasado aquí.

—¿Lo que creo que ha pasado? —preguntó Vongella, lanzándole una de sus mejores miradas gélidas.

—Sí, porque, por la sangre del Sagrado Trono, yo no tengo ni idea.

Vongella también se cruzó de brazos, y de repente los dos parecieron un par de sujetalibros.

—No puedes quejarte. Acabáis con uno de los nuestros, nosotros acabamos con cien de los vuestros. Ese siempre ha sido el acuerdo.

—Podría discutir los números, pero me tendrás que decir a cuál de los «vuestros» se supone que nos hemos cargado.

—Sancionador Rovach, patrulla Treinta y cuatro. Evidenciadora Borodina, aún en cuidados intensivos. Y créeme, si ella muere, esto solo va a ponerse peor.

—No reconozco ninguno de esos nombres.

—Oh, vamos —replicó Vongella—. Borodina lleva meses trabajando en los suborbitales. He visto sus informes sobre lo que estáis haciendo allí. Era muy diligente, y no la habíais comprado. Te habría hecho daño, Yuti, y todo respetando las reglas.

—Acepto tu palabra. No fuimos a por ella.

—Entonces, está la cuestión temporal. Justo después de que diéramos con el drenaje de células del cártel Yezan.

—Eso no está en nuestra lista de actividades.

—¿Tenéis una lista?

—Eso no está en ella. Yo lo desapruebo totalmente.

Zidarov tuvo ganas de intervenir. Él había visto las máquinas. Él había visto al Secundo Círculo allí. Mantuvo la boca cerrada.

—Todos con los que hablo parecen desaprobarlo —continuó Vongella—. Sin embargo, sigue apareciendo.

—Sin embargo, esto no es por la célula de Yezan, ¿verdad?
—¿No lo es? Es lo que lo comenzó todo.
—Te lo repito, comandante de sección, para que nos quede claro: nosotros no atacamos a tu evidenciadora.
—Fue en vuestro terreno.
—Las cosas malas pasan, de vez en cuando. No podemos evitarlas todas.
—Dile eso a los que extorsionáis por protección.

Yuti sonrió de medio lado.

—Muy buena. Pero todo es cierto: nosotros no fuimos.

Vongella miró de reojo a Zidarov. Por su parte, este seguía con su observación. Supuso que Yuti podría mentir con la misma facilidad que otro hombre se daba una ducha. Toda su vida era una estafa, un sistema de engaños construido sobre un código que no se había originado en ningún libro de leyes y que podía ser desmantelado siempre que sintiera que necesitaba hacerlo. Y sin embargo, no había nada ahí, ni el eco de una falsedad. Yuti parecía creer lo que decía.

—¿Y tú controlas todos tus Círculos? —insistió Vongella, escéptica—. Si uno de ellos ha hecho esto...

—Si uno de mis Círculos hubiera asesinado a un evidenciador —replicó Yuti, en tono amenazador—, sin mi orden expresa y sin una buena razón, ya tendría sus cabezas aquí, listas para entregártelas. He hablado con todos los del Primer Círculo, y me han dicho que ningún agente traidor ha sido el responsable. —Parecía irse cansando de afirmar su inocencia—. Bien, no lo repetiré más. Puedes creer lo que quieras. Tú has lanzado tus perros contra nosotros, cargados de indignación, y nosotros hemos aguantado, creyendo que era algún tipo de auténtica equivocación que podría solucionarse. Pero no vengo aquí a rogar nada, castellana. Si eso no cesa, ahora, nos veremos obligados a defendernos. Puedes tener tu guerra si quieres.

Eso hizo que Vongella se irguiera. Descruzó los brazos y parecía a punto de ir a por él. El Vidora se mantuvo firme.

—No seas estúpido, Yuti —repuso, fríamente—. Antes os veré a todos colgando de los mástiles de comunicación. Y no me tientes; sabemos lo que estáis haciendo en los grado ocho. Podría haber empezado todo esto solo por eso, y hubiera estado en mi derecho. —Meneó la cabeza, irritada—. Tendrás que decirme quién fue a por mi gente.

Yuti sonrió, expansivo.

—Ojalá pudiera. Pero ese es tu trabajo, ¿no es cierto? Y me cuesta mucho hacer nada ahora, con todo ese... calor.

Vongella miró a Zidarov. Este no se había esperado poder contribuir, pero ahí tenía una posibilidad.

—Adeard Terashova —dijo Zidarov—. Ese es el nombre que comenzó todo esto. Nos ayudaría mucho a llevarnos bien que nos pudieras decir dónde está.

Ante eso, Yuti pareció genuinamente desconcertado.

—¿El chico de los Terashova? ¿Qué tiene que ver él con todo esto?

—Se había mezclado con la cédula Yezan. Sabemos que lo tienen retenido en alguna parte. Devolvédnoslo y eso hará que recuperemos algo de confianza.

Yuti rio. Miró a sus guardaespaldas y se encogió de hombros.

—Verás, si supiera quiénes son esa gente, o qué tienen que ver conmigo, podría ser capaz de arreglar todo esto.

—Primer Círculo Silka conoce el nombre —dijo Zidarov—. ¿Está aquí?

Yuti perdió la sonrisa.

—¿Silka? No, no está aquí, evidenciador. ¿Cómo podría estarlo? Tu gente la mató.

De nuevo, eso parecía sincero. Zidarov casi le preguntó si le podía presentar alguna prueba, pero se contuvo. Las cosas ya estaban muy tensas, y todos iban armados.

Yuti se dirigió a Vongella.

—Pues, ya ves, todos hemos sufrido. Este es el negocio que escogimos, así que no voy a hacer ningún ruego especial, pero nosotros no matamos a tu sancionador. Como resultado, agradecería que pusieras fin a toda esta... absurdidad.

—Sí, ya has expuesto tu caso —le replicó Vongella—. Nos lo volveremos a mirar todo, a ver si se nos ha pasado algo por alto. Pero no creas ni por un momento que voy a apartar el dedo del gatillo. Tengo una docena de analistas mirándose el trabajo que estaba haciendo Borodina antes de que la atacaran, y si cualquier cosa me lleva de nuevo a vosotros, o consigo pruebas de drenaje de células en Urgeyena, la palabra «guerra» se quedará muy corta.

Él la miró directamente a los ojos.

—Creo que hablas en serio, comandante.
—Cada palabra —dijo Vongella, devolviéndole la mirada.

Después de eso, Vongella no se entretuvo. Los motores del Zurov se encendieron, y la lluvia brotaba siseando alrededor de las entradas de las turbinas.

Yuti y su séquito volvieron a las sombras, desapareciendo gradualmente en la racheada oscuridad. Los sancionadores les vieron marchar, antes de retroceder hacia la cañonera, con las armas en ristre todo el rato. Vongella se secó la lluvia del visor.

—¿Ha valido la pena que vinieras? —le preguntó a Zidarov.

Zidarov miró el contador de toxinas. Era preocupantemente alto.

—Quizá. ¿Le crees?

Vongella rio.

—Me lo pensaré. Podemos hacer una pausa, aunque solo sea para recargar.

—Quería hablar.

—Yo también lo haría, en su posición.

Y luego se marchó; subió los escalones y se la tragó el interior de la cañonera. Zidarov se apartó del rango de las entradas y se preparó para el estallido del despegue. Alcanzó el santuario del Luxer, se aovilló dentro y encendió los controles de entorno. Solo cuando la consola se calentó, vio el mensaje, enviado por un canal personal. Inmediatamente pensó que sería Milija, pero resultó ser Vipa.

—*Se está despertando* —era el simple contenido—. *Ven aquí rápido. Serás el primero.*

Antes de que se acabara el audex, él ya había encendido ambos motores.

CAPÍTULO CATORCE

Como era de esperar, tenía un aspecto terrible. La mayoría de los tubos ya no estaban, pero le habían dejado morados alrededor de la boca y las mejillas. El tono de su piel, que había sido marrón claro, era ahora de un gris pálido. Todavía le salían tubos intravenosos en grupos de los brazos y el pecho, y un monitor de aspecto desagradable, con la forma de un cráneo de hierro, estaba colocado sobre su frente.

Pareció que tardaba un momento en reconocerle. Los lúmenes de la sala estaban bajos, y Zidarov se había sentado en la única silla de la sala, que había acercado al borde del camastro. La lluvia tamborileaba contras las ventanas, y dejaba regueros negros sobre los cristales blindados.

Cuando finalmente, ella enfocó en él la mirada, consiguió esbozar una sonrisa que parecía más una mueca de dolor.

—Zido —dijo.

Zidarov no creía realmente que su amistad hubiera sido tan profunda.

—Borodina —contestó, en voz baja. De repente, parecía como una intrusión.

Ella balbuceó algo, y él tomó uno de los vasos de plástek, lo llenó en el lavabo y se lo tendió.

—¿Y cómo va todo? —preguntó ella, y esbozó otra sonrisa torcida.

Él le devolvió la sonrisa.

—Ah, bueno, ya sabes —contestó—. ¿Te encuentras mejor?

—Me siento como una mierda.

—Te veías peor la última vez que te visité.

—Ya lo supongo.

Zidarov tomó un vaso de agua para sí. Notaba el sabor de los productos químicos en el fondo de la boca, y se sintió ligeramente mareado. Podría pedirle algo a Vipa antes de marcharse, solo para sacarse el barro de dentro.

—¿Te ves bien para hablar? —preguntó—. Si no, podemos...

—No sé quién lo hizo —respondió Borodina, con voz ronca—. Lo siento. No los vi.

—¿Qué ocurrió?

Ella se tomó un momento para recordar, con la frente fruncida. En el monitor destelló una luz roja, y ella hizo una mueca de dolor.

—Estaba siguiendo una pista. El Vidora se estaba activando. Algo que tenía que ver con cargamentos del exterior. ¿Sabes que se está complicando mucho? Hacía todo muy difícil. —Tomó otro sorbo—. Me estaba acercando a algo. Esa sensación que tienes cuando algo ya te entra en la mira. Estaba muy cerca.

Zidarov la dejó hablar. Desactivó todas las comunicaciones del receptor de su iris excepto las de nivel crítico. No activo una grabación; la dejó poner sus recuerdos en orden.

De repente, Borodina pareció inquieta.

—Recuerdo... creo que estaba... Recuerdo estar preocupada. Parecían conocer todos nuestros movimientos. ¿Te acuerdas de cuando hablamos, en el Bastión? En ese momento, tenía que volver, y cuando lo hice, mi contacto no estaba. Muerto, seguramente. Pero habíamos sido muy cuidadosos. Así que recuerdo pensar que mi conexión con el velo podría estar interceptada. Ya ocurre, supongo; se meten por un protocolo o algo así. Hice un par de cosas, envié un rastro a los analistas, pero no obtuve respuesta. Luego tuve que ir tras uno de los Primeros, que yo sabía que estaba muy metido en algo en la plataforma Colossus, uno de los discos receptores. Pero no le pude encontrar, y me había llevado a Rovach por protección, porque las cosas se estaban poniendo tensas por ahí.

Necesitó beber de nuevo. Las palabras se le iban un poco, saliendo rápidamente de sus resecos labios. Las manos, sobre la colcha, le temblaban ligeramente.

—Recibimos una llamada. De Silka, una Vidora de Primer Círculo que también trabajaba allí. —Sonrió—. Era supervisora de la célula Yezan, la que te di como pista. El mundo es pequeño. Bueno, supe que era un engaño, o un error, porque Silka estaba muerta. Era parte de lo que yo estaba trabajando.

Zidarov frunció el ceño.

—¿Muerta? ¿Estás segura?

—Segura del todo. Ha habido un montón de encontronazos entre altos miembros del cártel. ¿Recuerdas lo que te dije sobre la ruptura del equilibrio? Por eso quería a Rovach. Así que sabía que esa llamada era otra cosa y fui con cuidado. —Su expresión se entristeció—. Pero no el suficiente. Nos saltaron encima. Armadura pesada, armamento pesado. Debería haber llevado toda una patrulla. Y ahora... Rovach...

—No te alteres —dijo Zidarov, con tanta suavidad como pudo. Estaba deseando hacerle preguntas, pero se obligó a no lanzárselas todas de golpe—. Era un profesional. Esas cosas... pasan.

Ella parpadeó pesadamente.

—Eso es todo lo que recuerdo. Salir del coche, muchas armas. Balas trituradoras, según creo.

—Así es. Y hicieron lo suficiente para dejarte muy maltrecha.

—Recuerdo que dolía.

Zidarov rio.

—Apuesto a que sí. —Se inclinó hacia delante, apoyando los codos en las rodillas—. ¿Viste algo, lo que fuera? ¿Cualquier identificador?

—Estaba oscuro. Aparecieron tan de repente... No iban anunciándose.

—Pero tú creías que el Vidora había intervenido tu conexión con el velo ¿no?

—Los analistas te pueden decir eso.

—¿Así que podrían haber sido ellos? Yuti nos dijo que no.

—¿Yuti? Joder. ¿Ha estado aquí?

—Todo esto la ha armado bien gorda.

Borodina abrió los ojos un poco, sorprendida, y luego rio débilmente.

—Infiernos, no lo sé. De verdad que no lo sé.

—Lo otro que dijo fue que a Silka la mató uno de los nuestros. Han estado... ocupados, desde que pasó esto.

—Pero yo sé que no es cierto —repuso Borodina—. Silka estaba hasta el cuello en algo bajo las plataformas suborbitales. Había una miniguerra ahí abajo, o estaba comenzando a serlo; la cosa con las rutas exteriores. Hay mucha lasca para quien las controle. Creo que la mataron cuando las cosas comenzaron a salirse de madre.

—¿Y sabes quién lo hizo?

—Eso es parte de lo que estaba investigando. No lo sé. He oído rumores sobre alguien del exterior, alguien que bajó algún tipo de equipo pesado en un transporte de vacío. Alguien nuevo. No había mucho con lo que trabajar.

—Es algo. —Zidarov se fijó en que ella estaba comenzando a sudar. Parecía empezar a cansarse—. Mira. Ahora me voy a ir; tienes que recuperarte.

Borodina sonrió débilmente.

—¿Para qué? —Tosió durante un momento y luego bebió un poco más—. Si tengo razón, si mi conexión con el velo estaba intervenida, se ha acabado para mí. ¿Lo entiendes? Un error básico. ¿Quién sabe qué más habrán oído?

—Solo es una sospecha.

—Sí, solo una sospecha.

Zidarov se puso en pie.

—No pienses en eso. Concéntrate en ponerte en forma. Eso es lo único importante ahora.

Borodina asintió, haciendo temblar el tubo que tenía en el cuello. El monitor que tenía en la frente comenzó a parpadear de color rojo, lo que significaba que le estaban administrando sedantes.

—Oh, ¿sabes qué? —dijo Zidarov, que se volvió al llegar a la puerta—. Podrías hacerme un favor. Guárdate para ti la información sobre Silka, ¿eh? ¡Solo un tiempo! Vamos a investigarlo, pero me iría bien un poco de espacio.

Borodina asintió, pero ya se estaba durmiendo. Igual se había enterado, pero igual no.

Zidarov sonrió para sí con ironía. En silencio, abrió la puerta y salió.

El Bastión estaba con gente durante toda la noche, las veintiséis horas del día. Todos los pisos tenían el personal completo, del que formaban parte los subalternos, que miraban preocupados sus terminales. En el exterior, la lluvia caía por las ventanas blindadas, y burbujeaba en los sumideros. Seguía haciendo calor, aunque eso no tardaría en cambiar, en cuanto comenzaran las tormentas. Los controles internos del Bastión reaccionaban con lentitud, como siempre, y todo el lugar se notaba pegajoso y húmedo.

Zidarov se dirigió al refectorio. Se sirvió una taza de cafeína de la máquina dispensadora y miró un expositor con barritas de carbohidratos de aspecto soso. Escogió tres, luego devolvió una y se fue a una mesa vacía. Se frotó el rostro. Bostezó, sintiendo el estiramiento del mentón. Podría ir a casa; podría dormir una hora o dos. Pero, claro, su casa ya no era tan relajante como solía serlo, y su mente estaba bullendo. Aún no había tenido tiempo de reaccionar ante lo que le había contado Elina, y Borodina ya había echado más leña al fuego. Seguramente, sería mejor quedarse ahí.

Tardó unos instantes en darse cuenta de que ya no estaba solo. Alzó la mirada de repente para encontrarse con Lena Vasteva sonriéndole.

—¿Una noche larga? —preguntó.

Iba en ropa de trabajo: el traje gris muy oscuro, el cabello recogido hacia atrás. Siempre tardaba un poco en reconocerla como la misma mujer cuando se la encontraba por el Bastión. En ese momento, su expresión era difícil de descifrar: podía estar contenta de verle, podía estar irritada. De ser así, no podría culparla.

—¡Trono! —exclamó Zidarov, mirando alrededor. El refectorio estaba medio vacío—. ¿Deberías estar aquí?

Vasteva rio.

—Trabajo aquí, ¿recuerdas? —Tomó un sorbo de su bebida—. Creo que tú también solías hacerlo.

Zidarov se dejó caer hacia atrás en la silla.

—Estoy un poco tenso. No duermo lo suficiente.

—Ya, ni tú ni yo.

La miró fijamente. Se sentía con la guardia baja, pillado medio dormido, pero sintió que tenía que decir algo.

—No es fácil, en estos momentos.

—Lo sé.

—Me gusta lo que tengo. Quiero conservarlo. No me gusta tener que ir escondiéndome.

—No, ya lo entiendo.

—Así que hay veces en las que… —Trató de buscar las palabras.

—¿En las que te preguntas si vale la pena? —Se encogió de hombros—. Tú decides. Sabes la respuesta, y ya eres mayorcito. Yo no puedo decidir por ti.

Zidarov soltó una amarga risita.

—Entre Gyorgu y tú, supongo que aquí hay un nicho de mercado para oradores motivacionales.

—Quiero ayudar.

—Todo el mundo quiere ayudar.

—¿Qué puedo hacer?

Zidarov suspiró y comenzó a comer.

—Quizá con un poco de espacio —contestó él, masticando—. No durante mucho tiempo. Tengo este caso, y...

—Siempre tienes un caso, Zido. —Ella se acabó la bebida y fue a levantarse—. Como yo. De todas formas, y para que lo sepas, sigo estando aquí; todo va bien. Pero necesitas pensar en lo que es importante, realmente importante.

Zidarov encontró que no tenía respuesta para eso. Así que la observó marcharse, y eso le hizo sentirse peor que nunca.

Acabó de comer. Se bebió la cafeína. Eso, al menos, le llenó el estómago y le quitó de la boca lo peor del sabor a productos químicos. Luego se levantó, hizo rodar los tensos hombros y se dirigió a Análisis.

El personal del Bastión-U se distribuía en una estructura piramidal. En lo más alto, en teoría, estaban los evidenciadores, cuya tarea consistía en realizar las investigaciones. Muchísimo más numerosos eran los sancionadores, encargados de mantener el orden y proporcionar el respaldo armado. Más numerosos todavía eran los analistas: un pequeño ejército de funcionarios que se ocupaba de las tareas administrativas. Algunos de ellos eran especialistas, como el personal del verispex forense; otros eran servidores mudos que cargaban paquetes del velo de archivo a archivo. Una gran parte de ese departamento eran buscadores de datos y escrutadores de equipo, que se pasaban los días revisando las montañas de información que proporcionaban los muchos auspex que se empleaban en la calle. En general, tenían demasiado trabajo, envejecían prematuramente y sus labores los hacían maliciosos y quisquillosos.

Aun así, sus estancias estaban más limpias y olían mejor que la mayoría. Si sabías lo que querías, y podías aguantar el sarcasmo, había maneras de conseguirlo.

Zidarov recorrió los pasillos hasta encontrar la sala que necesitaba. Desde fuera no resaltaba por nada: solo una puerta estándar, una placa con el nombre, las lentes del augur. Apretó el timbre, y unos segundos después la puerta se abrió, y dejó ver a un hombre que parecía haber muerto hacía varias semanas, pero, de algún modo, había olvidado tumbarse.

—Hola, Scribo —saludó.

Revi Scribo le recibió con un gruñido y le hizo pasar. Zidarov tuvo que trazar una ruta hasta el escritorio, que estaba rodeado de una bizarra colección de veriquarios, unidades de auspex medio abiertas, montones de cableado, placas de circuitos impresos, algunas lentes quebradas de píctor, seis cráneos pulidos, cajas selladas de equipo y un solitario félido que se hallaba sentado en equilibrio sobre paquetes de vitela, moviendo la cola.

Scribo era un pobre desgraciado pequeño y delgado, que apenas llenaba su bata de color crema. Tenía una alopecia incipiente y las mejillas arrugadas, dedos largos y una nariz chata; se movía a espasmos, como una araña, en medio de todo ese caos.

—¿Qué necesitas? —preguntó Scribo, mientras volvía de nuevo su atención a la carcasa desmontada de un sensor remoto. Parte de lo que Scribo hacía, en realidad, podría pasárselo a los tecnosacerdotes. Zidarov siempre pensaba que algún día los lexmechanicus irrumpirían ahí, y los pequeños hobbies de Scribo se acabarían para siempre.

—Necesito un localizador personal —respondió Zidarov, mientras buscaba, sin éxito, algún lugar donde sentarse—. Muy pequeño, muy discreto. Supón que las personas tienen tecnología de rutina antiescáner, probablemente augmética. El localizador tiene que superar eso, mantenerse sin ser detectado, durar unos cuantos días.

Scribo soltó una seca carcajada.

—Oh. Muy fácil, entonces.

—Sé que los tenéis. Lo he visto usar. Vamos, por todas las veces que te he ayudado.

El félido sacudió la cola de nuevo, y un par de ojos verde botella se volvieron para mirar a Zidarov. Scribo siguió ocupado en su trabajo.

—Necesitas un permiso de un superior, firmado por la castellana.

—No puedo.

Scribo alzó la mirada.

—¡Oh! Querría saber por qué.

Zidarov accedió a sus fondos personales. No tenían muy mala pinta, teniendo en cuenta la situación, así que parpadeó para hacer una transferencia. Era un montón, para su propio estándar, pero Scribo no era barato. El analista apenas parpadeó cuando la transacción le llegó al iris.

—Estás muy interesado —comentó.

—Quiero que funcione —replicó Zidarov—. Y lo quiero de espectro completo, muchísimo detalle, absolutamente sin riesgo de detección.

—Scribo suspiró teatralmente.

—No existe eso. Todo tiene un riesgo, evidenciador. Ningún sistema es infalible, ningún campo de dispersión es perfecto.

—Los tuyos, sí.

—La adulación descarada no me produce ningún efecto.

—Pero ¿y la lasca que te he enviado?

—Eso tiene algo más de peso, sí.

Scribo colocó el dedo sobre el cierre de huella de una traqueteada cajonera. Uno de los cajones se abrió, y dejó ver toda una bandeja de minúsculos artefactos de vigilancia, todos muy bien colocados en cajas protegidas por un campo. Apretó la tapa de una de las cajas, y el campo se desactivó, permitiendo el acceso a un pequeño alfiler de metal del tamaño de un insecto. Estaba montado sobre un cuadrado de metal, que Scribo recogió y pasó a Zidarov.

—Este es inteligente y astuto —explicó—. Cuélgaselo al sujeto y tendrás para varios días. Es a prueba de escáneres y tiene un aegis nominal que distorsiona la luz, lo hace virtualmente invisible. Envía audex y grabación hololítica cuando detecta objetos en movimiento, directos a tu terminal, esta. Solo tiene un alcance de unos diez metros, así que tendrás que estar cerca de quien sea que sigas. La salida es hololítica total, así que no tienes que preocuparte por la línea de visión.

—Eso no es problema —repuso Zidarov, mientras se lo guardaba cuidadosamente en el bolsillo interior—. Justo lo que buscaba. Esto queda entre tú y yo, ¿sí?

—Como siempre. A no ser que tenga una oferta mejor.

Zidarov sonrió cansinamente.

—Oh, una cosa más; ¿quién está analizando el equipo que trajo la evidenciadora Borodina?

—Ni idea.

—¿Podrías echar un ojo?

Scribo tarareó por lo bajo, colocó la caja del sensor a un lado y activó una terminal. Su delgado rostro se iluminó con el resplandor del fosfeno, y sus largos dedos corretearon sobre el pulsador de control.

—Sección Seis —informó—. Han terminado el trabajo.

—¿Ya lo han archivado?

—No. —Scribo alzó los ojos, y sus oscuros ojos destellaron. Ninguno de sus ojos era con los que había nacido, y solo el Trono sabría lo que veía con ellos.

—Quita el informe.

Scribo se echó hacia atrás y cruzó los brazos.

—¿Y por qué iba yo a querer hacer eso, evidenciador?

—Porque ya te he pagado mucho más de lo que vale el escáner. Y soy uno de tus mejores clientes. Y porque tienes un alma noble y radiante.

—¿Para qué lo necesitas?

—Un favor a un amigo. Ayudará en el caso en el que estoy trabajando. Nada más de lo que nadie tenga que preocuparse.

Scribo se lo pensó. Miró de nuevo a lo que Zidarov le había dado, miró de nuevo al terminal y apretó unos cuantos botones.

—Ya no está en el sistema —informó—. ¿No te interesa saber qué decía?

—Ya sé lo que decía. Mientras permanezca enterrado, estaré contento.

Scribo se encogió de hombros.

—Como quieras. ¿Algo más? ¿Una bólter Phobos? ¿Un auspex Divinator?

Zidarov miró alrededor.

—¿Nunca tienes claustrofobia aquí dentro, Scribo? ¿No te apetece estirar los brazos?

Scribo lo miró a través de ojos entrecerrados.

—Lo que he quitado del sistema, podría volver a ponerlo en cualquier momento.

—Ah, entonces me tendrías que devolver la lasca. —Se fue dirigiendo a la puerta y deliberadamente le lanzó una mirada amenazante al félido al pasar—. Gracias por el escáner. Cuídate aquí dentro.

Scribo no respondió. Había vuelto con la caja del sensor, desmontándola, y parecía tan feliz como no podría serlo nunca.

Zidarov volvió a su celdilla. Afuera seguía siendo de noche, y una sombra gris oscura cubría cada ventana, pero el Bastión tenía un aire de volver a una vida más vigorosa. El primer turno-diurnus había comenzado y los corredores estaban medio llenos de mujeres y hombres que iban y venían, con los ojos rojos por trabajar demasiado o con los ojos rojos por no dormir lo suficiente.

No faltaba mucho para el amanecer. En algún momento iría a por otra taza de cafeína, buscaría una ducha que no le diera asco usar y se lavaría un poco. Primero, pensó, tenía que calibrar el rastreador personal y hacer algunas comprobaciones en su propio sistema. Se sentía como si estuviera haciendo malabares con varias cosas, que podían estar relacionadas unas con otras, o no. Y sobre todo ello se cernía la presencia espectral de Vongella, que no tardaría en exigirle respuestas.

Cuando Zidarov llegó a su terminal, vio que Brecht estaba ocupado en la celdilla de al lado. Se le veía tan desarreglado como el propio Zidarov creía estar, y olía un poco a alcohol. Brecht, como Draj, olía a alcohol con tanta frecuencia que casi había dejado de notarse. Durante mucho tiempo, Zidarov lo había encontrado divertido. En esos momentos, años después, ya no estaba tan seguro. Había un momento en que dejaba de ser algo en que apoyarse y se convertía en el amo. Pero no resultaba fácil tocar el tema, y no hubiera sabido por dónde empezar. Todos tenían sus problemas, sus secretos, sus pequeños demonios internos.

—¿Vas bien? —preguntó Brecht, estirándose mientras Zidarov se sentaba.

Zidarov apretó la activación del terminal.

—Estelar —contestó—. ¿Tú?

—Aquí, ocupado.

Pero Gyorgu no parecía ocupado. Parecía lubricado. Acercó la silla al escritorio de Zidarov, y le observó mientras este desenvolvía cuidadosamente el rastreador.

—¿Es uno de los trastos de Scribo? —preguntó.

—Tal vez.

—Así que te has dado contra una pared.

Zidarov dejó el rastreador sobre la mesa con cuidado, y apoyó los codos en la mesa.

—Lo cierto es que no. Yo tenía razón.

—Claro que sí. ¿Ya has descubierto al topo?

—No había ninguno.

—Pareces muy seguro.

—Fue un fallo. Habían hackeado la conexión del iris de un evidenciador.

Brecht dejó escapar un suave silbido.

—¿De quién?

—No importa. Pero les he enviado mensajes, los han recibido, y así es. Supieron que iba a ir, y limpiaron el lugar. Creo que, de todas formas, ya estaban planeando largarse de allí. Las cosas están fluyendo.

—¿Dónde te deja eso?

Zidarov se encogió de hombros.

—Donde estaba antes. Todo sigue siendo una mierda, solo que ahora puedo ver una vía hacia algo que no lo es. —Miró a Brecht, a los ojos inyectados en sangre. Al menos, mantenían el foco—. ¿Sabías que Udmil Terashova no es la madre de Adeard?

—Joder. ¿De verdad?

—Según me han dicho. Así que esto parece más raro que nunca. ¿Por qué acudió a nosotros? Le odia. Siempre hubo algo raro. Pero he descubierto algunas cosas. Primero, la conexión de Adeard con el Vidora era real. Estaba deseando hacer algo con ellos. Yo apostaría por el drenaje de células, que sabemos que estaban haciendo hasta que tuvieron que parar. Le debía de resultar excitante: grandes cantidades de lasca, mucho peligro. Consiguió ponerse en contacto con una miembro del Primer Círculo que trabajaba en los suborbitales y estaba metida en una guerra constante por el control de las importaciones. Supongo que pensó que ella sería su billete hacia las cosas grandes. Solo que ella ya está muerta, y quien la mató a ella seguramente también lo habrá matado a él. O lo habrá tomado como rehén. Lo que sea.

—No pareces demasiado preocupado.

—Nadie lo está. Excepto quizá su padre. Pero sí me importa que enganchen sangrantes a las máquinas y vendan lo que sale de ellos. Todos me dicen lo mismo: la importación está en un momento difícil, los precios están subiendo, hay algo que no va bien en el vacío. Para ciertas personas, eso es una oportunidad. Se puede hacer lasca vendiendo cultivos de células madre en Varangantua. Y podrías hacer una fortuna si lo consigues sacar del planeta.

Gyorgu no parecía convencido.

—Y entonces, ¿qué quería el Vidora de ese chico?

—No lo sé. —Zidarov se recostó en su silla y se rascó la nuca—.

¿Contactos, quizá? Tenía montones de gente colgada de cada palabra que decía. Joven, estúpido, atiborrado de topacio. Quizá se los entregaba. Quizá por eso le querían.

Gyorgu seguía pareciendo poco convencido.

—Entonces, ¿quién atacó a Borodina?

—Querían que pensáramos que había sido el Vidora. No me lo trago. La misma gente que atacó a Borodina está detrás de esta cosa con los Terashova. Son una nueva fuerza en el comercio suborbital; los que están haciendo que Yuti se cague en los pantalones, los que quieren tratar con los que venden rejuvenecimiento. Tengo que encontrar a alguien del exterior del planeta. Alguien del exterior con acceso a armas trituradoras, que recibe órdenes de alguien con suficiente poder para arrinconar el comercio de cultivos de células madre, que está forzando a los cárteles que conocemos hacia un trabajo más honesto.

—Entonces, eso es todo lo que tienes. Alguien del exterior del planeta.

—Es un comienzo. No hay tantos de esos.

Brecht rio por lo bajo.

—¿Y qué vas a hacer ahora?

—Voy a ir yo mismo. A los puertos. Hablaré con los que están siendo arrinconados. Alguien sabrá un nombre, o una cara.

—Pero aún no.

Zidarov sonrió.

—Aún no. Primero tengo que ponerle una cola a una persona que sé seguro que ha estado tirando de todas nuestras cuerdas. —Tomó el rastreador de nuevo, enganchado a su soporte de metal—. Udmil Terashova.

CAPÍTULO QUINCE

Volver a la mansión bajo la lluvia resultó una experiencia extraña. Todo era igual, pero todo era diferente. El asfalto relucía, los altos muros estaban húmedos y oscurecidos. Los lúmenes se quedaron encendidos incluso cuando el sol se alzó, con luces difusas e irregulares.

Zidarov tomó el Luxer solo parte del camino; se acercó a una instalación de alquiler de coches de tierra, que estaba dirigida por un contacto que había empleado en el pasado. Una vez allí, cambió su vehículo por un anodino Grappia Noxus y condujo el resto del camino. Se paseó por los grandes bulevares y, finalmente, se detuvo al otro lado de la calle, frente a la propiedad de los Terashova. Abrió un poco la puerta y dejó caer al suelo un escáner de nivel base, una cosa minúscula, del tamaño de una piedrecilla. El dispositivo estaba programado con el perfil del transporte de tierra habitual de Udmil Terashova, una enorme máquina acorazada de seis ruedas en negro y dorado, conducida por un chofer armado. Había conseguido el perfil en los archivos del Bastión, aunque estaba seguro de haberlo podido definir él mismo; los dorados siempre tendían a usar el mismo tipo vehículo monstruoso. Luego volvió a arrancar el coche en dirección al siguiente cruce. Fue de nuevo hasta la tienda de alquiler y recuperó el Luxer. Condujo un poco hasta encontrar un lugar agradable donde esperar: un patio de almacenaje en desuso, con unidades industriales en tres lados, sin ventanas y sin actividad visible. Aparcó, activó el escáner, se acomodó en el asiento y se sirvió una bebida caliente.

Estaba preparado para quedarse ahí mucho rato. No tenía ni idea de la frecuencia con que el transporte de Udmil salía de la mansión. No sabía si siempre salía con ella dentro o si solo se usaba para llevarla de vuelta y por tanto iba vacío la mitad de las veces.

Durante la espera, pensó en Milija. No había sabido nada de ella desde la discusión en el hab. Esperaba que eso fuera porque Naxi había entrado en razón y las cosas se habían calmado. La falta de contacto también podía deberse a que su trabajo la mantenía muy ocupada. La estación de las lluvias causaba más lesiones, lo que hacía que su departamento tuviera más trabajo. Pero Naxi era algo que merecía su tiempo. Sabía que debía haber estado allí, por las dos.

Llamó a un contacto que había tomado de su terminal en el Bastión: la supervisora de la plataforma Colossus, el receptor suborbital que Borodina había mencionado. Ya era lo bastante tarde para que quizá alguien estuviera encargándose de la terminal del velo.

—*¿Sí?* —respondió una voz al otro lado. No aparecieron imágenes.

—Evidenciador Zidarov. Bastión-U. Quiero hablar con la supervisora.

—*Um, s...sí, evidenciador. Claro. Está fuera en la opre...*

—Hora decimus, en punto. Me reuniré con ella en su despacho. Su Mano.

—*Sí. Sí. Su Mano.*

Y siguió esperando.

Al cabo de un par de horas, su consola se activó. El escáner había detectado movimiento en la portería de la verja de la mansión, y un vehículo, que coincidía con la descripción, había salido. Un mapa bidimensional de área local apareció sobre la pantalla principal. El escáner envió a Zidarov una trayectoria durante unos segundos más, hasta que el vehículo salió de su rango. Zidarov encendió el motor principal del Luxer y arrancó, mientras dejaba que el espíritu-máquina calculara un trayecto para interceptarlo.

Cuando estuvo dentro del alcance del rastreador, no hizo ningún intento de alcanzar al vehículo, solo de marcar adónde iba. Como era de esperar, la primera parada fue cerca: un ostentoso distrito lleno de restaurantes elegantes y boutiques de productos básicos. Las calles eran planas, con las superficies sin baches ni grietas. Todos los bloques estaban vallados y con verja, con cráneos flotantes que se deslizaban de una posición ventajosa a otra, rastreando y grabando. Las brillantes pantallas camaleón de ese lugar tenían menos instrucciones del Ministorum y más anuncios comerciales. La gente en las aceras formaba una asombrosa mezcla de colores, con los tonos de piel yendo desde el violeta al esmeralda. Eran atendidos por grupos de guardias de seguridad y servidores de equipaje. Todos caminaban con confianza y orgullo, sabiendo que cada rincón del distrito estaba vigilada y analizada, con rifles láser apuntando a cualquier cosa que se moviera, oliera o pareciera fuera de lugar.

Zidarov esperó a que el transporte de Udmil se detuviera. Solo entonces se acercó, sorteando hábilmente el tráfico rodado a su alrededor. El transporte se había detenido primero en el carril reservado de un club privado muy exclusivo, uno con helechos subiendo por las paredes de mármol y estatuas de oro de ley de los santos Primarcas, entremezcladas con imágenes más prosaicas de exceso y lujo. Seguramente había sido para permitir que Udmil entrara con toda pompa; después, el conductor había llevado el vehículo a la siguiente manzana, a un recinto abierto donde esperaban docenas de otros vehículos, con los motores lanzando humo al aire húmedo y los conductores fuera, con inyectores de cotín que añadían más aire viciado al humo.

Zidarov se colocó al lado del vehículo de Udmil. Su conductor, que estaba apoyado contra la puerta abierta, vestía un uniforme negro con bordes de color marfil y un escudo leonino sobre el pecho izquierdo. Llevaba una cartuchera en la cadera, y el perfil de su chaqueta indicaba que llevaba protección antibalas bajo ella. Tenía rostro de sicario, con ojos oscuros bajo una gorra de plato. La lluvia continua resbalaba por su abrigo encerado.

Zidarov salió, llevando consigo un palito de cotín sin encender.

—¡Eh, amigo! —saludó, expansivo—. El inyector no me va. ¿Puedes ayudar a un ciudadano?

El conductor se lo quedó mirando como si Zidarov le hubiera atropellado en el pasado. Lo miró de arriba abajo. Luego se encogió de hombros y sacó un inyector. Zidarov se acercó a él, encendió el palito y luego sonrió.

—¡Gracias! —dijo, mientras le daba unas palmaditas en el hombro. Luego volvió al Luxer y se marchó.

A una o dos manzanas de distancia, desactivó el desagradable cotín y comprobó la recepción del escáner personal que había enganchado en la parte interior de la puerta del vehículo terrestre.

Después de unos cuantos parpadeos, todo el campo hololítico surgió sobre la columna en el Luxer: la red de perfiles fantasmales de un color gris verdoso, brillando dentro de una red de nodos y grupos deslizantes. Vio al hombre de pie, aún fumando. Vio el vehículo al ralentí, a los otros conductores, la calle alrededor. El aegis distorsionante funcionaba a toda potencia, y el demodulador del escáner informó de cero penetraciones. Scribo había cumplido su palabra: era un kit fantástico.

Zidarov apagó la transmisión, y la ajustó para que fuera directamente a su almacenamiento privado en el Bastión. Destruyó por control remoto el detector que había dejado en la calle fuera de la mansión Terashova. Encendió el Luxer de nuevo y se dirigió hacia el norte, lejos del brillo, hacia donde los enormes perfiles de las bases receptoras suborbitales ocupaban todo el empapado horizonte.

Bajo la lluvia, los suborbitales eran una visión espeluznante. Los enormes discos de rococemento se manchaban rápido; sus amplias curvas marcadas por líneas de óxido procedentes de los remaches y las fijaciones de metal. Las grandes naves que aterrizaban lo removían todo al bajar, haciendo hervir la condensación y convirtiendo el propio aire en una niebla de vapor.

Pero, en esta ocasión, Zidarov no se dirigía a las sombrías tierras bajo los discos, sino a las torres de control. Cada base receptora tenía su propio grupo, que se elevaba como lanzas junto al borde de los grandes cuencos, delgadas y precarias. Parecían viejos demacrados y escuálidos, mirando dentro de inmensos calderos de azufre ardiente, rodeados de hilos de vapor y humo, perdidos en la bruma del ruido y el movimiento.

Ziradov fue hacia las grandes fauces de entrada y salió del coche. Caminó, aún sobre el nivel del suelo, hasta la estación receptora. Salió a recibirle un joven con el uniforme de la instalación del puerto suborbital: azul marino, ajado en los bordes, con aspecto de ser una imitación barata de un uniforme de capitán de la Armada.

—Su Mano, evidenciador —saludó el hombre—. La supervisora te verá ahora.

Entraron en una gran sala, con escasa decoración y las paredes de rococemento desnudo. A un lado había una mesa donde trabajaban subalternos. Al otro, la fila de elevadores que se alzaban hasta los niveles operativos de la torre. El lugar estaba muy concurrido, lleno de mercaderes, preceptores y guardias de seguridad. Había más de estos últimos de lo que se habría esperado encontrar normalmente; probablemente era una consecuencia de la purga de Vongella.

—Ha sido un largo viaje —dijo Zidarov, con sinceridad—. ¿Hay algún sitio que pudiera... visitar?

Durante un instante, el hombre pareció incómodo.

—Claro. Por aquí.

Lo llevó a una entrada lateral, luego lo dejó para que entrara en las cámaras públicas de higiene. Zidarov encontró un cubículo vacío y aseguró la puerta. Sacó un pequeño disco del tamaño de la palma de un niño, y lo colocó debajo del lavabo. Luego esperó un minuto o dos antes de reaparecer.

—Gracias —dijo—. Todo tuyo.

El ascensor los llevó siete niveles arriba. La mayor parte de la torre era de sólido rococemento, así que fue una larga subida. Mientras ascendía, Zidarov notó que se le destapaban los oídos. Salieron en lo más alto, a varios cientos de metros dentro de la espesa atmósfera de Alecto. Lo llevaron a una amplia sala abierta, de unos veinte metros de longitud. Era hexagonal, con todas las paredes construidas de vidrio blindado. El panorama era impresionante: una vista de halcón sobre toda la base receptora de abajo.

El subalterno con el uniforme sucio se retiró y cerró las dos hojas de la puerta batiente tras él. Eso dejó a Zidarov a solas con el único otro ocupante, que estaba dándole la espalda, contemplando la vista. Era una mujer alta, esbelta, con el cabello plateado atado con una cadena de perlas. Llevaba un elegante traje blanco. Incluso podría haber sido de fibra auténtica; no tenía nada del brillo de los sintéticos.

Zidarov fue hasta ella. Afuera, la lluvia golpeaba con fuerza, arrojada por la revuelta masa de una nube gris pálido. Mucho más abajo, se extendía toda la ciudad, empapada y sucia.

—Tengo un descenso programado dentro de un momento, evidenciador —dijo Rebeka Genova, la supervisora de la plataforma Colossus—. He pensado que te gustaría verlo.

Zidarov miró alrededor. La sala estaba sorprendentemente vacía de muebles. Un largo escritorio bajo; algunas sillas; seis carcasas para cogitadores, todas unidas con largos cables, y un grupo de lentes de imágenes con las llegadas y salidas programadas. La serpiente enroscada de la ciudad colgaba del techo como una escultura de bronce batido, como siempre, junto al águila de oro del Imperium.

—Qué buena idea —dijo Zidarov.

Con el iris hizo un rápido escáner de la sala, barriendo el área al torcer la cabeza. Como era de esperar, el lugar estaba plagado de dispositivos de escucha. Algunos de ellos podrían ser para el propio beneficio de la supervisora. Era imposible que todos lo fueran.

Entonces, las nubes comenzaron a resplandecer. La lluvia dejó de caer y empezó a hervir. Toda la atmósfera sobre ellos comenzó a ondearse, a flexionarse y a removerse. Chorros de condensación caían desde esa masa, y puntos de luz palpitaban y se quebraban.

Desde el centro de la distorsión, fue apareciendo una sombra oscura, una mancha negra, que crecía y crecía, hasta que el inmenso casco de un Slovo VI se hizo visible, surgiendo como una bestia de entre la espuma, triturando vapor, grasa y agua de sentina a medio hervir, con los propulsores de freno quemando a tope. Mientras sus largos flancos emergían de la nube, bajando lentamente frente a Zidarov, este pudo ver las marcas en el metal: la gruesa pátina de mil carreras atmosféricas. Los logos de los costados estaban virtualmente desgastados: una mezcla de las marcas que indicaban fabricación por el Mechanicum y pertenencia a las casas comerciales. La última entrega de un Slovo nuevo a Alecto había ocurrido hacía décadas, como resultado de un encargo hecho décadas antes de eso. Se esperaba que esas cosas duraran siglos. Su tripulación se contaba por cientos, aunque muchos de ellos eran servidores fijados, una buena parte de los cuales tenían algún tipo de formación en un mundo forja o herencia de uno. Eran grandes. Eran feos. Eran tan duros como la piel de un grox.

El espectáculo era innegablemente impresionante. Siguió bajando, balanceándose, con las alas de aterrizaje extendidas y los impulsores rugiendo sin parar, hasta que se colocó en uno de los discos como un pájaro obeso en su nido colosal. Casi sin pausa, amarres de cable de acero salieron disparados y se cerraron sobre las barras de sujeción, chorros de refrigerante regaron las escotillas de acceso recalentadas y las grúas de carga fueron saliendo y abriéndose desde compartimentos a prueba de calor. La descarga comenzó incluso antes de que los impulsores hubieran escupido las últimas lenguas de llamas amarillo pálido.

Entonces, Zidarov pensó en Naxi, de repente, sin esperarlo. Pensó en ella en un carguero de la Armada, una nave muchísimas veces mayor que esa, ardiendo en el vacío, lejos de cualquier ayuda posible, una nave que nunca aterrizaría en ningún planeta, y menos aún en ese.

—¿Qué te parece? —preguntó Genova.

—¿Con qué frecuencia pasa esto? —inquirió Zidarov.

—Veintitrés veces al día. Estamos intentando que sean más.

—¿Y nunca te aburre?

—Nunca. —Sonrió, y tendió la mano, indicándole una de las dos sillas bajas—. Bien, supongo que esto tiene que ver con vuestro sancionador.

—En parte —respondió Zidarov, mientras se sentaba. Se sentía un poco mareado, quizá por la altitud, pero más probablemente por llevar tanto tiempo sin dormir.

—Lo que pasó fue una desgracia —dijo Genova—. Si hay algo que puedo hacer, solo dilo.

—Habrás visto que ya se está haciendo mucho. Creo que todo está bajo control.

—Entonces, ¿no estás aquí en busca de más información?

—Se está haciendo mucho. Cuéntame cómo van las cosas por aquí.

Genova dejó que una sonrisa a medias le cruzara los labios.

—¿En general?

—En general.

—Hemos visto años mejores, si quieres que te diga la verdad. No está bajando tanto como solía bajar, y nos cuesta encontrar amarraderos para el material de subida.

—Pero queréis aumentar los ciclos de aterrizaje.

—Confío en Su providencia, evidenciador. Las cosas mejorarán. Y cuando lo hagan, estaremos preparados.

Zidarov miró alrededor. De nuevo, le sorprendió la escasez de muebles. Aparte de su escritorio, eso no parecía una empresa próspera.

—¿Por qué la alteración?

—No lo sé. —Rio, un poco tímida—. De verdad, ¿quién sabe nada una vez vas fuera del planeta? Es una niebla de ignorancia. Recibo boletines razonablemente fiables de las estaciones orbitales. Después de eso, tienes que confiar en las transmisiones astropáticas, y solo el praesidium tiene acceso a ellas. Para lo que sirven… Siempre ha sido así en nuestra profesión. Pones el material en una nave, la envías para arriba y confías en que baje algo.

—Pero tenéis teorías.

—Claro que sí. Creemos que algo fundamental ha interferido con los viajes dentro del sistema. La red los Capitanes Cartistas. ¿Recuerdas, hace dos años, cuando perdimos completamente la comunicación? ¿Y nos dijeron entonces que nada se estaba moviendo y que los astrópatas de la torre de Varangantua habían perdido todos la cabeza? Se esforzaron mucho en convencernos de que todo había sido un fallo técnico, una tormenta de la Disformidad aislada en el Nexus Bolatta, y que ya se había acabado. Pero desde entonces, ha sido difícil. He oído informes de capitanes de transportadores, de segunda mano, de tercera mano, que dicen que las naves de auténtico vacío estaban teniendo problemas con sus navegantes. Así que es un efecto en cadena. Si eso es sistémico, entonces se filtra hacia abajo. ¿No puedes sacar una nave Cartista del muelle? Entonces no puedes conseguir que los cargueros orbitales amarren, y no puedes conseguir que los transportes suborbitales salgan del muelle, y más y más. Estamos al final de todo.

—Y todo eso te complica las cosas.

Genova se encogió de hombros.

—Siempre hay dificultades.

—Una charca que se seca atrae a los depredadores —dijo Zidarov, tranquilamente—. Me imagino que tendréis algunas trifulcas con los gremios, buscando las oportunidades que quedan.

—Nunca ha sido un lugar seguro —repuso Genova, sin tapujos—. Tenemos nuestros problemas, pero la carga aún se mueve. Puedes revisar los registros, si quieres.

Zidarov sonrió.

—Quizá lo haga, más tarde. Pero esta es la cuestión. He oído que algunos mercados están volviendo a ser lucrativos, debido a toda esta alteración; unos que ya hace mucho que deberían estar cerrados. La demanda de rejuvenecimiento no disminuye, ¿no? Así que hay presión por incrementar la exportación de cultivos de células madre.

—Una verdad innegable. Los manifiestos de la importación-exportación de medicae se han mantenido sólidos.

—Es cómo se produce lo que me preocupa. Creemos que se está haciendo drenaje de células, en Urgeyena, para satisfacer la demanda.

—Una práctica abominable.

—Eso me dicen todos. Nunca has interceptado algo así, en tus revisiones rutinarias.

Genova negó con la cabeza.

—Los productos derivados de los cultivos medicae legales o ilegales son más o menos idénticos. No puedes diferenciarlos en una revisión estándar, al menos no con el equipo que tenemos aquí.

—Pero meterlo aquí, almacenarlo, distribuirlo; todo eso es difícil. Tenemos motivos para pensar que las células del Vidora han estado actuando para controlar ese mercado. Esa sería la causa de la violencia que hemos visto recientemente.

—Es posible. Tenemos a los cárteles aquí. Eso lo sabemos. Sería una tontería no reconocerlo. Pero hacemos lo que podemos para mantenerlo tapado.

—Así, si hubiera carga ilegal transportándose en tu instalación, entonces sería el Vidora quien lo envía.

—Espero de verdad que no haya carga ilegal en mi instalación.

—Yo también. Pero no están aquí para divertirse, ¿verdad?

Genova lo miró fijamente.

—Ninguno de nosotros estamos aquí para divertirnos, evidenciador.

—No, supongo que no.

En ese momento, la alarma se disparó. El sonido era un grito agudo e incesante que reventaba los tímpanos.

Genova casi pegó un brinco, miró a los emisores de voz, luego volvió a mirarle a él.

—¡Mis disculpas! —gritó por encima del ruido, mientras se levantaba—. Es una alarma de evacuación; algo debe de haber funcionado mal. Haré que la apaguen.

Zidarov la agarró y, con firmeza y suavidad, la hizo sentar de nuevo.

—Yo soy quien debe disculparse, supervisora —dijo, sin alzar mucho la voz, pero articulando con claridad para que ella pudiera ver lo que estaba diciendo—. Hay una bomba de humo en una de tus cámaras higiénicas. Tenemos unos momentos para hablar sin que los escuchas capten nada. Aun así, no grites. Puedo leer los labios perfectamente.

Por un segundo, la mujer pareció perpleja, y luego se dejó ir. Se sentó de nuevo.

—El Vidora ha sido echado de aquí —le dijo él—. Infiernos, nos metimos por medio y acabamos con ellos nosotros mismos. Lo que también se sabe es que alguien ha ocupado su lugar. No puedes decirme quién; eso lo entiendo. Están escuchando, están observando. Pero debes saber algo. Un nombre. Un rumor. Una localización. Algo.

Por primera vez, ella pareció asustada. La alarma seguía sonando, un ruido que ponía de los nervios. La bomba de humo no tardaría mucho en acabarse, dejando solo una pequeña pila de ceniza para marcar su presencia.

—Pero lo necesito ahora —continuó él—. Solo una palabra.

Ella continuó resistiéndose. Los cárteles eran muy crueles, así que no podía culparla. Se estaría arriesgando, claro, pero no hablar también tenía sus propios peligros. Ella sabía tan bien como él que el Bastión podía detenerla, aunque eso tendría inconvenientes para todas las partes.

Finalmente, se quebró.

—Almacén Noventa y cuatro. Sección E.

En cuanto las palabras salieron de su boca, las alarmas se apagaron. Por unos momentos después de eso, el doloroso pitido siguió en sus oídos.

—¡Santo Trono! —exclamó él—. ¿Qué ha sido eso?

Genova estaba realmente alterada, pero justo lo bastante dueña de sí misma para seguirle la corriente.

—Debe haber sido un error del sistema. Lo comprobaré. Y de nuevo…

—No hace falta que te disculpes. —Hizo una mueca de dolor—. Pero, infiernos, eso duele.

—¿Necesitas asistencia?

Zidarov negó con la cabeza.

—No, no; no será nada —contestó, hablando para beneficio de los dispositivos de escucha—. De todos modos, creo que ya hemos acabado. Solo quería reforzar nuestro mensaje. Vamos a por el Vidora, pero si detectas cualquier incursión, por pequeña que sea, ya sabes dónde encontrarme.

—Lo sé.

—Y nosotros sabemos que ellos son los responsables de la muerte del sancionador Rovach. Así que, para nosotros, es personal.

—Lo entiendo.

Zidarov se puso en pie. Aún se sentía un poco mareado, y la alarma no le había ayudado.

—Te agradezco que me hayas visto. No ha sido un tiempo fácil, para nadie de nosotros.

Ella le lanzó una mirada que decía que deseaba que él nunca hubiera aparecido por ahí, que le agradecería que se fuera ya y que esperaba de corazón que nunca volviera.

—Cuando quieras, evidenciador —repuso ella—. Siempre dispuesta a ayudaros.

CAPÍTULO DIECISÉIS

La Sección E estaba muy lejos de la base receptora Colossus. Al bajar del despacho de Genova, Zidarov se encontró con una multitud de gente en el piso de recepción; muchos de ellos habían salido de sus despachos por la alarma y estaban esperando a que les dieran el permiso para volver al trabajo. Los guardias de seguridad aún rondaban, aún apuntaban las armas a cosas, aún parecían inquietos. Zidarov no estaba seguro de a qué creían que iba a tener que disparar; esa nunca había sido una buena manera de apagar un incendio.

Volvió a su vehículo y se dirigió hacia el exterior de la sombra del disco. Al salir, vio el enorme fuselaje del Slovo VI que se alzaba en lo alto, tan grande como un edificio, y en ese momento, pinchado con tubos igual que lo había estado Borodina; grúas umbilicales y transportadoras, y mangueras de recarga de combustible lo preparaban para su siguiente despegue incluso mientras la carga aún se estaba sacando de sus cavernosas entrañas.

Frente a él, las vías de tránsito subían, bajaban y se retorcían alrededor de los numerosos edificios bulbosos. A veces, las rutas estaban alzadas sobre puntales muy por encima del nivel del suelo; otras, se hundían bajo el suelo. Las construcciones que lo rodeaban eran todas industriales: tanques de almacenamiento de carburante en inmensos globos blancos; refinerías que quemaban sin parar en medio de tubos enmarañados; muelles de servicio llenos de camiones de mercancías ordenados en filas, y plataformas de lanzamiento de naves patrulla y equipos de mantenimiento. El aire sabía casi tan mal como lo había hecho en las Tierras Cicatrizadas, así que activó los filtros.

Finalmente llegó a la inmensidad de almacenes que servían a la plataforma Colossus. Eran como grandes cajas: esqueletos de metal tirados, cubiertos de delgados paneles de plástek, feos gigantes que manchaban el horizonte con un puzle de alturas que se superponían. Como todo en Urgeyena, muy poca planificación había intervenido en su construcción: el espacio estaba lleno de una mezcla caótica de construcción, demolición y reconstrucción. Algunos de los almacenes más pequeños eran de una escala comprensible: un poco más grandes que los mayores bloques-hab. Algunos de los grandes casi desafiaban lo creíble, se alzaban atravesando el aire terroso como catedrales vacías, con su interior lleno de pilas de cajas de vacío con el blasón de la rueda dentada y las cápsulas cerradas con la marca del águila, que formaban sus propios paisajes provisionales.

Gran parte del trabajo que se realizaba allí era semiautomático, ejecutado por servidores sujetos a elevadores de oruga que seguían unos raíles específicos. Aún había muchos obreros pululando por los estrechos capilares de tránsito, la mayoría en trajes de protección y máscaras respiratorias básicas. Portaban el logotipo de cada almacén en la espalda, las marcas feudales de su servidumbre, que los marcaba como miembros del Consorcio Terashova, o de la Hermandad Remortha, o de la Corporación Jazc, o una de los otros cientos. Era un extraño reino entre tinieblas, incluso a pleno día; coronado por los empinados costados de los almacenes o las torres de comunicaciones, que lo sumían todo en una sombra mal iluminada de movimiento continuo.

Cuando ya estaba cerca, Zidarov salió del coche y fue a pie el resto del camino. La ruta que el espíritu máquina había dado a su localizador era retorcida. Tuvo que subir tres niveles por escaleras de rococemento abiertas, bajar dos más, y luego cruzar un viaducto agrietado que atravesaba una profunda garganta donde se había cortado una línea de tren magnético. En todo momento estuvo rodeado y empujado por trabajadores que se apresuraban de una tarea a otra, o de servidores cojeando bajo grandes pesos, o de chirriantes carretillas traqueteando hasta los amarres de recepción.

Finalmente llegó a un lugar desde el que tenía una clara vista del Almacén 94. Se inclinó sobre la descascarillada barandilla de la pasarela, doblando el codo como si se estuviera tomando un descanso de un duro turno de trabajo. Escaneó el edificio que tenía delante, sin prestar atención al constante ir y venir de gente y maquinaria. El almacén no era uno de los monstruosos, pero seguía siendo muy grande. Como muchos, no tenía ninguna insignia corporativa evidente. No había ventanas que él pudiera ver, solo una serie de puertas de carga, todas cerradas.

Estaba protegido por una alta valla de alambre de espino y podía distinguir el bulto delator de las cámaras de seguridad colocadas bajo el alto canalón. Nada fuera de lo normal.

Comenzó a caminar de nuevo, siguiendo el largo perímetro del edificio. Consiguió una línea de visión de los patios de almacenaje en el exterior del área cubierta, y vio que no había nada esperando: ni cajas, ni cargadores. Tampoco había personal de seguridad. Trazando una retorcida ruta, consiguió circunvalar un tercio del perímetro, y no vio nada muy fuera de lo normal.

Pero claro, eso en sí mismo era algo de lo que preocuparse. La mayoría de los almacenes de la zona estaban más activos, con pesadas cargadoras traqueteando de adentro hacia afuera por las puertas de los elevadores. La mayoría tenían algún tipo de insignia en alguna parte, aunque fuera discreta. La mayoría se veían menos... abandonados.

Había demasiada gente para emplear una auspex sin atraer la atención. Zidarov era consciente de que ya tenía una pinta que se salía un poco de lo corriente, ya que no llevaba ningún tipo de equipo de seguridad. Entrecerró los ojos, empleó el iris para almacenar algunas imágenes estáticas, y aplicó el análisis más básico contenido en sus implantes. El almacén tenía una importante firma de calor, lo que resultaba extraño; la mayoría estaban extensivamente refrigerados. Pudo captar movimiento en el interior, nada preciso, pero había suficiente para indicar que muchos cuerpos estaban rondando por ahí, o quizá patrullando. Usó un filtro de audex, y captó el bajo rechinar de la maquinaria en funcionamiento.

Todo le resultaba vagamente familiar. Se esperaba a medias que, en cualquier momento, se viera una camilla saliendo para mantenimiento, o un par de operativos de Segundo Círculo reunirse bajo la lluvia y comenzar a charlar.

Desactivó los filtros del iris y volvió a apoyarse en la barandilla. Un lugar como ese sería fácil de defender y difícil para infiltrarse. Estaba rodeado por todos lados por el revoltijo de edificios industriales con altos muros y pocos accesos. Si el contenido era valioso, y estaba seguro de que lo era y mucho, entonces estaría guardado con extremo cuidado. Podría requerir una entrada forzada, como la otra vez, pero su credibilidad era baja para eso, y podía imaginarse lo que diría Vongella. Y lo más importante: tenía una fuerte sensación de que mantener la boca cerrada, incluso con la cadena de mando, era preferible. No tenía ni idea de quién operaba en ese lugar, y hasta que la tuviera, era mejor que no se involucrara nadie más.

Se retiró, volviendo por donde había ido. La lluvia caía constante, haciendo que las pasarelas fueran resbaladizas, así que mantuvo la cabeza gacha y el cuello de la chaqueta en alto.

De vuelta en el Luxer, puso los calentadores al máximo y se frotó las manos para calentárselas. Pensó en sus opciones. Era esencial entrar en el almacén, pero resultaría muy difícil sin respaldo. Brecht quizá aceptara unirse a él, pero Brecht no servía de mucho en un tiroteo, o en cualquier situación donde se requiriera correr. La cobertura de los sancionadores sería ideal, pero estaba en lo mismo: era preferible hacerlo sin presentar ningún tipo de petición formal. Nunca se sabía quién podía estar escuchándola.

Comprobó qué patrullas estaban asignadas al habclave de los suborbitales. Para su sorpresa, dado todo lo que había ocurrido, solo había una. Consultó el nombre del sargento y el alma se le cayó a los pies.

Gurdic Draj. La cosa se ponía divertida.

Zidarov lo localizó en una estación de suministros a unos cuantos kilómetros hacia el sur. Había tenido que intentarlo varias veces antes de que él atendiera la llamada, pero lo había hecho, finalmente, porque Draj no podía negarse ante una orden directa de alguien que, al menos en la tablilla de datos, era su superior.

El sargento sancionador le estaba esperando en el centro del puesto de suministros, equipado para el combate, destilando hostilidad. Incluso se había puesto el casco, ocultando su cara de bestia tras la una pantalla de vidrio blindado negro.

—Su Mano —saludó Zidarov, con cautela.

Draj gruñó.

Estaba sentado sobre un banco de metal. El suelo era de metal, el techo era de metal y no había ventanas. Una pared estaba totalmente cubierta por armarios que contenían los juguetes de los sancionadores: porras, limpiadores de porras, porras extensibles, cartucheras para porras extensibles; los trastos habituales. En otro armario había cajas de municiones, todas cerradas, además de rifles automáticos y pistolas láser de recambio. En la cámara siguiente había paquetes de raciones y ropa; en la de más allá, piezas de armadura. Todo el lugar era pequeño y escondido, pero allí se podía reequipar a varias patrullas sin previo aviso. Urgeyena estaba plagado de ellos, situados para proporcionar un apoyo rápido a las muchas patrullas en la calle. Se suponía que se reponían regularmente, aunque algunas eran poco más que un lugar a mano donde guardar alcohol y contrabando. Ese, sin duda, no andaba escaso de material útil.

Zidarov se sentó frente a él.

—¿Cuántas probabilidades había, eh? Tú y yo, juntos de nuevo. El equipo soñado.

Draj le gruñó y una ráfaga de aliento cargado de alcohol surgió a través de la rejilla del comunicador del casco.

—Ve al grano.

—¿Y qué estás haciendo aquí, Draj? Creía que todas tus zonas eran centrales.

—Alguien tenía que encargarse de tu mierda.

Zidarov supuso que era una mezcla de motivos. Probablemente, Draj quería dar unos cuantos palos para vengarse de lo que le había pasado a Borodina. Probablemente también le gustaba la idea de estar en un lugar en el que podía actuar casi con total impunidad. Incluso en Varangantua, los ejecutores pocas veces podían dejarse llevar por sus impulsos con total libertad, pero ahí arriba, dado lo que había pasado, nadie le iba a pedir que se anduviera con miramientos.

—Nunca me disculpé por lo que ocurrió, ¿no? —preguntó Zidarov.

—No lo hiciste.

—Bueno, tampoco lo voy a hacer ahora. Era una pista sólida, y tuvimos mala suerte. Aun así, me ha traído aquí ahora, a ver tu alegre cara de nuevo, así que no todo es malo.

Draj comenzó a desmontar su rifle. Pronto tuvo un trapo en la mano y se puso a limpiarlo.

—No tengo mucho tiempo.

—Estoy siguiendo la misma pista —explicó Zidarov—. Ya sabes cómo empezó todo esto: me piden que investigue algo, y eso me lleva al Vidora. Eso nos lleva a que nosotros vayamos a por ellos, y a ellos devolviéndonoslo, y luego nosotros acabando con ellos. Todo ha sido tremendamente divertido, pero ahora hay otra gente que se está aprovechando. Hemos machacado tanto a los cárteles que han dejado algo que les solía dar cantidad de lasca. Otros han tomado su lugar. Muy conveniente. Creo que nos la han jugado como a tontos, pero la cosa aún no ha acabado.

Draj alzó la mirada. Los duros lúmenes de la planta de suministros se reflejaban casi perfectamente en su visor negro.

—¿Quieres otra redada?

—No en los libros. No confío en que no se filtre. Y no necesito una patrulla. Solo necesito a alguien que sepa lo que se está haciendo con una porra en las manos.

Draj soltó una seca carcajada.

—Para nada.

—Deberías pensártelo.

—Ya lo he hecho. Para nada.

—Ellos son los que mataron a Rovach. Ellos son los que enviaron a Borodina al quirófano.

Draj dejó de limpiar su arma.

—Eso lo hizo el Vidora.

—Nunca tuvimos pruebas. Yuti lo niega. Y de todas formas, ¿por qué iban a hacerlo? Vamos. Eso siempre ha sido una mierda... Les hacemos redadas todo el rato.

—Entonces, ¿quién?

—La gente que quiere controlar el drenaje de células en Urgeyena. Los que quieren llevárselo al exterior. Los que no quieren ningún rival, y quieren que pensemos que hemos resuelto el problema, por lo que ni siquiera miraremos nunca en su dirección.

Por fin había conseguido captar la atención de Draj.

—¿Así que tienes que conseguir pruebas? —preguntó.

—Tengo una pista sólida, pero aún no sé quiénes son. —Zidarov se inclinó hacia delante y apoyó los codos en las rodillas—. Necesito entrar en un almacén, uno que está en tu territorio. Lo que supongo es que la operación que les chafamos a los grado ocho sigue en marcha aquí. O quizá solo los materiales. Pero alguien se ha estado gastando un montón de lasca para alejar a los cárteles de los suborbitales, y no van a emplear todo ese espacio para el arreglo floral.

Draj se lo quedó mirando. Era imposible decir qué pensaba de todo eso.

—Es en lo que estaba trabajando Borodina —probó Zidarov, consciente de que era su mejor baza—. Me dijo que el equilibrio se había roto, y que nadie la quería escuchar. Si dejamos a esa gente en paz ahora, cuando las cosas se están calmando de nuevo, se habrán salido con la suya.

Draj seguía mirándole fijamente. Al cabo de un momento, el silencio se hizo enervante.

—Entonces, díselo a la castellana —soltó Draj, finalmente.

—No puedo confiar en ella.

Draj rebufó.

—¿Qué coño?

—No puedo confiar en ella. Todo esto comenzó con ella. Recibe sus fondos del Consorcio Terashova. Son los que empezaron todo esto y son los que quieren que se haga así. No estoy diciendo que Vongella esté involucrada. Lo que digo es que no va a actuar. Si se lo digo a ella, lo aparcará.

—¿Y de qué sirve?

—Porque quiero saber la verdad. Porque quiero hacer que lo que ocurrió sirva para algo. Porque odio, odio con toda mi alma, el drenaje de células.

Draj pensó en todo eso.

—Sí —repuso—. Lo mismo digo.

Zidarov respiró hondo.

—Entonces, ¿estás conmigo?

Draj tardó un buen rato en responder. Zidarov comenzó a pensar que lo estaba haciendo a propósito. O quizá solo le costaba mucho pensar las palabras correctas.

—Esta noche —dijo, bruscamente, y siguió limpiando su arma—. Y mejor que haya algo que romper.

Zidarov asintió.

—Muchas gracias. De verdad. Y no te preocupes... lo habrá.

La tarde ya estaba avanzada. El dolor de cabeza de Zidarov había empeorado, y su capacidad de reacción parecía peor que nunca. No solo estaba perdiendo la forma, sino que se estaba haciendo viejo. Necesitaba dormir un par de horas al menos, o no le serviría de nada a Draj.

Se planteó echarle una mirada a la transmisión del rastreador personal, pero decidió que no. Era muy probable que aún no hubiera tenido tiempo de generar nada, y no le apetecía tener que pelearse de vuelta al Bastión para revisar la grabación hololítica. En cualquier caso, su hab estaba más cerca y tenía sentido ir allí, darse una ducha, deshacerse de la barba incipiente en la barbilla y tratar de conseguir un rato tranquilo, antes de que se volviera a desatar el infierno otra vez. Mientras conducía, notaba que los párpados le pesaban cada vez más y el estómago vacío le rugía. Las torres-hab pasaban como una mezcla de manchas grises, sus bordes desdibujados por la lluvia sobre el cristal. El chaparrón ya no era bienvenido y se había vuelto una irritación. Hacía que todo fuera difícil. Ojalá volviera la estación seca.

Llegó a su torre-hab y aparcó, cansado. Fue hasta el ascensor casi arrastrando los pies y se apoyó en el descascarillado interior mientras este traqueteaba camino de su unidad. Cuando llegó a la puerta, estaba caminando como un borracho.

En cuanto la puerta se abrió, supo que no estaba solo. Su mano fue directa a la culata de su Zarina y se tensó. El corazón se le aceleró, y avanzó sigilosamente por el pequeño pasillo.

Entonces, Milija sacó la cabeza por la puerta de la cocina, lo vio y puso los ojos en blanco.

Zidarov soltó aire. Eso había sido una estupidez. Se estaba volviendo estúpido.

—¿Qué te trae de vuelta por aquí? —preguntó ella, desde la cocina.

Zidarov enfundó el arma y cerró la puerta exterior. Luego atravesó el corredor y entró en la cocina.

—Podría preguntarte lo mismo.

Fue al conservador frío y buscó una barrita de carbohidratos. No había ninguna, así que tomó una jeneza y abrió el tapón.

Milija había estado comiendo.

—He intentado contactar contigo —dijo.

—¿Sí?

—¿Algo va mal con tu comunicador?

Zidarov lo comprobó y de repente lo recordó: había apagado todo menos las llamadas críticas cuando había estado con Borodina. Mierda, eso había sido hacía casi veinte horas. ¿Qué le estaba pasando? Lo activó, y vio entrar el torrente de llamadas, muchas de ellas de Milija.

—Infiernos, lo siento —contestó—. He estado… ocupado.

Milija lo miró directamente.

—Tú, y yo también. Necesitaba salir, aunque solo fueran unos minutos.

Sí parecía cansada. Zidarov sintió el impulso de acercarse a ella, y luego… rodearla con sus grandes brazos, apretar el rostro contra su pelo, decirle que las cosas habían sido duras, pero que todo iría mejor. Había pasado mucho tiempo desde la última vez que la había abrazado bien. Hubo un tiempo en que nunca dejaba pasar ni un día sin hacerlo.

Ella se levantó, con un plato y un vaso en las manos, y pasó a su lado yendo al autolavador.

—Naxi se ha vuelto a ir.

—¿Se ha ido?

—Quiero decir que ha dormido aquí, pero casi no ha estado. —Milija se apoyó en la encimera y comenzó a rehacerse la cola—. Estoy preocupada. Estaba enfadada, y cuando hablé con ella la última vez, se puso aún peor. Está diciendo todo tipo de cosas sobre la fe y el deber… Se pasan, ¿no crees?

Zidarov rio por lo bajo.

—Es joven. Ya aprenderá.

—Sí, pero quiero que siga viva hasta que lo haga. —Sacudió la cabeza. Zidarov la había visto pocas veces tan alterada—. Hay gente mala. En la ciudad. ¿Quién sabe con quién hablará? Yo no lo sé. ¿Y tú?

—Ya sabes lo que cuesta conseguir que te cuente algo.

—Antes no era así.

—Pero ya ha crecido. Quieren darle un rifle láser.

Milija contuvo las lágrimas.

—Sí. Demasiado pronto. Y ahora la tienen en sus garras, y nosotros vamos a perderla. —Él se acercó a ella, tendió el brazo, y ella se lo apartó enfadada—. No. No quiero oírlo. No quiero que me digas que me calme, que todo irá bien. Ahora estoy cansada. Y enfadada.

Zidarov sabía cómo se sentía ella. Le estaba costando cada vez más enfocar la vista.

—Pues intentaré…

—¿Cuándo? ¿Cuándo hablarás con ella? ¿Cuándo estás tú aquí? —Sacudió la cabeza y se secó los ojos—. Trono, debes de creer que soy estúpida. Desapareces durante horas, con el comunicador apagado.

—Ha sido un error.
—¿Qué, todo el rato? Sé que no estabas de servicio. La otra noche. Lo comprobé. Así que... ¿qué estabas haciendo? ¿Solo conduciendo por ahí?

Zidarov se apartó de ella.

—No seas estúpida.

—Sí. Quizá llevo demasiado tiempo siendo estúpida. Quizá he confiado durante demasiado tiempo.

—No digas eso. —Zidarov se volvió hacia ella, y su cicatriz se despertó, justo a tiempo—. Mira, ¿voy fijándome en todo lo que haces cuando estás trabajando? ¿Lo hago? Yo no te pregunto dónde estás cada hora del día. No quiero hacerlo. Quiero que tengas una vida, una que no sea solo conmigo, Naxi y este lugar. Te volverías loca, y acabarías tirando las paredes a golpes. La vida no acaba aquí, en la puerta.

—Pero quiero que así sea. —Lo miró directamente—. Quiero que todo pare. Quiero cerrar esa puerta y tenernos de nuevo aquí, a los dos, aquí. En este lugar. Nuestro lugar.

Eso le llegó al alma. Lo sintió como una patada. No podía recordar cuándo había ocurrido exactamente, cuando la ciudad les había invadido, paralizando todo lo demás, comiéndose el tiempo, el espacio, incluso sus sueños. Quizá fuera cuando cambió la armadura de sancionador por la pistola de reglamento de evidenciador. Y las investigaciones se habían ido haciendo tan amplias que realmente nunca acababan. Él mismo lo había sentido: Varangantua, metiéndose como un océano bajo las puertas, filtrándose en las alfombras de plastifibra, manchando las paredes de modo que el olor nunca se acababa de ir.

Se encontró mirándola, con una mirada vacía.

Ella sacudió de nuevo la cabeza, esta vez con desdén.

—Pon tu cabeza en orden. Necesitas hablar contigo mismo. Buscar las palabras. Trabaja en tus excusas. Yo esperaré. —Salió a toda prisa de la cocina y se puso el abrigo sobre su uniforme blanco de medicae.

—¿Adónde vas? —preguntó él.

—De nuevo de guardia. —Se detuvo en la puerta—. Pero si eso es demasiado difícil, cuida de tu hija. Quiero saber dónde va, qué hace. ¿Podrás hacer eso?

—No tengo ni idea de dónde...

—Eres la ley, Agusto. Cúrratelo.

Y se fue, recorrió el pasillo, iracunda y la puerta siseó al cerrarse tras ella.

Zidarov se quedó de pie, solo, durante un momento más. Miró alrededor de la cocina vacía. Tomó un largo trago de jeneza, que ya había perdido el gas.

—Infiernos —maldijo.

Se acabó la bebida. Se desnudó, con el olor de un largo turno de servicio. Se lavó en la ducha, sin prestar atención al agua tibia. Se afeitó y se puso una camisa limpia.

Después hizo una llamada. Y luego puso la autoalarma.

Cruzó el pasillo, entró en la cámara dormitorio, se tiró sobre el camastro y se quedó dormido.

CAPÍTULO DIECISIETE

La alarma sonó después de lo que le parecieron cinco minutos, aunque una ojeada a su crono le dijo que había dormido un par de horas. Después del rato acostumbrado a no saber dónde estaba, por qué estaba ahí y quién era, la realidad se le impuso, dolorosamente.

Estaba cayendo la noche. La redada estaba planeada en plena noche, para darles la mejor posibilidad de entrar y salir sin ser detectados. La unidad-hab estaba vacía, y fría, y oscura. Zidarov se tiró un poco de agua a la cara y se visitó, dedicando un especial cuidado a su protección antibalas. Además de la Zarina, a la que le colocó el silenciador, agarró su porra. Luego le tocó el turno al abrigo, y ya estaba dirigiéndose hacia el aparcamiento del coche.

La lluvia había adquirido la cualidad de permanente, un ritmo implacable, una parte más de la atmósfera en la que se movían. Vivir en Urgeyena durante esa parte de la estación de las lluvias era ser semiacuático, habitando en un mundo hundido de líquido gris, cielos bajos y una humedad constante que calaba en los huesos. Las carreteras eran ríos en miniatura; la salpicadura de los vehículos que pasaban, pesada y viscosa.

Zidarov condujo sin parar hasta los suborbitales, mientras observaba cómo el cielo se oscurecía hasta el negro bajo el aguacero. Todo parecía estar al revés, fuera de sitio. Su cuerpo, necesitado de sueño, le dijo que eran las primeras horas de la mañana, pero sus sentidos le dijeron que era el final del día. Incluso los rostros, los lugares, todo parecía mal, como si un grupo de actores hubiera sustituido a los que caminaban por las aceras, dentro de los coches y de los trenes magnéticos. Cuando captaba vistazos de ellos en las tinieblas, veía a Adeard Terashova mirándole a él de vuelta, lo que era extraño, porque nunca había conocido a Adeard Terashova. En realidad, nadie lo había hecho, no realmente, quizá solo Elina. Era solo un nombre, un código detrás del cual otras cosas reales estaban ocurriendo.

Zidarov tomó su petaca de cafeína y le dio un trago. No iba a permitir que su mente vagara más; necesitaba centrarse. Draj no era la clase de presencia amistosa ante la que mostrarse raro.

Se reunieron en la plata de suministros de los sancionadores, Draj se había procurado un coche sin marcar para recorrer el resto del camino, un coche con la matrícula de una casa comercial, y sellos de paso que les permitieron entrar en los patios de carga. Olía a sudor viejo y estaban de lo más apiñados dentro.

Draj tenía casi el aspecto que siempre tenía. La armadura negra del sancionador estaba diseñada para ser más o menos invisible bajo una luz escasa, a no ser que los lúmenes insertados en el casco y en las mirillas de los rifles estuvieran activados. Incluso de cerca, la silueta de Draj se hundía rápidamente entre las sombras, un efecto producido por el mate extremo de las placas en las que estaba encerrado.

—Seamos claros, ¿cuáles son los límites aquí? —preguntó Draj, mientras tomaba los controles del pequeño coche y lo sacaba marcha atrás del aparcamiento. El coche se bamboleó al pasar sobre un profundo bache, y Zidarov apretó los dientes.

—Solo entrar, ver que hay ahí, hacer unos pictos. Quiero averiguar a quién pertenece.

—Y permanecer ocultos.

—Si podemos.

—¿Y si no podemos?

Zidarov hizo una mueca cínica.

—Nos marchamos.

Draj asintió, de un modo que sugería que, en realidad, no había estado prestando atención.

—He mirado tus pictos del exterior. Hay una puerta de evacuación detrás, a nivel del suelo en la pared oeste. Si el lugar tiene un plano estándar, eso llevará directamente a los cuartos de servicio: las salas de alimentación de energía, los sanitarios. Podemos entrar por ahí, hacer un escaneo, y quizá tengamos suerte.

—Muy bien. Yo te sigo.

Draj rio.

—Sí, sin duda.

Zidarov se recostó en el asiento mientras Draj conducía. Los mismos edificios por los que había pasado bajo la luz del día se veían en esos momentos en la oscuridad, salpicados con luces de posición para el tráfico atmosférico, medio perdido entre los torbellinos de las ráfagas de lluvia. Las vías de tránsito serpenteaban a su alrededor, por debajo y por encima de ellos, como venas en un cuerpo viejo y débil.

—¿Te gusta tu trabajo, Draj? —preguntó Zidarov, por preguntar.
—Lo suficiente.
—¿Has hecho alguna otra cosa?
—Nada más me convencía.
—¿Y no te preocupa? ¿El peligro? Por tu familia me refiero.

Draj rio de nuevo.

—¿Qué familia? —Se llevó la mano a la insignia en forma de serpiente en la coraza—. Esta es mi familia. No lo compliques, evidenciador.

Zidarov asintió. Tenía sentido. Aunque Draj tenía otras muletas. El olor a alcohol comenzó a competir con el olor corporal por ser el peor hedor dentro del coche.

—Este lugar está enfermo —dijo Draj, sin que le preguntara—. Esta ciudad. La suciedad, la enfermedad, la perversidad. Yo lo limpio. Soy un limpiador. Eso me gusta. Algún día, la mierda podrá conmigo. Hasta entonces, la barro. Es Su trabajo. Cuando dices: «Su Mano», yo sé que no lo sientes. Yo sí. Yo hago Su trabajo. Cuando la bala acabe conmigo, estaré allí arriba, junto a Su Trono. Tú te quedarás gritando en el vacío. Yo estaré bajo la luz del Trono.

—Sí que lo siento —replicó Zidarov, a la defensiva. Con algunas cosas, más valía tener cuidado.

—Seguro. —Draj conducía el pequeño coche con brutalidad, sin prestar atención a los chillidos del motor—. Pero yo lo siento de verdad. Me hace feliz. Estaré allí. Bajo la luz del Trono. Tú estarás gritando en el vacío.

Draj y Naxi tenían eso en común, al menos: ambos lo tomaban por un creyente muy poco ferviente, alguien que decía las palabras, pero no las sentía en el corazón. Había cierta ironía en eso, claro, pero no una de la que pudiera protestar.

—Se acerca —indicó Draj, perdiendo todo el humor anterior. Su voz volvió a sonar como de costumbre: una especie de gruñido bestial, el efecto aumentado por los filtros de voz sobre la boca y el mentón.

Apareció. Zidarov ya podía ver el almacén, su silueta medio oculta entre las pilas de edificios y pasarelas que lo rodeaba. Ahí, todo tenía múltiples niveles, con plataformas y pasarelas colgadas de la multitud de edificios. La lluvia caía como cataratas sobre los viaductos de tránsito escalonados sobre ellos, brillantes por los muchos lúmenes que parpadeaban en la noche. Una nave de turbina pasó por encima de ellos, con los motores aullando. A lo lejos hacia el sur, trazando una fina línea de fuego, uno de los muchos Slovo VI estaba descendiendo hacia una base, listo para ser desmembrado y diseccionado. Todo era muy ruidoso, una mezcla del rugido de los propulsores y el martilleo de los motores.

Zidarov salió del coche. Draj estaba ocupado con su equipo. Enganchó un deflector de sensores en el abrigo de Zidarov y tomó un puñado de deflectores de trampas, cada uno más pequeño que una nuez.

—Estos evitarán que se disparen las alarmas del perímetro —explicó—. Bloquean un amplio espectro de barridos contra intrusos, pero no mucho más que eso. Aún tendremos que mantener la cabeza agachada.

—¿Normalmente llevas tanto equipo?

—Cuando se me avisa con suficiente antelación. Querías silencio. He traído lo necesario.

Comenzaron a caminar, rápido, pero no demasiado rápido, manteniéndose entre las sombras sin que pareciera que se mantenían entre las sombras. Las rutas de acceso estaban poco pobladas a esa hora, y la mayoría de los que corrían por ahí estaban interesados, sobre todo, en protegerse de la lluvia. Muy pocos los miraron. Si alguno consiguió distinguir la armadura de combate de Draj, fue lo bastante listo para no decir nada y seguir ocupándose de sus tristes asuntos.

Zidarov y Draj subieron al viaducto de peatones que colgaba sobre la vía de tránsito: un tubo de metal de aspecto frágil que tembló cuando lo pisaron. Desde ahí podrían descender de nuevo al nivel del almacén, dejándose caer fuera del resplandor de los lúmenes callejeros y plantarse delante de un largo perímetro de muro. Tenía unos cuatro metros de alto, culminado con alambre de espino, y estaba construido con paneles de acero unidos sobre postes de rococemento. Algunos de los paneles tenían grafitis de colores desvaídos, la mayoría eslóganes semipolíticos o marcas de pandilleros. Nadie se molestaba en borrarlos; pasados unos meses bajo la lluvia ligeramente ácida de Varangantua, todo acabaría desdibujado en una mancha indistinta.

Draj avanzó un poco por el perímetro exterior, escaneando y, de vez en cuando, golpeando suavemente un panel con el puño. Zidarov le seguía, mirando hacia la oscuridad en busca de movimiento.

Finalmente, Draj encontró un punto que pareció gustarle. Colocó dos deflectores en el muro y los activó. Las unidades se encendieron con un gemido agudo y se calibraron para encontrar cualquier campo detector activado. Luego, Draj se descolgó una cuerda del cinturón, la alineó y la lanzó por encima del muro. El garfio se enganchó con firmeza, clavado en el borde. Draj comprobó la resistencia del enganche y comenzó a subir, colocando los agarres de sus botas contra la pared con cuidado. Una vez en lo alto del muro, se afirmó y sacó un generador hololítico. Lo encajó en lo alto, tomó una imagen de muestras de la barrera de alambre de espino y configuró el generador para que reprodujera lo que captara. Luego sacó una tenaza eléctrica y cortó el cable. Los cabos rotos colgaron sueltos, chispeando, antes de que Draj abriera suficiente espacio para colarse. A horcajadas sobre el muro, se detuvo y lanzó otra cuerda hacia abajo.

Zidarov respiró hondo, enfundó la pistola y subió detrás del sancionador. Era un trabajo duro. Incluso con las expletivas masculladas de Draj para que se diera prisa. Cuando llegó al agujero en el cable, estaba sudando profusamente. Draj le agarró y tiró de él el resto de la subida.

—No estás en forma, evidenciador —murmuró.

—Es por la luz —jadeó Zidarov—. En realidad, estoy perfecto.

Miró al otro lado. Podía ver el patio vacío. Unos cuantos lúmenes estaban activados, y sus sensores no captaron ni movimiento ni calor corporal. Si ajustaba la ganancia de luz de su iris, podía distinguir la puerta de servicio que Draj había aislado.

Draj subió las cuerdas y las dejó caer hacia adentro. Realizó un rápido rastreo de sensores, comprobó el resultado y luego asintió mirando a Zidarov.

—Para abajo. Yo te cubro.

Zidarov se descolgó; notaba que el corazón le latía con fuerza. Se dejó caer los últimos dos metros, y se quedó agachado contra el rocemento antes de alzarse de nuevo, desenfundar la Zarina y barrer con ella en mano el espacio abierto que tenía delante.

Draj bajó más rápido de lo que Zidarov se hubiera imaginado; descolgó las cuerdas y las enrolló de nuevo. Zidarov miró al campo hololítico. En la oscuridad y la lluvia, la unión parecía perfecta.

—Recibo formas de calor, quince metros, hacia aquí —informó Draj—. Vayamos dentro.

Ambos trotaron por el patio. Cuando llegaron a la puerta, Draj sacó un ciclador de cierres. Lo colocó sobre la unidad de cierre estándar y lo puso en marcha. Zidarov parpadeó para hacer un rápido escaneo del corredor que había al otro lado. No recibió mucho, porque el panel era una gruesa puerta ignífuga, pero el camino parecía no contener señales. El ciclador pitó suavemente, y Zidarov oyó los cerrojos repicar al retirarse. Draj agarró la manilla y la abrió con suavidad. Una vez dentro, desenfundó una estilizada pistola láser, un modelo de funcionamiento silencioso con destello mínimo del haz. Zidarov le siguió, y se encontraron en un corredor sin iluminación ni mobiliario. Zidarov ajustó la ganancia de luz y pudo distinguir un interior industrial estándar: secciones prefabricadas, superficies de plástek, suciedad en los suelos y en los techos, ningún tipo de decoración. Draj cerró la puerta tras ellos, hizo otro barrido con el sensor e interceptó las transmisiones de un par de detectores de movimiento situados más adelante.

—Ya estamos dentro —dijo, en una voz que era poco más de un susurro—. No capto nada cercano. Pero más adelante... calor. Mucho calor.

Zidarov realizó sus propios escaneos. Parecía haber una escalera que se dividía y subía varios niveles.

—Arriba. Tendremos mejor visión.

Recorrieron sigilosamente el corredor, abrieron otra puerta cerrada y luego subieron una escalera de evacuación hecha de acero. Pasaron cuatro niveles en la escalera, todos sin interrupción. No vieron ninguna prueba de actividad: ni guardias, ni salas iluminadas, pero oyeron mucho. El aire latía con el zumbido apagado de cientos de máquinas, que resonaban como si estuvieran funcionando dentro de un espacio enorme y cerrado.

Llegaron a una puerta final, también cerrada. Draj usó el ciclador, y Zidarov preparó su iris para grabar. Cuando se oyó el pitido, Draj se apoyó con cuidado contra la puerta y la entreabrió. Ambos entraron agachados.

Se encontraron en una estrecha pasarela colocada en lo alto de la pared interior de la sala principal del almacén. El espacio abierto apenas estaba iluminado, solo unas cuantas tiras de lúmenes que colgaban del ápice de un alto de un techo arqueado. El suelo estaba lleno de máquinas, todas más o menos idénticas a los sillones con ruedas que Zidarov había visto en los grado ocho. Cada una de ellas estaba funcionando, unida a la siguiente por un montón de cables. Al final de cada fila había grupos de maquinaria, tanques de almacenamiento con controles de temperatura, purificadores, viales de elixires e indicadores de análisis. Cuanto más lejos miraban a lo largo del espacio, menos se podía ver, debido a que el aire estaba cargado de condensación, pero Zidarov calculó que debía haber varios cientos de sillones en las filas, quizá más.

Todos los sillones estaban ocupados. Los cuerpos estaban sujetos con fuerza. Les salían tubos de la boca, la nariz; les entraban en las venas de los brazos y las piernas, y se salían de agujeros circulares en el torso. Ningún cuerpo se movía: los grilletes estaban muy tensos. Todos los sujetos encadenados eran jóvenes, y vestían con el tipo de ropa que los jóvenes llevaban cuando podían salir del hab: sintéticos baratos, chales de gasa, monos pegados a la piel. Ropa que llevaban para divertirse. Todos tenían los ojos cerrados. Quizá eso significara que los habían sedado. Tal vez fuera que los tubos que les llenaban la boca hacían que les fuera imposible abrirlos.

La maquinaría hacía un ruido semejante al de la respiración. Los cicladores, con su *clank-clunk*, marcaban un ritmo semejante al de un crono. Segundo a segundo, esas vidas iban siendo drenadas, chupadas, para que la materia prima fuera procesada y convertida en suministros medicae comercializables.

Zidarov sintió un profundo asco. El hedor era horrible: una mezcla de potentes productos químicos y excrementos humanos. La temperatura era desagradablemente elevada. Buscó la barandilla de la pasarela para estabilizarse.

Draj no dijo nada. De algún modo, Zidarov pudo notar su furia ardiendo a través de toda esa armadura.

—Tranquilo —advirtió Zidarov—. Pruebas, o no servirá de nada.

El sancionador se quedó donde estaba. Muy por debajo, parejas de guardias armados recorrían los estrechos pasillos entre las filas. Llevaban uniformes sin distintivos y portaban rifles automáticos. No parecían estar muy atentos y se asemejaban más a parejas de amigos dando un paseo. Zidarov se preguntó cómo podían soportarlo, cómo aguantaban estar tan cerca de toda esa agonía producida en masa. Debían estar equipados con supresores de emoción. O tal vez solo fueran unos cabrones.

Tomó pictos estáticos. Se aseguró de que en cada uno quedara marcada la hora y la localización. Activó el espectro de detección completo.

Tuvo que parpadear a menudo, no solo por el hedor que le aguaba los ojos, sino también cada vez que tenía una visión demasiado clara de las expresiones de los rostros de más abajo.

Eran de la edad de Naxi, más o menos. De repente, pensó en lo que había dicho Milija: «Hay gente mala. En la ciudad. ¿Quién sabe con quién habla?». Se le retorció el estómago.

—Deberíamos marcharnos —siseó Draj—. Venir con un Bulwark, limpiar toda esta mierda.

Zidarov siguió escaneando. Aún no tenía suficiente: no había insignias reconocibles ni tatuajes de bandas. Los pocos guardias que podía ver no tenían el aspecto de ser del Vidora, pero eso no importaba mucho.

—Espera —dijo.

En la distancia, donde la miasma resultaba tan densa hasta casi el punto de impenetrabilidad, había tres personas caminando. Dos eran guardias, vestidos igual que el resto. Una era diferente. Era más alto. Caminaba de un modo bastante raro, como si fuera mucho más pesado de lo que parecía.

Zidarov entrecerró los ojos, y dejó que el iris le permitiera enfocar. No pudo conseguir una toma totalmente clara, pero almacenó unos cuantos pictos estáticos.

—Ese —dijo—. ¿Lo reconoces?

Draj podría tener una mayor posibilidad de verlo bien, con la ventaja de los sistemas avanzados de su casco.

—Lo veo —contestó Draj—. La imagen no es clara. Se está marchando.

Zidarov siguió mirando. Era evidente que ese hombre estaba al mando. Quizá fuera un capataz. O tal vez dirigiera toda la operación. Llevaba una fina pizarra de datos y parecía estar observando los sillones que le rodeaban mientras caminaba. Iba vestido con ropa de civil: un traje de paño negro, un abrigo, todo ajustado. Su piel era muy pálida.

—Sabes, creo que reconozco esa cara —dijo Zidarov.

—No puedo conseguir una identificación en los archivos —informó Draj—. Al menos, no a esta distancia.

Zidarov parpadeó, y el iris volvió al rango de visión normal.

—Echaré otra mirada cuando vuelva al Bastión.

El trío se dirigió hacia la oscuridad y se fue fundiendo gradualmente con las sombras del vapor.

—¿Vamos tras él? —preguntó Draj.

Zidarov negó con la cabeza.

—Ahí abajo hay docenas de guardias. Ninguna cobertura. No sé hasta dónde llega esa sala. Demasiado arriesgado.

Se apartó del borde y se agachó detrás de la barandilla. Draj se acuclilló a su lado.

—Cogemos a uno de los guardias —insistió—. Solo a uno. Lo llevamos al Bastión y se lo pasamos a un castigador.

—Si tocamos algo de esto antes de saber quién lo financia, quién lo protege, no conseguiremos nada —afirmó Zidarov—. Podríamos desmontarlo todo, y en solo un par de días tendrías otro lugar funcionando igual. Lo han hecho antes. Necesito un nombre, si queremos detener esto. Necesito el nombre de quien esté arriba de todo.

Draj no dijo nada. Al cabo de un momento, asintió secamente.

Volvieron a la escalera y bajaron sigilosamente. Mientras pasaban, Zidarov escaneó las puertas. La mayoría no estaban cerradas ni vigiladas, y daban a salas de almacenaje. Una de ellas estaba abarrotada de partes de recambio para las máquinas, apiladas contra las paredes. Otra albergaba viales vacíos, muchos rotos o defectuosos. Olían a los productos químicos que habían contenido, además de un detectable olor a sangre.

En el descansillo del primer piso había más puertas, y esas estaban cerradas. Zidarov repitió sus escáneres, y no detectó ninguna forma de calor al otro lado. Draj abrió la primera y se vio una sala vacía. La segunda, sin embargo, contenía un escritorio, unas cuantas sillas y algunas cajas de plástek. En la esquina había un voluminoso comunicador-transmisor, unido a una maraña de cables.

—Vigila —dijo Zidarov, mientras guardaba su arma.

Draj se quedó de guardia y Zidarov entró, sin encender los lúmenes de la habitación y empleando su iris para distinguir los objetos en la oscuridad. Echó una mirada a las cajas. Había algunas facturas en pergaminos, y unos cuantos documentos con pinta de ser algo jurídico. Ninguno tenía nombres: solo era el papeleo estándar para el Regio Custos, con referencia a la localización del almacén, pero listando mercancías corrientes, como alimentos y materias primas. Necesitarían cosas así para los envíos de los cultivos de células madre. Aunque el listado de un contenido falso era una prueba débil, a no ser que se hubiera cometido un error en alguna parte, hizo pictografos estáticos de todos ellos, solo para asegurarse, y luego cerró las cajas de nuevo.

La unidad de comunicación fija estaba activa. Hizo un análisis del uso reciente, y lo cotejó con la información del receptor con los bancos de datos del Bastión. Ninguna de las llamadas estaba registrada, y parecía como si las etiquetas de ruteado estuvieran codificadas. Estaban siendo muy cuidadosos; nada en el sistema delataba a quién se había llamado. La unidad se había usado a menudo, con más frecuencia durante las horas diurnas, y sobre todo a un único nodo en la red. Lo anotó todo.

Luego volvió al escritorio. Mientras lo hacía, Draj le hizo gestos desde la puerta abierta.

—Movimiento, y se está acercando —susurró—. Tenemos que salir de aquí.

Zidarov siguió con lo suyo. Rebuscó entre algunas hojas sueltas de pergamino que había sobre el tablero de la mesa. Eran también anónimas, el tipo de cosas que cualquier instalación de almacenaje usaría. Escaneó las cabeceras, buscando algo, lo que fuera, que pudiera darle alguna información sobre la propiedad o sobre el control principal.

—Al pie de la escalera —advirtió Draj, que ya sonaba un poco inquieto.

Zidarov fue a apartarse del escritorio. Al hacerlo, sus dedos rozaron una leve hendidura en el tablero. Volvió a ella, y apretó los ligerísimos bordes. Aumentó la presión, y un holocampo se activó resplandeciente sobre la superficie.

Draj maldijo, al ver que no se iban a ninguna parte, y se metió dentro de la sala, cerrando la puerta tras de sí. Desde el otro lado, le llegó a Zidarov el golpeteo distante de botas sobre metal. Aceleró el ritmo. El holocampo era la petición de una contraseña, vinculada a un espíritu máquina alojado en el cuerpo del escritorio. Empleó una gacheta para ir formando todas las combinaciones posibles, suprimiendo cualquier comprobación interna de número máximo de intentos.

El sonido de los pasos aumentó de intensidad. Estaban en el rellano de fuera. Draj se apartó de la puerta, se apretó contra la pared interior con la pistola a punto y luego se quedó totalmente inmóvil.

La gacheta dio en el blanco, y el holocampo desapareció. Una sección del escritorio se deslizó hacia abajo y hacia atrás, dejando al descubierto un estrecho hueco en su interior. En él había unos cuantos escritos, papeles y resguardos, y Zidarov hizo fotos de todo.

El sonido del movimiento de los guardias llegó al otro lado de la puerta. Sus lúmenes iluminaron la línea de la puerta.

Zidarov se quedó inmóvil. Draj permaneció sin moverse. Los pasos se detuvieron. Rápidamente, llevó la mano a la cartuchera. En el silencio, podía oír el latido de su corazón.

La luz se desvaneció. Zidarov oyó a los guardias bajar la escalera. Draj se volvió hacia él.

—Ya basta —susurró—. O nos vamos, o comienzo a chafar cráneos.

Zidarov dejó todo como lo había encontrado. Cerró el panel y reorganizó los papeles. Luego fue a la puerta.

Draj comprobó el corredor exterior y abrió la puerta de nuevo. Ambos salieron y fueron hasta la planta baja. Los guardias que patrullaban parecían haber entrado en la cámara principal, así que ellos regresaron a la puerta que daba al exterior. Una vez fuera y con los cierres reactivados, trotaron bajo los remolinos de lluvia hasta el muro. Draj sacó de nuevo las cuerdas y enganchó el garfio en lo alto. Zidarov subió primero, y los brazos le ardían cuando llegó a lo alto. Después de un rápido escaneo al otro lado del perímetro, pasó una de las cuerdas por el borde y la empleó para descender. Draj llegó justo de después de él; reconectó la barrera de alambre de espino y deshizo el campo hololítico.

Zidarov respiró hondo. La lluvia le corría por la cara y, después del sórdido interior, la notaba refrescante y purificadora, a pesar de lo que seguramente contenía. Draj se ocupó en recoger, asegurándose de que todo lo que habían entrado hubiera salido con ellos.

—Quieres quemarlo hasta los cimientos —dijo Zidarov.

—Sí.

—Yo también.

Draj se volvió hacia él.

—Cada hora que esperemos...

—Lo sé. —Zidarov recordó las filas de caras, los tubos, la oscuridad—. Lo sé. Llegará el momento, te lo prometo, y cuando lo haga, serás el primero en la cola.

Se dirigieron hacia el coche. Aún había menos gente en la calle que antes y llegaron al vehículo sin incidentes. Draj los llevó de vuelta al puesto de suministros en un silencio hosco. A Zidarov ya le pareció bien, porque tampoco estaba para charlas.

Cuando se separaban, Draj se sacó el casco, y dejó ver un rostro cubierto de sudor. Antes le había parecido brutal. En ese momento, por alguna razón, la nariz rota y las cicatrices en el rostro lo hacían parecer extrañamente vulnerable.

—Te tomo la palabra —dijo—. El primero en entrar.

Zidarov asintió. Le debía eso, como mínimo.

—Vigila —indicó—. Cualquiera que puedas identificar, entrando o saliendo, házmelo saber.

Fue hacia el Luxer, que le esperaba. Al llegar a la puerta, se volvió.

—Hasta entonces, gracias, sargento; no lo olvidaré.

Había tratado de comunicarse con Naxi. Como era de esperar, el comunicador que le había dado no contestaba. Uno o dos días antes, lo hubiera considerado como petulancia. Sin embargo, en ese momento, la ausencia de contacto le producía una sensación de frío en el estómago. Probó con unas cuantas referencias más: un antiguo audex, los contactos de algunos de sus antiguos amigos. Pero era tarde; no era sorprendente que ninguno respondiera.

Volvió a casa, intentando sacarse de la cabeza las imágenes del almacén. Cuando el nivel de adrenalina comenzó a bajarle, sintió que regresaba la fatiga, densa y pesada. La lluvia la aumentaba, la empeoraba, le hacía sentir como si el planeta estuviera tratando de limpiarlo de su superficie, como uno de los gargajos de Draj. Cuando llegó a su torrehab, estaba parpadeando para poder mantenerse despierto.

Milija estaba en la cama cuando él entró, medio dormida, hecha un ovillo en medio de un nido de mantas.

—¿Ya ha vuelto a casa? —preguntó él, desnudándose.

Milija se volvió, alzó la cabeza y negó.

—He probado con todos los que se me han ocurrido —masculló—. Ningún mensaje.

Zidarov se metió en la cama y se acercó a ella.

—Ya lo ha hecho antes. Se habrá quedado con algún amigo. Seguramente sigue enfadada. No durará mucho.

—No la has encontrado. —El tono era de acusación, como si él pudiera hacer salir a la gente de los barrios bajos de la ciudad con solo una palabra. Si lo hubiera podido hacer con Naxi, lo hubiera podido hacer con Adeard.

—Preguntaré por ahí —aseguró—. Gyorgu me debe una, y no tiene mucho trabajo. Lo arreglaré. No te preocupes. Duérmete.

Ya lo había hecho. Zidarov suspiró, le pasó un brazo por encima y acercó su cabeza a la de ella. Olía a su trabajo, al olor del centro médico que era difícil de quitar incluso después de una ducha y un cambio de ropa.

Su consejo era bueno. Naxi era una adulta, y a menudo había desaparecido durante días. Siempre había tenido un espíritu independiente, molesta con los límites, queriendo salir y hacer y ver. Por eso le habían dejado enrolarse en el entrenamiento militar. Quemar energía, habían dicho ambos. Que aprenda a usar un arma, y quizá dejará de resultarle tan atractiva la idea. Y luego, cuando la idea le había resultado más atractiva que nunca, habían tenido que pensar en alguna otra manera de canalizar sus impulsos. Las fuerzas de defensa planetarias. Una empresa privada de seguridad. Los ejecutores.

Cualquier cosa menos en el exterior. Cualquier cosa menos la Guardia.

Cerró los ojos. Deseaba tanto dormir... Y sin embargo, en cuanto el mundo se puso negro, lo único que vio fueron los tubos, los puños apretados, el *tac-tic-tac* de las máquinas trabajando.

Naxi iba a volver a casa. La ciudad era enorme. Hablaría con Brecht, montarían algo. Todo acabaría por solucionarse, como siempre había pasado.

Necesitaba dormir. Necesitaba aclararse la cabeza.

Tac-tic-tac.

Naxi iba a volver a casa.

CAPÍTULO DIECIOCHO

A la mañana siguiente, no había vuelto.

Zidarov se despertó, solo, y realizó sus rutinas matutinas. Milija se había ido antes que él, como siempre, apenas intercambiándose unas palabras, apenas viéndose. Ese era el precio que ambos pagaban, el tributo del deber en las agencias municipales. El Emperador protegía, les habían dicho siempre. También exigía, esa era la sensación. También extraía. Imponía una pesada carga sobre Sus súbditos, sin dejarles descansar, pidiendo siempre más.

El familiar trayecto hasta el Bastión pasó bajo una niebla de lluvia intensa. Hacia el norte se estaban formando nubes de tormenta. Su cicatriz, que había estado dormida durante un tiempo, palpitaba incesantemente.

Cuando llegó, se fue directo a su celdilla. Brecht no estaba en la suya. Zidarov colgó su empapado abrigo, activó la terminal y se sentó. Hizo una llamada.

—Gyorgu, soy Agusto. ¿Dónde estás?

—*Por ahí. ¿Qué quieres?*

—Un favor. Iré a reunirme contigo.

—*Vale. Esperaré con interés.*

Pero primero tenía trabajo que hacer. Introdujo los permisos, luego cargó la transmisión del escáner personal que había pegado al coche de Udmil. Mientras los cogitadores refunfuñaban, se sirvió una taza de cafeína y calentó un rollito jenjen.

Se preparó para la decepción. El artefacto podría haber sido detectado, por mucho que Scribo alardease de sus cualidades. Incluso de no ser así, tal vez solo hubiera conseguido horas de transmisión inútil, una grabación sin nada interesante.

Pronto vio que su primer temor era infundado. Tenía varias horas de transmisión hololítica almacenada, y, por lo que pudo ver, el dispositivo seguía funcionando. El coche estaba parado, con el conductor fuera matando el rato. Durante mucho rato, pareció que no ocurría nada. Luego, llamaron al conductor y este arrancó el motor.

Zidarov empleó el motor lógico del holocampo para obtener una panorámica. En contornos granulosos y con un tono verdoso, vio el club privado que Udmil había visitado. Era raro volver a ver las mismas estatuas de oro, esta vez translúcidas y parpadeantes. La gente en la calle pasaba por delante, la misma mezcla de extraños peinados y ropa extravagante. La lluvia interfería en la integridad del holocampo, y hacía que la imagen se moviera y parpadeara.

Avanzó la grabación. Udmil salió después de más de una hora. Tenía el mismo aspecto que cuando la había visto en persona: delgada como un palo; severa; pisando con cuidado, como si el contacto con el suelo pudiera infectarla de algún modo. Cuando salió, el conductor se apresuró a abrirle la puerta. Ella entró en el coche, le dio instrucciones y luego se colocó en los enormes asientos de atrás.

El holocampo no conservaba el audex, pero se podía modificar la perspectiva para conseguir una vista del rostro de la mujer. No habló con el conductor después de darle sus instrucciones. No parecía mirar por la ventanilla. Se mantenía erguida, con las manos sobre el regazo.

Su primera parada fue también en el distrito comercial, solo a unas cuantas manzanas. Salió del coche y entró en una elegante sastrería, de las que él tendría que conseguir un préstamo de por vida para comprarse un abrigo nuevo. Giró la imagen para verla entrar, y vio a los dependientes apresurarse a ayudarla con las escaleras. Zidarov anotó la localización y el tiempo, luego avanzó la grabación hasta el regreso de Udmil. Después, esta visitó un lugar para comer, cosa que, al parecer, hizo sola. Luego, el coche la llevó de vuelta a la mansión donde Zidarov se había reunido con ella.

En ningún momento se comportó como una mujer consumida por el temor, o como una resignada a las malas noticias. Su comportamiento fue tan normal como siempre entre los de su clase. Seguramente, esa era la manera en que transcurrían muchos de sus días: visitas a establecimientos de alta gama, de vez en cuando dedicarse un poco al comercio, turnos de vinos buenos, de comida buena.

Zidarov avanzó durante las siguientes horas, en las que no pasó nada. Fue después de caer la noche cuando se registró la siguiente actividad, y vio el coche salir por la verja. Esa vez, Udmil iba vestida de un modo menos conservador. Llevaba joyas: un gran collar con una piedra de azabache y anillos en los dedos. Su vestido era más ajustado y escotado que el de antes, y dejaba ver una figura que era casi esquelética. Udmil Terashova se había mantenido en bastante buena forma bajo ese puritanismo externo, ya fuera por medios estándar o con la ayuda de alguna clínica amiga.

El viaje fue largo, como si, deliberadamente, el coche estuviera complicando la ruta hacia su destino. Finalmente, se detuvo ante una torre en una de las áreas más exclusivas de la ciudad, no lejos del centro de las zonas doradas. El lugar se parecía mucho a la torre de Mordach, excepto por las águilas de granito sobre la entrada principal y los focos de neón azul dirigidos hacia el cielo turbulento. Cuando el coche se detuvo ante él, los porteros se apresuraron a bajar un largo tramo de escalera de piedra para recibirla, algunos portando paraguas con campos dispersores. La escoltaron al interior con gran ceremonia y mucha adulación, y el coche se marchó.

Zidarov detuvo la grabación y la retrocedió unos segundos. Giró el holocampo con la intención de conseguir una mejor vista de la fachada del edificio. Junto a la fastuosa entrada había una placa de bronce con el nombre de la torre: Complejo Jardín Imperial VII. Introdujo la referencia en los bancos de datos, y buscó el propietario y la ocupación.

Luego siguió con la grabación. El coche se metió en un aparcamiento subterráneo y después de eso nada se movió. Muy pronto, pareció como si el conductor se hubiera quedado dormido en su sitio. Zidarov avanzó deprisa la grabación, y las horas fueron pasando. Pasó la medianoche, la hora en que Draj y él habían estado activos por los suborbitales. Era justo antes del alba, según el crono, cuando se detectó el siguiente movimiento, así que volvió a poner la grabación a velocidad real.

El coche se paró ante la misma fachada. El crono le dijo que era antes de que comenzaran los turnos del amanecer, sobre una hora antes de las primeras luces del alba. Zidarov cambió el ángulo del punto de vista para que se viera la escalera, justo a tiempo de ver abrirse las puertas. Udmil surgió entre las jambas de vidrio con la misma ropa con la que había llegado. Su pelo parecía un poco menos arreglado y llevaba un nuevo collar alrededor del cuello: posiblemente era una esmeralda, pero resultaba difícil de decir con todas las interferencias del hololito.

Iba acompañada de un hombre enfundado en un abrigo negro muy ajustado. El hombre andaba de una manera poco corriente, como si pesara más de lo que parecía. Su rostro era pálido, el pelo negro, con grandes entradas en una frente alta. La agarraba por el brazo mientras descendían los escalones, y luego abrió la puerta del coche para ella. Udmil casi ni le habló. Al final, le hizo una pequeña inclinación de cabeza con desgana y se sentó. Zidarov mantuvo el punto de visión centrado en el hombre durante todo el rato, y extrajo varios pictografos estáticos.

Luego la puerta se cerró y el coche partió. El conductor llevó a Udmil a la mansión, y ella salió de nuevo. Después, el vehículo se desplazó hasta otro aparcamiento seguro y el conductor también se marchó. Pasado un rato, y después de pasar rápidamente varios trozos, la grabación llegó al momento presente, y Zidarov cortó la transmisión.

Se sentó en su silla y rumió sobre lo que había visto.

El hombre de negro había estado en el almacén unas cuantas horas antes. Ese era el vínculo. También era probable que proviniera de un mundo exterior. El modo en que se movía, la palidez de su piel, la longitud de su rostro: lo que había supuesto a medias por los vistazos que había captado en el almacén lo confirmaba una grabación más clara. Todas esas cosas podían imitarse o eliminarse como se quisiera, pero seguía siendo probable que esos fueran sus atributos originales. Gente así no era corriente en Urgeyena. Como norma general, sus servicios tenían un precio muy elevado, dado lo que sabían sobre el comercio en el vacío y las políticas intrasectoriales, así que quien fuera que le hubiera contratado podía permitirse pagar un montón de lasca.

El testimonio de Elina siempre había dejado abierta la posibilidad de que Udmil estuviera teniendo un *affaire*, y esa grabación lo certificaba. Pero el *affaire* no era con el hombre vestido de negro: por su forma de moverse era un sirviente, quizá de muy alto rango, pero un hombre que cumplía órdenes en vez de darlas. No, tenía que haber alguien más: Zidarov dudaba que Udmil fuera la clase de mujer que se quedaría esperando una visita.

Entonces... Udmil Terashova se encontraba con alguien que ya estaba en ese edificio, alguien poderoso, alguien rico, alguien cuyo mayordomo resultaba estar presente en un almacén lleno de sangrantes en allá en los suborbitales. Las piezas comenzaban a encajar.

Zidarov consultó la búsqueda de propietario. Como esperaba, los informes de una torre así no eran fáciles de interpretar. Los propietarios se escondían detrás de una serie de tapaderas sin rostro y entidades fantasmas, aunque los compiladores de los archivos del Bastión habían hecho todo lo que habían podido para compararlos con propietarios conocidos. Un nombre resaltaba del resto: la Sociedad Galanta. Era una casa comercial fachada que pertenecía en su totalidad a una mujer llamada Alida Bronza. Zidarov se había encontrado ya antes con ese nombre, y sabía que era un pseudónimo. Lo comprobó y la verdadera identidad surgió de los archivos del Bastión: Avro Lascile.

El alma se le cayó a los pies. Sabía quién era Avro Lascile. Todo el mundo sabía quién era Avro Lascile. Desde que tenía memoria, Avro Lascile había sido el poder detrás de la Corporación Jazc, el gigante que abarcaba una docena de los sectores comerciales más importantes, desde el transporte de carga pesada a los cosméticos. Pocas entidades en Urgeyena podía rivalizar en peso con los Terashova, pero Jazc los eclipsaba incluso a ellos.

Se centró en los pictos que había tomado en el almacén. Esas eran de correspondencia, con el texto en clave. Seguramente, asuntos de bajo nivel aunque habían elegido emplear el pergamino, lo que quería decir que no confiaban en ponerlo en la red de comunicaciones. Tomó un teclado y entró unas cuantas frases en el almacenamiento del cogitador, luego realizó varios análisis. No obtuvo resultado, lo que no resultaba sorprendente: una clave no servía de mucho si se podía descifrar.

Perseveró. El último trozo de pergamino parecía ligeramente diferente de los otros. Al mirarlo con más atención, pudo ver unas muescas en lo alto, muy tenues, como hechas por un sello sobre una hoja envolvente de pergamino o plástek, quizá un sobre protector. Amplió el zoom, tratando de averiguar qué significaba la marca. No podía verlo todo, y también parecía ser números en vez de palabras legibles. Entró varios de esos caracteres y recibió el parpadeo de un lumen verde del cogitador. Algo había coincidido con alguna referencia almacenada. Pidió la coincidencia, y una única línea de texto fue apareciendo en la lente.

>*Identificación estándar de localización / mercancía física en tránsito, proceso por lotes: Torre Habitáculo 34637.*

Zidarov ya estaba seguro de que conocía el nombre más corriente de esa torre, pero volvió al picto estático de la placa de bronce. Era obligatorio que todas las torres-hab tuvieran su número de identificación bien visible en la fachada. Aumentó el zoom, y bajo las palabras grabadas de Complejo Jardín Imperial VII, vio la referencia, tan clara como el agua: L/r: 34637.

Zidarov almacenó esos datos en un archivo aparte y apagó la terminal. Miró alrededor. Nadie parecía estar prestándole atención. Unos cuantos evidenciadores estaban mirando sus propias terminales. Otros charlaban, absortos en sus conversaciones.

Sintió una mezcla de emociones. Ya sabía quién estaba financiando el almacén. Ya sabía quién estaba usando sangrantes y enviando el material al exterior. Ya sabía quién se había llevado a Adeard Terashova, y quién, con toda seguridad, lo había matado. Y ya sabía por qué.

Se puso en pie y sacó su abrigo de la percha.

—Voy a buscarte, Gyorgu —envió por el comunicador, mientras caminaba a buen paso desde su escritorio hasta al aparcamiento—. Es hora de que hablemos.

Fue en un bar, claro. Había veces que Zidarov pensaba que Brecht básicamente vivía en bares. Este era un poco más elegante que el último donde habían bebido, y estaba tranquilo, lo cual era bueno. Se hallaban sentados en una mesa en un compartimiento privado. Dos vasos reposaban sobre la superficie ante ellos: rezi para él, jeneza para Brecht. El ambiente estaba cargado de cotín, y había un murmullo de conversaciones procedente de las mesas que se hallaban más allá en la sala. Un viejo lumen de araña colgaba del techo, recubierto de polvo. Olía a mustio, con trazas de incienso.

Brecht le miraba cauteloso.

—Repíteme todo eso.

Zidarov suspiró y dio un largo trago.

—Así es como yo lo veo —dijo—. Y es, básicamente, como lo vi desde el principio. Adeard Terashova se metió en el Vidora cuando estaba en Gargoza. Se lio con Serpiente Amarilla y comenzó a tener ideas por encima de su posición. Quizá sí que quisiera impresionar a su padre. Esa es, sin duda, una ruta directa a la destrucción, pero era joven, y Mordach parece ser el único miembro de su familia que no lo odia abiertamente. El problema era que el negocio que le daba todo ese dinero al Vidora era el drenado de células, y ese es un juego peligroso. Muchos otros quieren una parte de él, sobre todo ahora que da más lasca que nunca. El estúpido mierdecilla se estaba metiendo en una guerra y ni siquiera lo sabía.

Brecht asintió.

—Sí, eso lo he pillado. Lo que no entiendo es cómo lo sabes.

—Por lo que pasó después. Udmil me pide que lo encuentre. Debe de haber descubierto en qué estaba metido. Eso me llevó, convenientemente, al Vidora, lo que llevó a la redada que comenzó la purga. Solo que, por accidente, esta se filtró por un enlace al velo pirateado. Así que, Udmil nos tenía que espolear un poco más, asegurarse de que fuéramos a por ellos con todo. Fueron a por Borodina, porque sabían que de nuevo se culparía al Vidora por ello; después de todo, Borodina estaba investigándoles y para entonces, ya solo estábamos buscando una razón para caer sobre ellos. Si hubiera muerto, nunca nos lo hubiéramos cuestionado, aunque ni siquiera ella pudo identificar a sus asaltantes cuando hablamos. Así que ahí estábamos, azuzados como estúpidos groxes para enfrentarnos a un cártel, justo cuando ya les estaba machacando un turbio recién llegado del que no sabíamos nada. Nos estaban usando. Nos estaba usando Udmil para librarse de un rival. Después de que cumpliéramos su voluntad, lo que hicimos tan bien, ella solo tendría que ir y hacerse con todo. Adeard era un tonto. Su madre, su madre legal, no lo es.

Brecht alzó una ceja.

—Quizá —dijo, no muy convencido—. Pero los Terashova... Quiero decir, tienen lasca, pero, aun así... Es un juego peligroso. ¿Y por qué iría Mordach...?

—No me estás escuchando, Gyorgu —replicó Zidarov—. Mordach no sabe nada de esto. Nunca lo ha sabido. Y no es solo el dinero Terashova... Ahora Udmil está conchabada con Avro Lascile, lo ha estado desde hace tiempo, supongo, y de ahí es de donde viene la lasca de verdad. Es como me dijo el vendedor de rejuvenecimiento: quien lo esté haciendo es rico de verdad. Más rico que Yuti. Más rico que Mordach. Eso es lo que hace falta. Es la apuesta de Udmil para librarse de Mordach para siempre; ahora está con Avro, y se beneficia de toda la protección que la Jazc le ofrece, y pueden comprar al viejo todas las veces

que quieran. Lo están sacando del negocio, y por lo que sé, han matado a su heredero al mismo tiempo. Es brutal. Muy brutal. Y les hemos ayudado a hacerlo.
—Pero si tienes razón, ahora podemos comenzar de nuevo. Conseguir pruebas, quemarlo todo.
Zidarov sonrió secamente.
—Y ese es el problema. Vongella no tenía ninguna manía en machacar al Vidora. Podría hacerlo cada día. Pero ¿a la Jazc? Infiernos, ellos pagan por todo. ¿Te has fijado alguna vez en la cantidad de equipo que tenemos con el sello de la Jazc encima? Son intocables y son legales. Podría ir a la castellana con todo esto, y al día siguiente me despertaría con una bolsa sobre la cabeza en una habitación oscura.
—Negó con la cabeza—. Ahora recuerdo dónde vi al tipo del exterior. Fue hace meses, en la entrega de aquella estación de recarga de los Bulwark. Vi cómo Avro y él hablaban con la castellana. Ya entonces pensé que todos parecían como familia, y no me preocupó. Así es como siempre ha sido. Pero ahora es un problema. Infiernos, ahora es un gran problema.
Brecht pensó en eso durante un momento y sonrió torvamente.
—Entonces, pasa.
—No puedo.
—Pasa, Zido. Tú mismo lo has dicho: nadie va a ayudarte.
—Tú no estabas en ese almacén.
—Y me alegro. —Se inclinó hacia delante sobre la mesa—. Sé lo que quieres hacer, y conseguirás que te maten. Piensa en Lija. Piensa en Naxi. Te han usado. Peores cosas nos han pasado; si no, pregúntale a Borodina.
—Lo están haciendo, ahora mismo, mientras estamos aquí sentados.
—Siempre lo han hecho. No puedes limpiarlo todo, solo lo que puedas tomar con las dos manos. Esto es demasiado grande para tus manos, amigo mío. Demasiado grande para cualquiera de nosotros.
Zidarov se quedó mirando su vaso medio vacío.
—Hay cosas que aún no me cuadran. Cuando Udmil habló conmigo, la primera vez, hubiera jurado que era sincera. El modo en que hablaba de su hijo. Normalmente no me equivoco en cosas como esas. Y nadie puede decirme por qué ella y Mordach acabaron juntos, ya que

es evidente que se desprecian y siempre lo han hecho. Los archivos están todos vacíos. Hay cosas escondidas en alguna parte, estoy seguro.

Brecht se echó a reír, e hizo un gesto al sirviente para que les pusiera otra ronda.

—Demasiado hondo. Demasiado hondo. Tú empieza excavar ahí, y estarás cavando tu propia fosa. Y si querías mi ayuda para esto, ese favor que se supone que te debo, entonces, olvídalo. Haría muchas cosas por ti, Zido, pero no enfadar a la Jazc.

—No me estaba refiriendo a eso. —Se acabó el rezi—. Hace un par de días que Naxi no aparece por casa. He pensado que quizá…

—Podría encontrar un hueco.

—Algo así. —Zidarov inclinó el vaso y observó el poso correr por el fondo—. Estoy seguro de que no es nada. Ya lo ha hecho antes. Pero, ya sabes. Uno se preocupa.

No dijo nada más sobre el almacén ni de los jóvenes que habían sido los sangrantes. Eso era su imaginación trabajando en exceso, pero aun así…

—Podrías investigarlo tú mismo —dijo Brecht, con ironía, mientras llegaba la nueva ronda.

—Lo he intentado. Vamos… A ti se te dan bien este tipo de cosas.

Brecht alzó su vaso y brindó con el de Zidarov.

—Lo haré, porque te quiero, Zido. Pondría como condición que te olvidaras de esta locura con Udmil, pero supongo que eres demasiado estúpido para hacerme caso.

Ambos bebieron.

—No lo sé —repuso Zidarov, mientras sujetaba su rezi con ambas manos y lo miraba fijamente—. Ni siquiera sé adónde podría ir con esto.

—Entonces, no empieces.

—Quizá. —Zidarov tomó otro trago—. Quizá.

CAPÍTULO DIECINUEVE

Si quería saber más cosas sobre la Corporación Jazc, solo había una persona a la que preguntar. Zidarov puso una petición por el comunicador a Glovach antes de salir del bar. Pasó un rato antes de recibir una respuesta, probablemente porque Klev Glovach no veía muchas razones por las que mezclarse con evidenciadores de grado más bajo, después de cómo lo mimaba la hospitalidad corporativa. Al final, hubo una respuesta, que le decía a Ziradov que fuera al club privado Volodiak si realmente no podía esperar hasta la próxima vez que ambos estuvieran en el Bastión.

En coche, no quedaba lejos. Las torres del subdistrito se parecían mucho a las que había visto en el holocampo, de bordes rectos y bien cuidadas, con una temible presencia de seguridad en cada esquina. No había filas de raídos puestos de comida, y muy pocas procesiones o flotas del Ministorum. Ahí era donde habitaba el dinero en Urgeyena, el lugar donde la lasca se hacía y se gastaba. Incluso las aceras parecían razonablemente limpias, aunque, sin duda, el constante martilleo de la lluvia contribuía en gran medida a pringarlas.

Glovach le había enviado la referencia de la localización de una torre particularmente lujosa, una con fachada de cristal blindado, que relucía incluso en la gris monotonía de última hora de la tarde. El vestíbulo de entrada estaba cubierto de espejos; el suelo, muy pulido, daba la extraña impresión de que se caminaba sobre algo transparente, atravesándolo como el agua. Olía intensamente a fragancias corporales personales, el tipo de esencias en difusores que se mezclaban con feromonas, sin duda exudadas por las docenas de personas que rondaban entre los reflejos y las fuentes de cristal. El efecto resultaba bastante agobiante; después de solo unos minutos, Zidarov se encontró deseando meterse un trapo en la boca.

Todos los que veía parecían jóvenes. Todos eran perfectos, con la piel suave y los ojos líquidos. Los tonos de los pigmentos expuestos eran alucinantes: ocre, ámbar, rosa salmón, verde lima, enmarcados con un cabello plateado o con tocados chapados en oro. Muy pocos se fijaban en él. Si lo hacían, sus ojos solo se posaban brevemente en su ropa gastada, su panza, sus arrugas y su rostro con barba incipiente. No se burlaban de eso, tan solo su mirada lo atravesaba sin verlo. Para ellos, para esa gente, el mundo más allá de su burbuja no solo no les atraía, sino que carecía de existencia: pasaban ante él, sobre él, a través de él, sin ni una sola vez sentirse obligados a interactuar con él.

Zidarov fue a un mostrador de recepción, decorado con plantas reales metidas en brillantes urnas que contenían agua real. En el personal de recepción eran todos tan hermosos como aquellos a quienes servían, aunque el efecto era ligeramente menos perfecto: una cicatriz de cirugía por aquí, un ligero labio colgante por un rejuvenecimiento imperfecto por allí. Por lo que sabía, todas esas personas podían ser más viejas que él, y sin embargo, parecían más jóvenes que Naxi.

—Tengo una cita con el Evidenciador Senioris Glovach —le dijo a uno de ellos, después de tratar de captar su atención durante un ratito—. Me está esperando.

La mención de ese nombre fue suficiente. Se hicieron llamadas, se presentaron ujieres, un servocráneo flotó desde su percha y tomó pictografos de él para los archivos de seguridad. Lo condujeron por un pasillo bordeado de dorados y lo hicieron entrar amablemente en un ascensor con el frontal de cristal. Este susurró los pisos hasta que llegaron a un pasillo idéntico en un nivel superior, esta vez con una gran vista panorámica de la ciudad a través de ventanales colocados al fondo, que iban del techo al suelo. Zidarov olió a cafeína y dulces, sobre la misma mezcolanza agobiante de fragancias corporales. Las salas de más adelante estaban llenas de charla en voz baja, de grupos de gente bien vestida hablando en voces confidenciales.

Le llevaron hasta donde Glovach se había instalado: un sillón de cuero real ante la vista del norte, que estaba formada, sobre todo, por confusos jirones de nubes. El evidenciador iba vestido con tanta elegancia como los demás, y llevaba un grueso traje de color crema con ribetes dorados. Ante él, tenía una taza de cafeína a medio acabar, y parecía soberbiamente relajado.

Zidarov se sentó frente a él, y un ujier le preguntó si quería beber algo.

Cuando declinó la invitación, se alejó como volando, deslizándose entre el suave repicar de las voces como una anguila en una rápida corriente.

Glovach había aprovechado bien su posición. Entrar en la división de crímenes financieros era una bicoca, sobre todo si se tenía poca intención de investigar y más interés en sacar provecho. Se le veía elegante, bien alimentado, bien cuidado, con el cabello salpicado de canas peinado hacia atrás sobre un mentón reesculpido.

—Pareces cansado, Agusto —dijo, mientras tomaba su cafeína.

—Gracias. Tú pareces inmaculado.

—Tengo que mantener las apariencias. ¿Cómo está Milija?

Glovach estaba muchísimo más preparado que el evidenciador típico. Era educado, solícito y bueno con los nombres. Probablemente hasta recordaba los cumpleaños.

—Está bien —contestó Zidarov—. Gracias por preguntar.

—Pero supongo que tú estás aquí para preguntarme más sobre los Terashova.

—Empresa equivocada. Quiero información sobre la Jacz. ¿Siguen cuidándote igual de bien?

Glovach se encogió de hombros.

—No puedo quejarme. Pero ahora que ha llegado la lluvia, no voy tanto a la costa. Tienen un lugar muy hermoso sobre los acantilados de Stroya. Deberías conseguir que te enviaran allí alguna vez; yo podría recomendarte.

Zidarov sonrió con sequedad.

—Dudo que fuera bien recibido. Escucha, y respóndeme sinceramente a esto. Creo que ya sé la respuesta, pero quiero comprobarlo: si averiguara que Avro Lascile estuviera involucrado en algo muy, muy ilegal, y necesitara músculo para cerrarle el chiringuito, ¿Vongella accedería alguna vez a hacerlo?

—De ninguna manera. El último ciclo eché una mirada a las cuentas del Bastión: sin ellos somos básicamente insolventes.

—Pero si fuera algo marginal, algo malo para la imagen pública. Me pregunto si pasarían por alto unas cuantas redadas, en una operación periférica, si de alguna manera lo mantuviéramos en secreto.

Glovach sonrió tristemente.

—Si fuera yo, quizá los pasara por alto. Si fueras tú, sin duda. Pero esa es la diferencia entre ellos y nosotros, amigo mío. Una vez, Avro Lascile puso precio a un hombre que hirió accidentalmente a un primo suyo en una colisión de coches. Hizo que lo mataran. Por nada. Es el detalle... están obsesionados con el detalle. Así que, te lo digo en serio: cualquier cosa que hayas descubierto, no merece la pena.

Zidarov asintió.

—Como pensaba. Sin embargo, ya que estoy aquí, podrías echarle un ojo a esto. —Sacó una pizarra de datos y le mostró las pictos fijas del hombre del exterior en el almacén—. Este hombre une un par de cosas en las que estoy trabajando. Estoy seguro de que trabaja para Lascile, y lo he visto antes en alguna ceremonia del Bastión, pero no consigo ponerle nombre, y no hay nada en los archivos.

Glovach echó una rápida ojeada.

—No lo habrá. Este es Vermida. Airon Vermida. Ya lleva unos cuantos años metido en la organización, pero no hay muchos informes sobre él. Ya habrás supuesto que es del exterior. Algunos dicen que es de Terra, pero yo creo que eso solo es una suposición.

—¿Puede decirme algo sobre él?

—Es eficiente. Leal. Lascile lo usa para muchas cosas diferentes, especialmente las legítimas. Mi teoría es que entraron en contacto durante los líos con los carriles de vacío. ¿Recuerdas todo aquello? Resulta útil conocer a gente con experiencia en tratar a esos Capitanes Cartistas, si quieres sacar cualquier cosa de Alecto estos días. Vermida le da eso.

—¿Y qué hay de armas?

Glovach le miró confuso.

—¿Te refieres a conseguirlas? Podría hacerlo, sin duda, aunque en Urgeyena no andamos exactamente cortos de ese tipo de material. Tiene acceso a lasca, como cabe esperar. He oído que tuvo un enfrentamiento con Nomen en el que no le importó sacar algo de músculo en armadura: con armas trituradoras y todo lo demás. Es peligroso. Cualquier al que Lascile haga caso, es peligroso.

—Así que si tuvieras un material en Urgeyena, un material ilegal, que necesitaras guardar muy bien y luego sacar del planeta, él sería el hombre para hacerlo.

—Sin duda. —Glovach le devolvió la pizarra—. Y me mantendría bien lejos, si estuviera en tu pellejo. Bien lejos.

—Es remarcable lo consistentes que resultan los consejos que estoy recibiendo.

—Y si esto tiene algo que ver con tu asunto con los Terashova, aún me alejaría más. Mordach odia a muerte a Lascile, y si encontrara la manera de hacerlo, lo mataría mañana mismo.

—¿Y Udmil?

—Ni idea. —Glovach pensó un momento y luego rio por lo bajo—. Sabes, creo que esos dos podrían llevarse bien, si se encontraran en el mismo lado. Tienen una perspectiva similar.

—Imagina —repuso Zidarov, con acritud. Miró alrededor de la sala—. Infiernos, esta gente me revuelve el estómago. ¿Cómo puedes soportarlo?

Glovach lo miró con las cejas elegantemente alzadas.

—¿De verdad? No están tan mal. No podríamos funcionar sin ellos.

—Están a reventar de cosas químicas, todos ellos. No les importa de dónde salgan. Mientras pueda hacer retroceder los años, no les importa si los sueros salen del Trono sabrá dónde. Es... asqueroso.

Glovach le lanzó una mirada de advertencia.

—Cuidado. No subas la voz, si quieres hablar mal de ellos. Esta gente no rompe ventanas ni asalta a los obreros de las manufactorum.

—No, ellos causan daños reales. —Zidarov se puso en pie—. No me hagas caso. Al cabo de un rato, la lluvia te pone de los nervios. En unas semanas estaré bien.

Glovach se lo miró, preocupado.

—Descansa un poco, Agusto. Lo necesitas. No todo en la vida es trabajo, ¿sabes?

Y en eso, al menos, tenía razón.

—Cierto —contestó—. Me alegro de tener algo más en la cabeza.

Se prometió que no volvería. Y lo pensaba en serio, en ese momento, pero Glovach tenía razón: de vez en cuando era necesario escapar de la rutina, infundir en la monotonía de la vida algo más estimulante. Sabía que se había estado mintiendo a sí mismo. Cada uno tenía su pequeña adicción: la cosa a la que volvía una y otra vez, conociendo sus peligros, y esa era la suya.

Tenía que conducir deprisa para conseguirlo; la luz se había ido apagando rápidamente, desplazada por nuevas tormentas. Cuando llegó a la dirección asignada, todo le resultó muy familiar. El bloque-hab empapado por la lluvia era diferente, porque siempre eran bloques-hab diferentes, pero había mucho que seguía siendo igual al último que había visitado. Incluso había una reluciente pantalla camaleón al final de la carretera de acceso, que anunciaba una carrera en el Tercer Regimiento Urbano de Alecto, en el mayor reclutamiento de defensa planetaria. En la imagen, un grupo de rostros felices y alzados desfilaba por un terreno atestado de cañoneras Brawler y con un general de la Guardia Imperial de uno de los grandes regimientos mirándolos con admiración. La lluvia se había metido detrás de algunos diodos estropeados, por lo que el rostro del general se encendía y apagaba sin ningún ritmo. El eslogan en la base de la imagen: *¡Tu primera elección!*, parecía terriblemente inadecuado. *¡Cuando quieres, pero no eres lo suficientemente bueno para la Guardia!*, hubiera sido mucho mejor.

Sin embargo, al menos estaban haciendo algo: el reclutamiento. Eso era lo que querían para Naxi, ya que las posibilidades de entrar en un auténtico combate eran mucho menores. Se podía acabar trabajando en proyectos de ingeniería civil, dispersando algún que otro motín, quizá yendo a alguna instalación penitenciaria para acabar con algunos insurrectos, pero ¿una guerra en toda escala? No, eso era para los pobres idiotas que acababan metidos en una nave y enviados al exterior, hacia la gran galaxia donde los horrores xenos esperaban con fauces afiladas y tentáculos luminosos.

Zidarov salió del coche, se encorvó para protegerse de la fría llovizna y entró en el vestíbulo del bloque-hab, igual que había hecho tantas veces antes en tantos lugares similares. Recibió la misma mirada rara del guardia de identikit en el mostrador. Cuando salió del ascensor, vio que el pasillo tenía su propia moqueta verde oscuro; las paredes, su propia pátina brillante. En los tablones de anuncios colgaban dos gastados papeles: uno felicitando a los ocupantes de la unidad 56 por informar de la negligencia de sus vecinos en su turno de trabajo, y el segundo anunciando que la unidad 57 estaba libre para albergar a una unidad familiar diligente.

Zidarov subió al piso veinticinco, encontró el lugar correcto y apretó el timbre. Esa vez no fue Vasteva quien abrió la puerta. Fue un hombre que no conocía. El hombre le hizo una reverencia, y Zidarov le contestó con otra. Pasó al interior, dejó que la puerta se cerrara tras él y se dejó conducir a una habitación con una puerta doble al final de un corredor sin iluminación.

Vasteva lo esperaba allí, sentada en un largo banco. Iba vestida para la ocasión: una larga túnica de noche, agarrada al cuello; el pelo recogido en lo alto; sin joyas. Aún no se había puesto la máscara. A su alrededor, colgados de pinzas colocadas a lo largo de tres de las paredes, había paquetes de ropa: tanto ropa de trabajo diario como túnicas que podrían vestirse en un palacio. Olía a las velas de madera de spia, que lo llevaban al pasado, directamente, todas las veces.

—Esta vez no te esperaba —comentó Vasteva—. Cuando recibí tu llamada…

—He cambiado de opinión. —Se quitó el abrigo mojado y se sentó pesadamente junto a ella—. Las cosas se están poniendo feas. Necesito esto. Para no salirme de madre.

—¿Estás enfermando?

Zidarov se encogió de hombros.

—Nada que Lija no pueda arreglar, si estuviera de humor.

—Entonces, no has hablado con ella. Sobre esto.

—No es fácil. —Se inclinó hacia delante, y se frotó el rostro durante un momento, masajeándose la tensa piel—. Quiero decir, ella no es religiosa. No realmente. Pero sigue siendo una herejía, ¿no?

—Es tu esposa.

—Lo sé. Lo sé. No es que crea que vaya a contárselo a un sacerdote. Estoy seguro de que no lo haría. Es solo… Ha pasado tanto tiempo… ¿Podrá perdonármelo? No las mentiras, porque no he mentido, no realmente, solo… no se lo he dicho. No sabe nada. —Sonrió secamente—. Cree que es una mujer.

Vasteva le sonrió.

—Lo siento, Zido, no eres mi tipo.

—No pasa nada. Yo tampoco soy mi tipo.

—Eres un buen hombre.

—Sí. Un hombre bueno y agradable.

Vasteva estiró la mano y la colocó sobre los dedos apretados de Zidarov.

—Escucha. ¿Recuerdas lo que te dije? ¿Justo al principio? No es herejía. Sigue siendo el Emperador, solo que en la forma en que se Le veía en Alecto antes de la llegada de las naves. La forma de la serpiente. No hay nada falso en ello. El único que desea hacernos daño, que no quiere ver eso, es el Ministorum. Y eso no tiene nada que ver con herejías, solo con el control.

—Lo sé.

—Es otra forma de adoración. Otro lenguaje de devoción. En un mundo cuerdo, seríamos libres de hacerlo.

Zidarov miró al suelo.

—¿Sabes lo más raro? Mi hija piensa que yo no creo en nada. Piensa que mi alma está destinada al vacío. Infiernos, si hasta Draj lo piensa. ¿Conoces a Draj, del Bastión? Me soltó un sermón. Pensaba que su única adoración era por la rezi. Y a veces me gustaría gritarle. Veo las multitudes en las catedrales, y les veo hacer los gestos, y saludarse unos a otros con el águila, y no significa nada, porque saben que los enviarán a un campo de reeducación si no están allí, y esa es la única razón por la que lo hacen. O están asustados, porque creen los videos de propaganda que les dicen que los xenos vienen a llevarse a sus niños, y quieren algo a lo que aferrarse. Entonces, ¿de qué vale todo eso? Solo es miedo.

—Pero nosotros no tenemos miedo. Nosotros vivimos en Él.

—Temo que me descubran. Eso me mantiene despierto. Trono, ¡soy un evidenciador!

—Yo también.

—No sé cuánto tiempo podré seguir aguantando.

—Entonces, se lo tienes que decir. Deja de vivir una mentira. Ella lo entenderá. Puede que incluso quiera unirse a nosotros.

Zidarov alzó la vista y la miró directamente.

—¿Y si no?

—No lo sé. La elección es tuya. Pero tendrás que hacerlo, tarde o temprano.

Zidarov pensó en eso. Entonces sacó las manos de debajo de las de ella, se quitó la chaqueta y se colocó una túnica.

—No estoy preparado. Por ahora, necesito algo a lo que agarrarme. Algo que me calme.

Vasteva se puso en pie y se estiró la túnica.

—¿Un caso difícil?

—Todos lo son —respondió él, mientras se colocaba la túnica y tomaba una máscara—. Mi instinto me dice que hay más. Solo que no sé si seguir escarbando.

—Entonces, ven dentro. Busca la guía que viene con el fuego.

Se preparó. Luego, los dos dejaron la habitación y caminaron por el pasillo. Entraron en una sala al final del todo, una que en tiempos normales podría haber sido una unidad-salón estándar. Ahí ya había siete personas más, incluido el hombre que le había abierto la puerta. Todos iban con túnicas, con máscaras sin rostro para ocultar sus identidades. Los lúmenes estaban apagados, y cuando Zidarov cerró la puerta, la única iluminación procedía de un cuenco de hierro en el centro de la sala. Estaba ocupado por una llama, un rabioso resplandor rojo que parecía bailar sin la participación de ningún tipo de carburante. El olor a leña de spia era muy intenso. Densas sombras negras se deslizaban tras ellos, movidas por el juego de las llamas. Casi podía imaginar que estaban hechas de serpientes: cien serpientes negras, unidas juntas, rodeando la habitación y deslizándose sobre el perímetro.

Los suplicantes formaron un círculo alrededor del fuego. Como si notaran que ya estaban todos, las llamas se alzaron más alto. Uno a uno, se fueron tomando de las manos e inclinando la cabeza. Vasteva tomó su lugar, e inclinó la cabeza cuando le tocó. Luego, el último de todos, Zidarov hizo lo mismo.

—La serpiente se alza —dijo el canto, primero de uno, luego de otro, luego de todos ellos solapándose.

—La serpiente se alza —repitió Vasteva, apretándole la mano a Zidarov.

—La serpiente se alza —respondió este, mientras sentía que el fuego comenzaba a caldearle el alma, como siempre ocurría—. Alabado sea, porque la serpiente se alza.

CAPÍTULO VEINTE

A la mañana siguiente, se despertó sintiéndose mejor. Había tenido pesadillas, en las que veía serpientes alrededor del cuello de Naxi, mientras unas manos desconocidas la dejaban sobre uno de los sillones medicae. Le sonreía todo el tiempo, mientras le decía tranquilamente que todo iría bien, pero que él tendría que explicarle a su madre lo que estaba sucediendo antes de que la conectaran.

Aun así, cuando la luz que entraba al bies por la persiana le despertó del todo, los dolores de cabeza habían desaparecido. Se quedó un rato tumbado en la cama, de espaldas, mirando al techo manchado. Quizá las cosas ya no estuvieran en sus manos. Como Brecht había dicho, no había ningún premio por seguir adelante con eso, solo dolor. Esa era su casa. Ahí era donde estaba su familia, donde se hallaba su corazón. Ahora tenía que protegerlos. Tenía que arreglar lo que necesitaba arreglo.

Se levantó de la cama, se envolvió en una bata y fue a la cocina. Milija ya estaba allí, sentada en la mesa con una humeante taza de cafeína. Fue hasta ella, la agarró por los hombros y la besó.

—¿Qué tal has dormido? —le preguntó.

—No muy bien —contestó ella, con aspecto preocupado—. Agusto, tenemos que...

—Estoy en ello —le cortó él, mientras se servía cafeína y volvía para sentarse junto a ella—. Tengo a Brecht buscando. Y esta mañana lo haré yo también. Estará metida en casa de algún amigo, con los comunicadores apagados. Pero ahora tengo tiempo. La traeré de vuelta a casa.

Milija alzó la mirada hacia él. Le cayó el pelo sobre la cara, que tenía arrugas de preocupación.

—Gracias —dijo—. Yo también he buscado un poco, sabes.

—Lo sé. Pero tu trabajo nunca para. Como he dicho, estoy en ello.

Milija asintió, y se apoyó con los codos sobre la mesa.

—¿Y has encontrado a aquel chico?

—En cierta manera.

—Entonces, ¿has conseguido lo que querías?

—No. No siempre se gana.

—Oh. Lo siento.

No le contó nada. No tenía sentido darle pesadillas también. Se inclinó hacia delante y le tomó las manos. Aún eran suaves, un requisito de su trabajo. Las de él parecían dos lorzas callosas.

—Lija, sé que ha sido muy duro. Y necesito contarte todo lo que ha estado pasando. Pero no puedo. No ahora. Pero no hace falta que te preocupes de lo… lo que te ha estado preocupando. No es eso. Tenía varias cosas que debía resolver. He estado buscando ayuda para eso.

Milija lo miró.

—¿Se supone que eso debe hacer que me sienta mejor?

—Solo necesito averiguar lo que estoy haciendo, cómo aclararme las ideas. Tengo que ser mejor. Más sincero.

—Y has estado yendo a… ¿Cómo lo llaman?… ¿Confesión?

—Algo así.

—¿Por qué no me lo has dicho?

Zidarov sonrió con timidez.

—¿Orgullo? Vergüenza, supongo.

—Podrías haber hablado conmigo.

—Quiero hacerlo. Aprenderé a hacerlo.

—Tampoco es fácil para mí. —Le apretó la mano, igual que había hecho Vasteva la noche anterior—. Pienso cosas que no debería pensar. Todos los días, más cuerpos que recoser, más cosas malas que oigo y veo. Pienso en lo que nos dicen que debemos pensar, lo que nos dicen que debemos creer. Y luego mi hija me dice que no creo en nada, y me pregunto si puede que tenga razón.

En ese momento, Zidarov podría haberle contado toda la verdad. Estuvo a punto. Quería hacerlo, y ese era un momento clave, la primera admisión de la duda. Le podría contar que el culto se llamaba Salvia y que llevaba miles de años en Alecto, mucho antes de que las naves llegaran con la insignia del primer Imperium. Había sido lo que había mantenido vivos a los primeros pobladores, y ahora, como pasaba con muchas cosas, se habían dado cuenta de que todo el tiempo habían estado adorando al Emperador sin darse cuenta, porque el Emperador estaba en todas las cosas, de muchas formas y maneras, y siempre sería así. Y ayudaba, porque había nacido del suelo de ese mundo, no de las estructuras corruptas del Adeptus Ministorum, que eran recipientes vacíos de control y coerción, impuestos por una burocracia distante e indiferente.

—Así que fui a la capilla —continuó Milija—. Oré por primera vez en siglos. Bien. Al Ángel. Y le pedí que la mantuviera a salvo. Que te mantuviera a salvo a ti. Creo que es la mejor manera. Volver a vivir como es debido. A confiar en Él. Creo que, ahora, Él nos protegerá.

El momento pasó.

—Estoy seguro de que tienes razón —dijo él.

—Tú también tendrías que orar.

—Intentaré encontrar el tiempo.

—Y solo... dímelo, si necesitas algo, ¿vale? Para eso estamos aquí. El uno con el otro.

Él asintió.

—De vez en cuando necesito que me lo recuerden. —Retiró las manos—. Volveremos a hablar, todos juntos. Quizá deberíamos escucharla un poco. Ya no es una niña.

—Había pensado lo mismo. Pero no la Guardia.

—Ya encontraremos la manera. —Se levantó y la besó en la frente—. Siempre hay una manera.

Eso era cierto, pero él aún tenía que encontrarla.

Fue por donde había ido antes, pasada la ruina de Municiones Goliat, hasta el patio de recepción de los transportes de pasajeros de larga distancia. Salió del coche bajo la lluvia constante y fue hasta la oficina del supervisor. Era un cuchitril colgado muy arriba, en la punta de una torre de comunicaciones con aspecto viejo. Las paredes estaban llenas de paneles con lúmenes, cada uno controlando el avance de otro transporte. Abajo, en el patio, los grandes transportadores magnéticos chorreaban y siseaban bajo la llovizna.

—Evidenciador Zidarov, Bastión-U —dijo, mostrando su sello a la operadora detrás del mostrador—. Tengo que mirar el registro de pasajeros.

La mujer dejó lo que estaba haciendo y miró el sello.

—Eso lo puedo hacer, evidenciador. ¿Qué nombre?

—Zidarov —contestó, incómodo—. Alessinaxa. Llegó en el último transporte desde el Campo de Entrenamiento Jeriad. Quiero saber si se ha marchado en algún otro trayecto programado.

La operadora hizo la comprobación.

—No hay registro de eso, evidenciador.

—¿Dónde se encuentra la terminal de largo recorrido alternativa más cercana?

—En Mergev.

—¿Se puede llegar allí sin coche?

—No es fácil.

Zidarov asintió.

—Gracias. Aquí tienes el identificador del sujeto. Hazlo circular, ¿de acuerdo? Si aparece, quiero saberlo.

Se marchó, volvió al Luxer e introdujo la referencia de la localización de la terminal de Mergev. La operadora tenía razón: sería difícil llegar allí sin transporte. Aun así, Naxi tenía recursos. Si había decidido volver a Jeriad por su cuenta, esa podría haber sido una manera de hacerlo.

Salió del patio y se dirigió al oeste por la ruta principal. Hizo una llamada al propio campo de entrenamiento; preguntó de nuevo si había regresado antes de tiempo y le contestaron, de nuevo, que no. Sopesó poner un informe de persona desaparecida en el sistema del Bastión. La ironía de todo eso no se le escapaba.

A pesar de sí mismo, comenzó a inquietarse. Fue por las calles, mirando a la multitud, esperando ver su rostro en cualquier momento. Siempre que se topaba con una mirada hostil, se imaginaba que era uno de los operativos del exterior, en busca de sangre joven, ofreciéndoles el mundo si iban con ellos a la parte superior de los suborbitales, donde había algo que realmente debían ver.

Pasó por una zona medio en ruinas, marcada por el perfil de una manufactoría dañada por el fuego. La vía de tránsito seguía muy concurrida, pero las rutas laterales parecían menos atascadas. Redujo la velocidad un poco.

Fue entonces cuando notó que le seguían. Un vehículo tres coches más atrás le estaba igualando en velocidad, cambiando de carril siempre que él lo hacía. Aceleró de nuevo, con cuidado, observando si el otro hacía lo mismo. Y sí, sin duda estaba imitando sus maniobras.

Zidarov miró el mapa de la red de vías de tránsito en la lente de la consola del Luxer. Bajo las muchas rutas elevadas, las carreteras de grado inferior eran el lío usual de calles más antiguas. Cruzó y volvió al carril de salida, hizo el giro y bajó la larga rampa. El coche le siguió, manteniendo la distancia, pero sin quedarse atrás. Era un vehículo elegante, caro, con un largo morro y guardabarros con aletas. Algo llamativo. El tipo de coche que el miembro de un cártel podía encontrar atractivo.

Mantuvo la velocidad. No conocía ese distrito, pero el espíritu máquina del Luxer era bueno y le permitía trazar rutas razonables por adelantado. No tardó en estar en los carriles sombríos entre bloques baratos, fuera de la luz, con el agua de la lluvia gorgoteando espumajosa en las alcantarillas. Vistosas pantallas comerciales pasaban junto a él, parpadeando en la semioscuridad.

Su seguidor mantuvo el contacto. No parecía preocuparse demasiado por ser detectado, pero se mantuvo a una distancia suficiente para animarle a seguir. El conductor era bueno. Zidarov apretó más; hizo un cerrado giro a la derecha y aceleró en una vía ascendente llena de tenderetes de comida a ambos lados. Cuando conectó ambos motores, las linternas de papel colgadas en lo alto se agitaron con fuerza.

Se acercaba un cruce complejo. Podía estar muy lleno, pero si lo rebasaba con rapidez, sería la oportunidad de perder a los que le seguían. Por su velocidad, supondrían que iba a continuar recto, pero un brusco giro a la izquierda lo llevaría a un laberinto de callejas aún más estrechas. Había optado por un transporte caro por una razón.

Zidarov apretó el control de velocidad y fue hacia el cruce. Luego desaceleró de golpe, lo que acercó un poco más a su perseguidor. Cuando la intersección crecía en la pantalla delantera, aceleró bruscamente hacia ella. Eso tuvo el efecto que había esperado, y el coche que lo seguía también aceleró.

Zidarov llegó al cruce, aun a gran velocidad, y pisó los frenos; las ruedas traseras se detuvieron y el coche comenzó a deslizarse. Levantó spray por la derecha cuando giró de golpe hacia la izquierda antes de aumentar la velocidad de nuevo. El Luxer fue hacia delante, deslizándose hacia una estrecha abertura. Zidarov apretó los dientes y confió en su habilidad. Consiguió meterse por poco. El Luxer fue hacia delante, con los neumáticos chirriando contra el borde de la acera, y le sacudió un poco, hasta que consiguió volver al asfalto y largarse por la estrecha avenida.

Miró por el retrovisor y vio a sus seguidores dando vueltas a lo loco bajo la lluvia, con los motores rugiendo.

Sonrió y devolvió la mirada a las pantallas frontales, justo a tiempo de ver a dos inmensos transportes de carga encajados ante él.

Pisó los frenos y un montón de lúmenes rojos se encendieron por la consola. Notó que se iba hacia delante, contra las sujeciones, y el coche derrapó sobre el suelo mojado y casi se estrelló contra el transporte de la derecha.

A solo unos pocos centímetros, el Luxer consiguió detenerse. Zidarov se fue hacia atrás en el asiento, jadeando. Le había ido de muy poco.

Fue a poner la marcha atrás, pero vio otro transporte salir de un callejón lateral, cruzar la estrecha arteria y bloquearlo. Paró los motores y tomó su Zarina, pero ya tenía tres personas, con armadura y casco, junto a la ventana. No eran sancionadores, pero todos llevaban rifles automáticos, y le apuntaban a través del vidrio blindado.

Zidarov miró las armas. No era ningún experto en balística, pero parecía mucho que esas cosas usaban munición trituradora.

—No seas estúpido, evidenciador —dijo la voz del líder distorsionada por el comunicador—. Solo quiere hablar.

—¿Quién quiere hablar? —preguntó Zidarov.

—Apaga el motor y abre la puerta. Del resto nos ocupamos nosotros.

Zidarov valoró sus opciones. Podría tener suerte. Cargarse a uno, y emplear los paneles reforzados del Luxer para seguir vivo, mientras iba a por los otros. Pero recordó el cuerpo de Borodina en la sala medicae, y lo que esas armas le habían hecho. Y a ella la acompañaba un sancionador.

Así que hizo lo que le ordenaban. Abrió la puerta y salió a la lluvia con las manos en alto.

—Solo os pido que no me arañéis el transporte —dijo, mientras les pasaba el control de acceso—. Eso me haría enfadar de verdad.

Le pusieron una capucha en la cabeza, atada suelta alrededor del cuello. Eso, pensó él, era una tontería: su iris registraría todos sus movimientos. Pero entonces vio que tenían algún tipo de inhibidor de señal, lo que hacía que el gesto fuera menos inútil.

Lo metieron en otro coche, uno que olía a limpio y caro. Uno de los guardias se sentó junto a él, y le pegó un inmovilizador a las costillas. El viaje duró mucho rato. Zidarov intentó relajarse. Si hubieran querido matarle, lo podían haber hecho hacía mucho. Aun así, había cosas peores que morir en un tiroteo. Muchas cosas peores.

Finalmente, el coche se detuvo. Oyó que se abrían las puertas. Un par de manos blindadas lo agarraron y lo sacaron. Notó la lluvia salpicarle los hombros, pero solo un momento. Oyó un portazo y luego otro. El calor aumentó, y olía a moho y metal oxidado. Lo sentaron en una silla, con los brazos estirados y luego le sacaron la capucha.

Era una sala pequeña, sin ventanas. Un par de lúmenes vela ardían en los rincones; las paredes eran desnudos bloques de hormigón. Al parecer, los guardias que lo habían llevado allí ya se habían marchado, cerrando una gruesa puerta de plástek tras ellos. Había dos sillas. Él estaba en una, y el hombre del exterior se sentaba en la otra.

El hombre parecía relajado, sentado con las piernas cruzadas y las manos sobre el regazo. Llevaba el mismo traje negro. De cerca, Zidarov vio lo bueno que era. Habría sido hecho a medida, porque el hombre tenía una forma extraña: el pecho era un poco demasiado amplio, las piernas un poco demasiado cortas. La piel, aparte de ser muy pálida, tenía un brillo sudoroso, que podría resultar de las diferentes expectativas climáticas, porque no hacía tanto calor.

—¿Sabes quién soy? —preguntó el hombre.

—Eres Airon Vermida —contestó Zidarov—. De la Corporación Jazc. Rango y función... bueno, eso no lo sé con exactitud.

—Muy bien. ¿Y cómo es que sabes todo eso, me pregunto?

—Tengo una buena memoria para las caras. En mi profesión, ayuda. Y supongo que sabes que soy un evidenciador, ¿no? Solo para avisarte de lo que tienes delante.

Vermida sonrió.

—Lo sé. Sé bastante sobre ti, Agusto Zidarov. Pero ¿sabes por qué estás aquí ahora, conmigo?

Había varias respuestas posibles a esa pregunta. Quizá Glovach no podía tener la boca cerrada. La peor era que, de algún modo, Vermida se hubiera enterado de su visita al almacén.

—¿Por qué no me lo dices tú? —sugirió Zidarov.

—Muy bien. Ya hace tiempo que trabajo para Avro Lascile, del que seguro que has oído hablar. Es un hombre muy ocupado, y me confía algunas de sus tareas más arduas. El feudo del Jazc ha ido ampliándose en los últimos años. He tenido el privilegio de tener el papel de asesor en esa expansión.

—Paga bien, ¿no?

—Muy bien. Ahora, las cosas se están moviendo deprisa. Se ha formado una alianza con ciertos elementos del Consorcio Terashova. No con todos, ya me entiendes. Solo con las partes que le interesan a mi cliente.

—Como Udmil Terashova.

—Eso mismo. Piensa en ello como una fusión, en vez de como una adquisición.

—No podría imaginármelo de ninguna otra manera.

Vermida alzó la barbilla, mirando a Zidarov como si fuera un curioso espécimen que se hubiera encontrado pegado a la suela del zapato.

—Todo se hará público dentro de muy poco. Imaginamos que causará una buena conmoción, en los círculos adecuados.

—Y en los inadecuados.

—No pareces demasiado sorprendido.

—Me esfuerzo mucho para mantener una actitud apacible.

Vermida abrió la mano y mostró a Zidarov el rastreador personal del coche de Udmil.

—Quizá —continuó— eso sea porque has estado siguiendo más de cerca a Mzl Terashova de lo que a ella le resulta cómodo.

Zidarov miró al artefacto, impasible.

—Eso que tienes ahí es tecnología de los ejecutores. Tendría que denunciarte por ello.

—Es una pieza bonita. Casi escapó del todo a la detección. Pero, verás, mi cliente tiene mucho cuidado con su intimidad. Una vez Udmil y él empezaron a estar más estrechamente asociados, extendió ese cuidado a ella. Estamos suponiendo que tú lo pusiste.

—Eso es mucho suponer.

—Podemos comprobarlo, si quieres. Ser Lascile está en muy buenos términos con tu castellana, como seguro que sabes.

—Vongella es muy amable cuando le pagas bien, eso es cierto.

Entonces, Vermida pareció cansarse de la charla.

—No te culpo por tomar precauciones. Yo habría hecho lo mismo, en tu lugar; siempre es mejor asegurarse de que lo que te piden que hagas coincide con la verdad. —Cerró el puño y aplastó el rastreador—. Pero ahora, debido a recientes operaciones de fusión, se me permite hablar en nombre de Mzl Terashova. Esta desea que sepas que tus servicios como investigador ya no se requieren. Está dispuesta a pasar por alto la colocación de este dispositivo con la condición de que abandones tus pesquisas actuales sobre el paradero de su hijo. Te complacerá saber que se ha hallado a Adeard, sano y salvo. Su desaparición fue una escapada juvenil, justo como sospechabas al principio, y ahora ya todo está arreglado.

—Me alegro de oír eso. Qué coincidencia tan afortunada.

—Todo el mundo está muy aliviado.

—Entonces, me gustaría hablar con Adeard. Solo para dejar todos los cabos atados.

—Me temo que está en el exterior. La Corporación Jazc tiene varias concesiones en tránsito de vacío, y él ha comenzado a dirigir una de ellas.

—¿Volverá pronto?

—No lo sé.

—Entonces, me gustaría hablar con Udmil.

—Como puedes esperar, está muy ocupada. Ser Lascile y ella tienen mucho que resolver, y ella lo está haciendo en la residencia de él. Para empezar, una boda.

—Qué pena. Ayudaría mucho. Ella comenzó todo esto, como seguramente ya sabrás.

Vermida parecía irritado.

—Has acabado con tus pesquisas en este punto, evidenciador. No veo la necesidad de hablar ni con Adeard ni con Udmil. Déjame que te sea franco: esto se ha acabado, tu papel ha terminado. Te sugeriría amablemente, con el mayor de los respetos, que te olvidaras de todo el asunto.

Zidarov sonrió.

—¿Y si no? ¿Volverás a hacer uso de las armas trituradoras que llevaban tus amigos?

—Varangantua es un lugar peligroso. Un cierto grado de protección siempre ha sido lo mejor para aquellos con posibles.

—Tengo unas cuantas preguntas por mi parte.

—Pregunta.

—Mordach Terashova no es un nombre de los que se retiran. Estoy suponiendo que esta... fusión no ha tenido lugar con su consentimiento. ¿No os preocupa que él esté... bueno... bastante enfadado?

—A Avro Lascile no le importa Mordach Terashova. Udmil y él están muy a salvo de cualquier posible represalia, te lo aseguro. De hecho, a Mordach ya se le ha dejado muy clara la situación, y de tal modo que no quedó ningún lugar a dudas sobre las preferencias y el estatus de Udmil.

—¿Cómo se lo tomó?

—Yo no estaba presente cuando se le comunicó la noticia.

—Así de mal, ¿eh?

—Realmente no lo sé, y no me importa en absoluto.

—Y el nuevo conglomerado ¿absorberá todo el antiguo negocio de Terashova?

—Solo lo que interesa a mis clientes.

—¿Puedes decirme algo más sobre eso?

—No. Y creo que con esto podemos dar por concluida esta reunión. ¿Tengo tu palabra de que abandonarás la investigación?

Zidarov sonrió torvamente.

—Me has expuesto un caso muy convincente.

—Bien. Ha sido un placer hablar contigo, evidenciador. Por favor, mantente bien lejos de aquí.

—Oh, tengo toda la intención.

CAPÍTULO VEINTIUNO

No respondía bien a las amenazas. Nunca lo había hecho. Su primer impulso al ser liberado fue ir directo a la armería del Bastión, tomar lo que necesitara, ir directo al almacén y prender fuego a todo. Luego haría lo mismo con el Jazc. Y luego, si seguía vivo, a Terashova. Estaba sudando y con los nervios a flor de piel, sobre todo de furia. Eso le serviría. La adrenalina le mantendría en marcha el tiempo suficiente. No había olvidado todo lo que Berjer le había enseñado, y aún podía usar un arma.

Pero nada había cambiado, no en realidad. No llegaría muy lejos antes de que lo frieran a tiros. Vermida tenía razón: Lascile tenía el Bastión en el bolsillo, así que no solo tendría a agentes del cártel apuntándole, sino también a sancionadores. Y si sabían su nombre, entonces, sabían dónde vivía. Todo acabaría muy pronto, y de un modo sangriento. El consejo de Brecht aún tenía sentido. Tenía que poner distancia.

Le ponía furioso. De vuelta en el Luxer, estrelló el puño contra la columna de control. Luego apoyó la frente en la consola, como si quisiera enterrarse en su interior. Mientras la lluvia repicaba sobre el techo de la cabina, sintió que podía quedarse allí para siempre, disolviéndose gradualmente, erosionándose y disipándose hasta que de él solo quedara una mancha en el asfalto empapado.

Al final, lo que le hizo volver a moverse fue lo que tenía que haber estado haciendo desde el principio: buscar a Alessinaxa. Durante todo ese tiempo, había intentado mantener la calma. Siempre que había tranquilizado a Milija, había estado diciéndole lo que realmente creía: que Naxi volvería pronto a casa, que solo los estaba castigando por lo de la Guardia. Pero ya estaba comenzando a preocuparse. Hablar con Vermida le había sacudido por dentro, al recordarle la clase de gente que ejercía su oficio en la ciudad.

Se recompuso, encendió los motores, regresó por la misma ruta que había ido y luego se dirigió a Mergev. Visitó al supervisor de allí y le dio las mismas instrucciones que le había dado a la otra. Comprobó los registros de las comunicaciones de tráfico de los sancionadores para ver si algo había llegado. No había nada. Después de eso, comprobó si había algún resultado de los rastreos que había hecho a gente que sabía que ella conocía. La lista era corta, e hizo una mueca al pensar en lo poco que sabía de la vida de su hija fuera de los límites de su unidad-hab. Ella lo había querido así, claro, pero le había sentirse impotente, justo cuando necesitaba sentirse totalmente lo opuesto.

Sin embargo, un contacto destelló: una mujer llamada Gertuda, cuyos detalles él había conseguido de una antigua nota garabateada en el hab. La llamó, y ella estuvo dispuesta a reunirse con él, así que se dirigió al lugar donde ella trabajaba: una operación textil sin nada especial en los grado seis de Vostoka. De algún modo, ella consiguió escaquearse de su turno, así que él la llevó a una tranquila casa-refec y le compró una bebida caliente y algo de comer. Era una chica menuda, delgada y con la piel amarillenta, por lo que parecía que ambas cosas le irían bien.

No sabía nada de que Naxi hubiera desaparecido ni de dónde podría hallarse. Ni siquiera había sabido que hubiera regresado de la academia preparatoria.

—La envidiaba, si te digo la verdad —explicó Gertuda, sonriendo tímida—. Se largó. Todos nos alegramos por ella. —Sorbió y se rascó el brazo sin pensar—. Aquí no queda nada, si no consigues largarte.

Zidarov frunció el cejo.

—No será tan malo, ¿seguro? —dijo—. Tienes una función. Tienes un estipendio. Tienes una vida ante ti.

Gertuda se echó a reír.

—Sí. Menuda vida. —Negó con la cabeza—. Tengo una vida en una cadena de montaje. Tengo una vida cosiendo uniformes de faena para las fuerzas de defensa. Eso es todo lo que voy a ver. Un día, supongo, entraré en una unión legal y me harán producir para el Imperium. Más obreros. Más manos para tomar más armas. Y luego moriré, sin haber salido nunca de Urgeyena. Naxi se largó. Trono, la amábamos por eso.

Y entonces, Zidarov recordó lo que Naxi había dicho, y el modo en que sus ojos se habían iluminado al hablar de acorazados, deber y conquista. Quizá él, tiempo atrás, se hubiera sentido así. ¿Cuándo dejó de hacerlo?

—Tengo que encontrarla —dijo con calma—. ¿No tienes ni idea de dónde puede haber ido?

—No. Ni idea. Pero… —Se detuvo, y de repente pareció no querer seguir hablando.

—Si sabes algo, debes decírmelo.

Los ojos de Gertuda se alzaron hacia los de él, y Zidarov vio el eco del miedo en ellos.

—No sé nada de Naxi. Seguramente estará bien. Pero deberías estar haciendo más preguntas, creo, sobre lo que está pasando aquí. Todo el mundo que conozco está asustado. Porque no es la única que ha desaparecido. Todos conocemos a alguien que ya no está.

Zidarov se sintió más frío.

—Continúa.

—Empieza con el topacio. Es más fácil de conseguir que nunca. Todos lo tomamos. Tú también lo tomarías, si tuvieras que trabajar en una máquina de coser durante catorce horas al día. Pero entonces es cuando te atrapan. Si no puedes controlarlo… Hay esos hombres, a veces también mujeres… están en las fiestas, los que las organizan. Nunca sabes quiénes son, pero ellos parecen saber quién eres tú. Y si eres estúpido, o muy joven, aceptas sus invitaciones, porque pueden darte topacio. Y luego te prometen que hay más en el centro-clave, y vas con ellos. Y nunca vuelves.

Comenzó a cerrarse, a agarrarse los brazos con las manos. La bebida caliente no parecía estar calentándola mucho.

—Es que no importamos mucho, la verdad —continuó—. ¿Qué tenemos? Nada, excepto ser jóvenes. Y los viejos, los que nos deberían estar cuidando, hasta eso nos pueden quitar. Sabemos adónde van, los que desaparecen. Sabemos lo que les pasa.

—Entonces, deberíais denunciarlo —replicó Zidarov—. Cuando ocurre.

Gertuda rio de nuevo, aún más secamente.

—¿De verdad? ¿Denunciarlo a quién? ¿A los sancionadores? ¿A ti? —Suspiró—. Por eso hay topacio por todas partes, porque, por un rato, puedes dejar de tener miedo. Te hace vulnerable, pero aun así lo tomas. Y vale la pena. No tener miedo de ellos, durante una hora o dos.

Deseó decirle que se equivocaba. Deseó decirle que no debería tener que vivir así, y que los ejecutores estaban para evitarlo. Pero nada de eso sería cierto. Él había estado en el lugar donde acababan, y sabía con total claridad que nadie en una posición de autoridad movería ni un dedo para solucionarlo.

Eso le enfureció de nuevo, le puso más furioso de lo que había estado desde el comienzo de todo ese asunto. Sin duda, Adeard había sido uno de esos lobos, empleando su encanto, su dinero y su guapura para llevar a nuevos reclutas a una máquina que nunca podría saciarse. Si estaba muerto, lo que parecía casi seguro, entonces sería algo parecido a la justicia. El problema era que muchos más ocuparían su lugar, y las cosas solo iban a ponerse peor.

—Marcharse no soluciona nada de eso —dijo, sin estar realmente seguro de creerse lo que estaba diciendo—. Irán a por ti de un modo u otro. Podría decirte que hicieras lo que dicen los videos de propaganda. Disfruta de tu tarea. Aprende a honrar el Imperium a través del trabajo. Encuentra la alegría en tu sacrificio por Él, y rechaza la tentación.

Gertuda se rio por tercera vez; esta, realmente divertida.

—¿Hay alguien que se crea esa mierda? —preguntó—. Quiero decir, aparte de los sacerdotes, ¿has conocido a alguien, en alguna parte, que se crea esa mierda?

Él sonrió tristemente.

—No lo sé. Alguien se la creerá, supongo. Las iglesias están llenas.

—Sí. Las iglesias están llenas.

Tendió la mano, inseguro, y se la puso en el codo. Quería que fuera un gesto de ánimo, quizá un poco paternal, pero en cuanto lo hizo, se preguntó si ella no lo interpretaría como algo insidioso.

—Gracias por contarme lo que sabes —dijo—. Hablo en serio. Y... bueno, no supongas que a nadie le importa. Puede que lo parezca, pero podría no ser cierto.

Ella no se apartó de su mano. Parecía tan vacía, tan agotada, que quizá ni siquiera tuviera las fuerzas para hacerlo incluso si quería.

—Eso dices tú —replicó, sarcástica—. Supongo que tendré que aceptar tu palabra.

Eso le decidió. Algo en la seguridad petulante de Vermida, en su tranquilo convencimiento de que todo el asunto ya estaba acabado y que no se iba a hacer nada más, rompió el último hilo de contención. Una cosa era aceptar el consejo de Brecht, que a pesar de su vicio era un viejo cánido sabio. Otra diferente era ser forzado al silencio por un hombre que no tenía ningún problema en sacar el tuétano de huesos vivos. Y además ya había visto el miedo por sí mismo, lo que estaba haciendo. Tendría que hacerlo de tapadillo, tendría que ir con cuidado, pero esto no había acabado.

De vuelta a la parte del sector que reconocía, hizo aparecer el enlace del velo de Draj en su iris y se preparó para hacer la conexión. Draj volvería con él al almacén, si se lo pedía. Al menos, podrían quemar eso. Igual los mataban justo después, quizá hicieran caer todos los infiernos sobre la cabeza de Vongella, pero podrían quemarlo.

Casi lo hizo. Lo que lo detuvo fue una llamada entrante procedente del principal operador del velo del Bastión.

—*Evidenciador Zidarov, tienes una petición de reunión.*

Zidarov canceló la llamada a Draj.

—¿De quién?

—*Mordach Terashova. Requiere respuesta inmediata, a la que seguirá la referencia de localización. ¿Puedes aceptar?*

Mordach. Zidarov casi se negó. ¿Qué podía decirle, dadas las circunstancias? ¿Que todo había sido una sórdida equivocación, que debería arreglar los líos de su turbia familia sin involucrar a la ley? Quizá sí, quizá no. Aun así, aunque todo ya estuviera hecho, había cosas que le gustaría saber, y Mordach podría ser capaz de decírselas.

—Aceptado —respondió, e hizo girar el Luxer cuando le llegaron las coordenadas—. ¿Ha dicho de qué se trataba?

—*Negativo. Le informo de que estás de camino.*

La referencia de localización no era del edificio donde se habían reunido la vez anterior. Zidarov no tardó en darse cuenta de que la referencia era de un lugar lejano, a medio camino hacia la costa, donde la tierra bajaba en picado y se extendía en un vacío gris y triste por kilómetros en todas direcciones. Pasado un rato, el perfil de la ciudad se perdió totalmente, y quedaron a la vista pistas de rococemento plano salpicadas de maleza. Unos cuantos espacios habitados marcaban el horizonte, aquí y allí, con todas sus ventanas mirando al otro lado de la ciudad que quedaba tras ellos. La lluvia era contante y triste, y volvía todo de un color negro saturado. Comenzó a detectar algo salobre en el aire. La carretera empezaba a tener baches por falta de mantenimiento.

Pasó como una hora antes de que su localización apareciera en el visor delantero: un pico de basalto negro, que se elevaba de la planicie que lo rodeaba, coronado por una especie de caserío. Era un lugar recargado, todo él torres y verjas, construido con la misma piedra negra que sus cimientos. Parecía viejo, pero seguramente no lo era. Tenía el aire de un lugar diseñado para rememorar un pasado que muy poca gente de Alecto realmente recordaba.

Zidarov condujo por un camino largo y serpenteante, rodeando las faldas del pico antes de llegar a una entrada donde ya estaban aparcados tres coches. El viento se había intensificado y los chorros de lluvia saltaban por un balcón abierto. La casa se alzaba ante él en empinadas terrazas. Era grande; debía haber más de veinte dormitorios en el interior; Zidarov vio una pista de aterrizaje para un cóptero de turbina cerca del punto más alto.

Salió del coche, y el fuerte viento le picoteó. Corrió a ponerse a cubierto, y no tardó en encontrarse ante una puerta doble de latón, cada jamba con la cresta leonina de los Terashova grabada en relieve en el centro. Antes de que pudiera localizar un timbre de llamada, la puerta fue abierta por el mismo hombre uniformado que había visto en Urgeyena, la *mano de metal*.

—Te está esperando —dijo el hombre, y lo acompañó dentro.

Zidarov entró mientras se pasaba la mano rápidamente por el pelo mojado. El interior del lugar era espartano, con suelos de madera pulida y paredes blancas desnudas. Unas cuantas esculturas de bronce se hallaban sobre pedestales aquí y allí, pero por lo demás, todo era austero y estaba despiadadamente limpio.

Mano de metal le llevó por un amplio vestíbulo de entrada y luego por un corredor en penumbra. Después de cruzar otra amplia puerta doble, llegaron a una sala más amplia construida hacia el otro lado del saliente, mirando al norte. En esta cámara había grandes ventanales que mostraban una vista de las nubes de tormenta. En la distancia, Zidarov llegó a ver el mar, una fina línea de espuma blanca bajo un cielo gris y pesado. En todas las otras direcciones, se abría la tierra vacía, húmeda y triste.

La habitación estaba amueblada como la anterior: casi vacía e inmaculada. Un par de sillones de cuero real miraban a los ventanales. Mordach Terashova estaba sentado en uno, dando la espalda a Zidarov, contemplando la vista.

Mano de metal se marchó, cerrando la puerta tras sí sin hacer el más mínimo ruido. Zidarov fue hasta el otro sillón y se sentó en él. Durante un rato, eso fue todo. Mordach no dijo nada. Zidarov no dijo nada. Los dos se quedaron mirando la tormenta que se desataba.

—Aún no me has preguntado por qué quería verte —dijo Mordach, finalmente.

Zidarov lo miró. El hombre parecía más viejo que la otra vez, como si se le hubieran añadido años en días. Antes, su barba había sido lustrosa, pero en ese momento parecía desaseada. Su piel era pálida, aún más pálida que la de Vermida.

—Podría intentar adivinarlo —repuso Zidarov.

—Adivínalo.

—Udmil te lo ha dicho. Seguramente ya ha comenzado el procedimiento de separación. Se lleva la mitad de vuestros bienes con Lascile, y ahora está tan protegida que nunca los podrás recuperar. Y esa cosa que tenías con el Vidora, eso que esperabas que te pudiera poner en las rutas del comercio del exterior, eso ya no está, porque lo tiene ella.

Mordach sonrió agriamente, sin dejar de mirar hacia delante. Tenía unas profundas ojeras oscuras.

—Sabes —comenzó—, cuando nos conocimos, no pensé gran cosa de ti. Creí que eras el metomentodo de siempre, tratando de sacar algo de nada.

—No es una mala descripción, para ser justos.

—Quizá no lo fuera. Quizá debería haber sido más cuidadoso.

—Finalmente, se volvió para mirar a Zidarov—. Siempre pensé ser bueno juzgando el carácter de las personas. Tienes que serlo, si quieres tener éxito. Necesitas saber en quién confiar y a quién destruir. Esa es la decisión esencial; no hay término medio. Creí que podía confiar en ella.

—Pero nunca la has querido.

—Solo he querido a una persona en mi vida. Y ahora está muerta, supongo.

Casi con total probabilidad.

—Aún no he sido capaz de determinar eso.

—Pero sin posibilidad de ayudarle.

Zidarov asintió.

—Eso me temo.

Mordach sonrió tristemente. Era un hombretón, uno que aún tenía fuerza física. Resultaba extraño verle tan derrotado.

—¿Puedes contarme algo más? —preguntó Zidarov—. ¿Sobre todo esto?

Mordach suspiró.

—Desde el principio fue un matrimonio de conveniencia, como sin duda has descubierto. Pensé que la marca era lo suficientemente fuerte para mantener las cosas unidas. Cuando la conocí, ella iba directa a la ruina, ¿sabías eso? Cargada de deudas, a punto de perderlo todo. Nunca lo dije; era nuestro trato. A cambio, ella nunca dijo la verdad sobre Adeard: que no era hijo suyo. Entre todo el resto de las traiciones, esas dos cosas eran sagradas. Ahora ya no importa.

—Pero vosotros fuisteis primero, ¿verdad? —preguntó Zidarov—. Adread y tú, ibais a trabajar con los cárteles en este asunto. Su músculo, vuestros contactos en transportes. ¿Era ese el trato?

—Sí, más o menos. No me gustaba. Hacemos la mayoría de nuestro dinero de formas legales, o casi legales. Adeard era el que tenía interés. —Mordach se miró las manos—. Le di algo que hacer. Él podría proveer de sujetos.

—Y nunca tuviste ningún reparo.

—Eran negocios. Solo negocios.

—¿Sabes los procedimientos que se aplican?

—Un poco.

Zidarov no se encontraba de humor para delicadezas.

—Los desangran hasta matarlos. Esa es la idea. Durante días, en agonía. Y tú ibas a aprovecharte de eso.

—Hay un producto. Hay un mercado.

La frialdad, la indiferencia. Eran casi sobrehumanas.

Zidarov negó con la cabeza. Miró la tormenta en el exterior. Parecía estar arreciando; los gruesos vidrios ya estaban salpicados de espesas cintas de lluvia.

—Sea como sea, ha jugado con los dos —dijo Zidarov—. Ella y Lascile. Y aún sigue. Me gustaría detenerlo.

—Buena suerte con eso.

—Podrías ayudarme.

Mordach soltó una carcajada.

—¿Con qué, evidenciador? Tengo que luchar para mantener lo que me queda. Avro siempre fue contra mí. Ahora va a seguir atacando y atacando. ¿Podré capearlo? Quién sabe. Ella le contará mis planes, cómo están nuestras finanzas, dónde están enterrados nuestros muertos. Todo se está desarrollando demasiado rápido.

—He intentado hablar con ella.

—Y no ha respondido. —Mordach sonrió tristemente—. Ya no le sirves para nada, ahora que ya has jugado tu papel. Y si llegas a ella, como hiciste conmigo, no volverás a salir. Aléjate, evidenciador, aléjate.

—Sí, ese es el consejo que he estado recibiendo.

Zidarov se removió en el asiento. Era incómodo. ¿Qué les pasaba a esas sillas hipercaras que las hacía tan duras para sentarse?

—¿Sabes cuando tienes una sensación? ¿Un algo que no te puedes sacar de encima? Supongo que así es como la gente como tú funciona: por instinto, impulsos. Pues yo tengo uno ahora. Pero no sé lo que significa. Y ni siquiera sé qué preguntar.

Mordach alzó una ceja.

—Entonces, no creo poder serte de mucha ayuda, ¿no?

—¿Por qué has querido verme?

Mordach se encogió de hombro.

—Parecía lo correcto. Para cerrar el lazo.

—Tal vez. O quizá tuvieras algo más que darme.

—Me parece que se me ha acabado el dar.

—Una conclusión, entonces. Algo que quieres sacarte de dentro.

Mordach lo miró, medio sonriente, medio ceñudo. Sus poderes habían desaparecido, como una flor atrapada en una niebla tóxica, pero aún había algo ahí, una crueldad residual.

—La cosa con Udmil es que, bueno, no es exactamente… maternal. Nadie pregunta sobre su vida antes del Consorcio, y eso ya está bien; así era como lo queríamos. Nunca ha querido tener hijos, después de que formáramos nuestra asociación. Ni siquiera quiso mantener su apellido, y se puso el mío al instante. Podría pensarse que es raro: una mujer orgullosa, con dinero propio. No tienes una gran opinión de mí, evidenciador, de mi moral o de mis elecciones. Pero una cosa es no preocuparse por la vida de desconocidos, y otra es no preocuparse por su propio linaje. Ella cree que ha ganado, supongo. O parte de ella lo cree. Pero lo lleva con ella, algo que no se puede dejar atrás, por mucha lasca que acumule, o muchos viejos ricos que se lleve a su dormitorio. Estará esperándola, cuando todo acabe. —La media sonrisa desapareció, y su expresión se volvió tan fría como el viento que soplaba sobre la tierra yerma—. Estoy ya saboreando eso. Todos tendremos nuestro juicio, al final. Y yo tengo confianza para presentarme ante el Trono y defender mi caso ante el Juez Eterno. Ella nunca la tendrá. Ella sabe lo que Él le dirá.

Zidarov le mantuvo la mirada durante todo el rato.

—¿Te gustaría ser más específico?

—No mucho. Nunca he sabido exactamente qué la persigue. Pero sé que la consume, y siempre lo hará. Le devora la felicidad, la elimina del mundo. Ella nunca ha amado. No como lo hice yo. No creo que sea capaz. Entonces, sabiendo lo que ha hecho para lograr esta situación, al final, ¿quién de los dos es el ganador?

Zidarov se lo pensó. Finalmente, negó con la cabeza y se levantó. Miró la lluvia y luego a lo que le rodeaba. La parquedad, el vacío helado, reflejaba el carácter de su dueño.

—Ninguno de los dos —contestó Zidarov—. Eso es lo que supongo. Creo que ambos arderéis, algún día, pronto o no tan pronto. Lo merecéis por lo que habéis hecho. Y si yo tuviera la antorcha, yo mismo encendería ese fuego.

—Pero esa es la diferencia entre tú y yo, evidenciador —dijo Mordach, sin levantarse—. Podría haber encendido el fuego, en una ocasión. Tú nunca has podido, ni podrás.

Zidarov comenzó a caminar. No miró atrás.

—No estés tan seguro —soltó, secamente—. Voy a seguir perseverando. Quizá aparezca algo.

De camino de vuelta al Bastión, tuvo ganas de darse de tortas. Nunca se lo había preguntado. Nunca había pensado en inquirir por qué una mujer como Udmil Terashova había adoptado el apellido de Mordach con tanta presteza.

Por convención, un matrimonio legal en Urgeyena no comportaba la obligación por ninguna de las partes de adoptar el nombre del linaje del otro. Era habitual que se conservara el significante de la familia más influyente o rica; a menudo, si había algo importante en juego, esa decisión causaba regateos y transacciones monetarias. Toda la gente que conocía tenía historias de furiosas peleas multigeneracionales, con hab-claves enteros cambiando de manos y disparos hechos para mantener en circulación un nombre en particular. En ciertas ocasiones, no se llegaba a ningún acuerdo, y se podía idear un nombre completamente nuevo, o algo con un guion y una sofisticada elaboración para satisfacer todos los egos dañados.

Desde el principio había sabido que Udmil había sido un miembro de la familia Ramenev, un linaje con tanto prestigio como el de los Terashova. Incluso si no estaba en su mejor momento cuando se casó, parecía raro —una vez Mordach lo había mencionado de pasada—, que ella no hubiera peleado por conservar su antiguo apellido. Esa mujer luchaba por conservar todo lo que poseía.

Llegó de nuevo al Bastión, y se dirigió rápidamente escaleras arriba hacia los niveles de los archivos. Su terminal privada era capaz de acceder a la mayor parte de lo que contenían los bancos de datos, pero no a todo, y no con tanta eficacia como las máquinas especializadas de los analistas.

Así que recorrió el largo pasillo, que se iba oscureciendo al caer la tarde, hasta llegar a una puerta de hierro cerrada. Estaba vigilada por dos servidores-arma, uno de los cuales le miró sin ninguna expresión mientras se acercaba. Le entregó al servidor la tarjeta dura de su sello hololítico, y este se la insertó en una ranura que tenía en el pecho. Unos segundos después, el cierre de la puerta se abrió y la tarjeta salió de nuevo. Zidarov la tomó, sin prestar atención, como siempre, a los ojos lechosos y la piel cerosa del servidor.

Fue como entrar en la nave de una catedral. El techo era muy alto y arqueado. Filas de paquetes de pergaminos se perdían en la oscuridad, apenas iluminadas por los lúmenes suspendedores con forma de espora. Las paredes eran tan gruesas como cualquiera de las del Bastión y no había ventanas. Decían que podría estallar una bomba niveladora en el interior del complejo del Bastión, y ahí dentro todo quedaría intacto. Toda la fortaleza podría quedar convertida en escombros, y aun así los registros estarían a salvo, enmoheciéndose lentamente en la oscuridad.

Zidarov pasó ante los registros físicos, prescindió de los analistas encapuchados sentados ante sus escritorios, rodeados de pilas de vitela, y se dirigió hacia uno de los cogitadores de recuperación de datos. Eran cosas engorrosas, encastadas en unas carcasas de plástek, de cuya parte trasera salían unos cien cables que corrían y serpenteaban por canales hechos en el suelo; sin embargo, seguían siendo más rápidas que cargando las cosas a mano.

Se sentó en la silla de bisagra del operador, presionó sobre un identificador por pinchazo de sangre, subió la palanca de activación y esperó a que el espíritu máquina surgiera de las frías profundidades de la unidad.

Cuando las runas fosforescentes finalmente brillaron cobrando vida en la lente, comenzó.

>*Todos los registros. Udmil Terashova.*

Igual que anteriormente, eso le produjo un resultado escaso. Algo de antecedentes corporativos, estimados del valor neto en varios momentos durante la última década, registros de contribuciones a los fondos para equipamiento del Bastión. Los datos bibliográficos revelaron un único hijo, Adread, y un único marido, Mordach. Escarbó un poco más, y consiguió consultar unos oscuros archivos con los que no se había molestado la vez anterior. Ninguno de ellos le dijo nada que no supiera ya.

>*Todos los registros. Udmil Ramenev.*

Ya había hecho esa búsqueda antes. La información aquí era aún más escasa, y databa de un tiempo anterior al verdadero éxito de la compañía fusionada. Unas cuantas referencias a varios litigios, algunos anuncios de fusiones corporativas y adquisiciones, comprobantes de inversiones. Ningún dato adicional sobre la biografía. Sabiendo lo que ya sabía, era remarcable que la frecuencia de los registros disminuyera drásticamente justo antes del anuncio de su matrimonio con Mordach. Aun así, no estaba demasiado lejos de lo que se habría esperado encontrar.

>*Todos los registros criminales, Udmil Ramenev.*

No encontró nada. Tampoco nada bajo el nombre de Terashova. Eso no significaba que hubiera sido inocente de todo durante toda su carrera, claro: solo que había sido capaz de pagar lo suficiente cuando algo se descubría.

>*Todos los registros criminales, [*] Ramenev*

Eso produjo una tremenda cantidad de material, detallando desde una falta callejera a un robo mayor. Suspirando, Zidarov lo fue revisando todo. A pesar de que el apellido era específico, nada de eso estaba relacionado con Udmil; los Ramenev de esos registros no eran familia, o eran distantes antecesores, muertos hacía mucho tiempo. Pero los comprobó todos, solo para ver si salía algo. Ninguno de ellos le aportó nada útil.

Pasaron las horas. Dejó el terminal para conseguir cafeína, que olvidó a un lado mientras procesaba otro lote. Los nombres y los números comenzaron a nublarse ante sus ojos, nadando como motas de polvo. Parpadeó con fuerza y siguió adelante.

>*Todos los registros, [*] Ramenev, marca del crono -inicio 00.00.23570 -final 00.00.23601*

Y eso produjo otra avalancha: esta vez, todo lo guardado en las máquinas entre las dos fechas especificadas: preguntas, declaraciones de víctimas, depósitos legales, cuentas de personal, cualquier cosa concebible que los escolaristas que trabajaban en las profundidades de las cuevas de los archivos habían considerado adecuado registrar.

Puso la cabeza entre las manos y se inclinó hacia delante. Solo leer la información de cabecera resultaba adormecedor. Pasó las primeras pocas páginas. Y entonces aplicó un filtro.

>*Precisa: registros de víctimas*

Eso aún le dejó con cientos, pero al menos, podía empezar. Comenzó a ir mirando los informes, comenzando por los razonablemente recientes y yendo hacia atrás en el tiempo. La mayoría eran fallecimientos; el Bastión pocas veces registraba los detalles de las víctimas cuyos cuerpos no estuvieran en la morgue en el momento de la compilación.

Le llevó mucho rato encontrarla, incluso así, casi la pasó por alto en medio de todas las listas y estadísticas. Algo, un repentino parpadeo, le hizo retroceder, mirar de nuevo, asegurarse.

>*Ianne Ramenev, muerta, edad 23 (estándar terrano)*

No sabía el nombre, pero la marca del crono era significativa. Estaba listada como mujer, registrada en el mismo subdistrito que lo había estado Udmil entonces, seis meses antes de repentino matrimonio de Udmil y Mordach. No había ningún otro registro de la existencia de esa mujer. Nada con la que relacionarla, ni siquiera una lectura estándar de la biodata de ciudadana, que casi todo el mundo en Varangantua tenía para cumplir con el diezmo Imperial.

Se quedó mirando las runas fosforescentes. Ianne era un nombre muy poco corriente.

Aisló el registro de la víctima, y abrió la sección que detallaba qué habían encontrado a la llegada del cadáver.

>*Causa de la muerte [múltiple]: deshidratación, malnutrición, fallo hepático, pérdida de sangre, trauma en la médula espinal, episodios cardiacos repetidos.*

Había visto informes semejantes muchas veces. La primera ocasión fue después de la redada inicial con Berjer, en la que después tuvo que beber hasta quedarse atontado solo para poder seguir adelante.

Echó una mirada a los diagramas, y vio las heridas de pinchazos en los brazos, piernas y torso. Vio los hematomas alrededor de la boca, donde le habían metido los tubos.

Se reclinó en la silla. Lo leyó de nuevo. Comprobó las fechas.

Recordó lo que ella le había dicho, en su mansión, la primera vez que se vieron:

«Entonces, conoces el miedo. Ya sabes cómo es cuando, por un momento, no puedes protegerlos. Conoces la certeza con la que sientes que algo va mal».

Sí, conocía ese miedo.

Hizo una copia del registro y lo envió a su terminal. Limpió el historial de sus búsquedas, borró las estadísticas de la sesión y apagó el cogitador.

Se puso en pie, tomó su cafeína y salió de la sala del archivo. Mientras caminaba, hizo una llamada por el comunicador seguro.

—¿Draj? Dime dónde estás. Tenemos que acabar con esto.

CAPÍTULO VEINTIDÓS

—Necesito llegar hasta ella —le dijo Zidarov.

Draj escuchaba. Estaban los dos solos en una celda de retención, uno de los lugares que los sancionadores empleaban antes de trasladar a los detenidos con los castigadores o al bloque de las celdas estándar. Olía muy mal. Las paredes y el suelo de acero estaban cubiertos por una pátina y por grafitis desesperados, y el lumen parpadeaba de un modo que garantizaba un inminente dolor de cabeza. Pero era seguro, recubierto de gruesas placas que aseguraban que ninguna comunicación pudiera llegar ahí y, como esas celdas eran competencia de Draj, nadie les molestaría.

—¿Con qué intención? —preguntó el sargento, escéptico.

—Avro Lascile controla los almacenes. Udmil Terashova ahora está liada con él, así que creo que sabía de ellos. Supuse que lo había planeado todo para hacerse con el control del mercado de las células madre, para arrebatar a Mordach cualquier beneficio de lo que este había estado planeando. Eso parecía razonable: Udmil es lo suficientemente despiadada. Pero ahora creo que me equivocaba. Sí, ha hecho todo eso: hizo desaparecer a Adread, consiguió que cerráramos las operaciones del Vidora, se situó para herir a Mordach, y ahora puede llegar a hacerse incluso más rica de lo que nunca ha sido. Pero ha sido para acabar con ello, no para aprovecharse. No sabe que aún sigue. No lo sabe.

Draj no acababa de estar convencido.

—¿Estás seguro de eso?

—Nada es seguro, sargento, excepto la Gloria del Trono y la lluvia en invierno, es por eso por lo que necesito llegar hasta ella. Hablar con ella.

—No será fácil.

—Lo sé. Por eso te necesito.

Draj se lo pensó. Observar cómo su amplio rostro desfigurado luchaba con una idea resultaba una experiencia interesante. Casi se podía ver encenderse las sinapsis.

—No veo cómo va a ser posible.

—Oh, es posible, incluso sin meter a toda una patrulla. Es como me dijo Kharkev: solo son vulnerables cuando están en movimiento. Sus coches están blindados. —Sonrió—. Pero hay blindaje, y hay blindaje. ¿A qué velocidad puedes llegar a poner un Bulwark cuando hace falta?

—En línea recta, va tan rápido como cualquier cosa con ruedas. Pero no le pidas que gire.

—Sabemos a donde va, los lugares donde actúa. Tanto Avro como ella acaban de conseguir lo que querían y estarán más preocupados por Mordach que por nadie más. Tiene todas las razones para creer que he dejado el caso. O lo hacemos ahora o ya nos podemos olvidar de hacerlo nunca más.

Draj se inclinó hacia delante y le clavó un grueso dedo.

—¿Y esto lo arreglará? ¿Esto hará que arda ese lugar? Esa es la única razón por la que me atrevo a pensar en ello.

—Es la única oportunidad que tenemos. No podemos tocar a Lascile. Ella sí.

Draj pensó un poco más.

—Y sigue siendo de tapadillo.

—Nadie sabe nada. Ni Vongella, ni nadie. Estamos solos, y si esto va mal, ya sabes lo que significa.

Draj asintió. Se mordisqueó el labio. Se frotó las enormes manos, haciendo ondear los tatuajes de los nudillos.

—¿Y cuál es el plan? —preguntó.

Zidarov no pudo decidir si la vacilación en su voz era debida a la duda o a la ansiedad por comenzar.

—Si lo que me dijo Vermida es cierto, esta noche estará en casa de Lascile. En algún momento saldrá de allí, probablemente para ir a las zonas doradas o a su propia mansión. Sé cómo es su vehículo. Infiernos, sé hasta cómo es por dentro. —Respiró hondo—. Esta noche cogeré un coche sin marcas de la flota, y haré guardia delante de la torre de Lascile. Tomas un Bulwark y te mantienes en posición: puedes rastrearme cuando me ponga en movimiento. Chocaremos con el coche cuando converjamos. Bien podría ser en la vía de tránsito, pero podemos evitarlo.

Lo sacamos de la carretera, acabamos con los guardias que lleva con ella y entramos. Solo necesito unos minutos.

Draj asimiló todo eso. Parecía ir ensayando las maniobras en la cabeza.

—Muchas cosas pueden ir mal con ese plan.

—Sin ninguna duda. ¿Alguna otra sugerencia?

—No. No, funcionará. Pero que lo sepas. —Se levantó—. Es tarde. Tengo que irme ya, para sacar el Bulwark de la rotación.

Zidarov casi le preguntó si había bebido. Casi le preguntó si estaba considerando la idea de no beber, durante las horas siguientes, por si acaso. Decidió no hacerlo.

También se puso en pie.

—Me comunicaré contigo cuando esté en posición —dijo—. Su Mano.

Draj asintió.

—La vas a necesitar.

Después de eso, Zidarov no durmió. Reunió suministros suficientes: cafeína, rollos jején, algunas barritas de carbohidratos. Dejó el Luxer en el aparcamiento y tomó otro coche de la flota del Bastión: un Regena Zalamar, un viejo modelo de persecución abollado, que no destacaba por el exterior, pero tenía un par de motores potentes bajo su capó arañado. También era muy sólido, y podría soportar algunos impactos directos antes de expirar. Tomó unas cuantas revistas y las metió en el compartimiento delantero. Comprobó el funcionamiento de los sistemas del vehículo y activó un rastreador para que Draj se pegara a él.

Salió a la noche. La tormenta que había visto en la ciudadela de Mordach estaba ganando fuerza; silbaba entre las torres-hab y descargaba crecientes cantidades de lluvia sobre las relucientes calles de abajo. Destellos de pálidos rayos bailoteaban sobre los tejados serrados, y los lúmenes de indicación en lo alto de las torres parpadeaban inciertas. Pudo ver una pantalla publicitaria que se había soltado parcialmente, y se sacudía salvajemente bajo el viento creciente.

Se dirigió hacia el sur; subió a la arteria antes de bajar de nuevo y dirigirse a las zonas doradas. Las torres se hicieron más altas, más iluminadas, atendidas por bandadas de monitores de vigilancia. Vio fachadas que había conocido recientemente a través de los campos hololíticos, empapadas y goteando, encabritadas como monumentos sumergidos en la oscuridad. No condujo muy rápido, pero se pegó a las masas de tráfico principales mientras trazaba una ruta más o menos directa hacia el lugar que había aislado en la cartografía remota.

Finalmente, redujo la marcha y se detuvo en una zona de carga al fondo de una amplia plaza. La Torre Habitáculo 34637, también llamada Complejo Jardín Imperial VII, se alzaba en el otro lado. Era un edificio brutal, todo hecho de pilares bajos y columnas de granito, iluminado por focos lúmenes verticales, que en ese momento brillaban bajo la lluvia.

Apagó las luces del Zalamar, echó hacia atrás el asiento y ajustó su iris en el distante vestíbulo de entrada. Tenía una clara línea de visión, y fijó la escena con una alerta básica de detección de movimiento. Luego echó una buena mirada alrededor, comprobando el entorno. La plaza seguía con un ajetreado tráfico de vehículos y peatones mezclados. Un misionario excesivamente diligente se había instalado al otro lado de la plaza y estaba bramando algo hacia la tormenta, aunque incluso con los aumentadores de voz, resultaba imposible oír qué. Como correspondía al estatus de ese habclave, coches de alta gama se detenían ante muchas de las elegantes torres para depositar o recoger a sus propietarios.

Intentó colocarse lo más cómodo posible. No esperaba que Udmil saliera pronto. Probablemente no sería antes del amanecer. La zona de carga en la que estaba parado no se requeriría hasta el turno-diurnus, así que no le quedaba más que esperar, y comer, y seguir acumulando cafeína. Consultó el escáner para saber cómo le iba a Draj y comprobó que había conseguido el Bulwark. La tanqueta antidisturbios había salido del aparcamiento y se dirigía hacia la vía de tránsito principal en dirección oeste. Su rastreador ya estaba ralentizándose mientras Draj buscaba un lugar para esperar. Un Bulwark era más difícil de disimular que un vehículo sin marcas, aunque menos gente tendría ganas de investigar por qué había uno esperando a oscuras entre las sombras.

Zidarov partió una barrita de carbohidratos. Mantuvo una mano sobre la columna de control, listo para encender los motores. Se sentía muy tenso, igual que antes de la primera redada. Estar sentado esperando: esa era la peor parte de operaciones como esta. Ya no era un sancionador. No le parecía tener la resistencia ni mental ni física necesaria para esa clase de trabajo. En algún momento, tendría que dejarlo, y aceptar un puesto como escriba de informes o funcionario del archivo. Eso sería como una especie de muerte, la aceptación de que la edad iba a por él con saña; pero más tarde o más temprano le atraparía, de todas formas.

Mientras permanecía sentado en la oscuridad, con la lluvia resbalando por el parabrisas, se encontró murmurando de nuevo las palabras.

—La serpiente se alza —susurró, mientras observaba ondularse las gotas—. Alabado sea, porque la serpiente se alza.

Pasó más tiempo. Contemplaba a medias el tráfico que le rodeaba derrapando sobre el pavimento mojado. Todo el mundo tenía la cabeza gacha, los hombros alzados, envueltos en pesados chales y capuchas. Nadie prestaba atención al entorno. Solo poner un pie delante del otro, intentando llegar a algún lugar seco, algún lugar cálido. Hasta el misionario se rindió finalmente, guardó sus altavoces y sus libros sagrados, y se fue cojeando de vuelta a su seminario para secarse. La noche llegaba a su nadir y el viento aullaba.

Apagaron los focos lúmenes de la torre, y toda la plaza quedó sumida en la oscuridad. Los únicos puntos de luz eran los muchos cientos de estrechas ventanas y, una a una, también fueron desapareciendo.

Pasaron las horas. Zidarov se esforzó por mantenerse despierto. De vez en cuando, Draj le enviaba secas comunicaciones, queriendo saber si algo se movía. La respuesta era siempre la misma.

Hasta que, de repente, su iris tuvo una lectura.

Zidarov se incorporó. Se frotó los ojos y miró el crono. Era casi la hora del amanecer, aunque la cubierta de nubes ocultaba la gradual iluminación del cielo. La lluvia seguía cayendo con fuerza, acompañada por el resonar de truenos distantes.

Al principio, pareció como si nada hubiera cambiado. La torre seguía solo parcialmente iluminada, no había ningún coche nuevo aparcado delante. Pero entonces lo vio: el elegante coche negro de seis ruedas, ronroneando bajo la lluvia antes de detenerse frente al vestíbulo de entrada de la torre.

—Objetivo localizado —siseó Zidarov en el comunicador, antes de encender suavemente su motor principal.

Los focos lúmenes se encendieron de nuevo y se abrieron las grandes puertas. Mientras Zidarov observaba, un segundo coche se detuvo tras el primero. También era negro, con un perfil similar.

—Mierda —masculló, cuando un grupo de personas apareció en lo alto de la escalera. Pudo distinguir a Udmil, envuelta en una gabardina brillante. Los otros eran menos llamativos y parecían ser guardias. Desaparecieron rápidamente detrás de los coches aparcados, y Zidarov se quedó suponiendo su número: ¿cinco más un conductor en cada coche?

—Tenemos dos vehículos —comunicó a Draj—. Te envío pictos ahora. Un estimado de cinco guardaespaldas, la mayoría en el vehículo secundario.

—Diversión —exclamó Draj, y su voz crepitó en el comunicador—. *Mantendré caliente una cosquillas para ellos.*

Los coches encendieron los motores y partieron. Zidarov se aseguró que el escáner estuviera fijado sobre el primero y esperó a que salieran de su rango visual. Luego partió también; encendió los lúmenes delanteros y trató de ver a través del aguacero.

El corazón le latía con fuerza. Notaba una tirantez a lo largo del pecho mientras se dejaba llevar por el familiar ritmo de un seguimiento. O quizá solo fuera la cicatriz.

En la consola veía dos puntos parpadeantes sobre el mapa: uno era Draj; el otro, el objetivo. Ya iba haciéndose evidente que la intersección tendría lugar en la arteria principal hacia la mansión de Udmil, a no ser que los objetivos tomaran una ruta inesperada. Ese había sido siempre el plan más probable.

—¿Lo estás viendo, sargento? —dijo Zidarov por el comunicador, mientras aumentaba la velocidad para mantener la conexión con los objetivos—. Parece que nos vamos a reunir en el punto de encuentro primario.

—*Correcto. Me estoy acercando.*

El convoy de Udmil comenzó a moverse a más velocidad. Zidarov seguía fuera del rango visual, pero pudo verlos subir la rampa y entrar en la red principal de vías de tránsito. Él los imitó, esforzándose en no perder demasiado terreno; el nivel del tráfico ya iba aumentando, con una mezcla de vehículos privados y transportes municipales de mayor tamaño. Los kilómetros comenzaron a acumularse y, con cada clic del odómetro, el cielo se iluminaba un poco más. La lluvia seguía sin ceder y convertía el parabrisas en una borrosa cascada de agua.

—*Ahora dejo la intersección* —informó Draj—. *Estaré contigo en unos minutos.*

Zidarov aceleró, y se metió entre dos transportes de carga para ganar un poco de espacio abierto. El perfil oscuro y empapado de la ciudad se le mostró al acceder a las secciones elevadas de la vía de tránsito, como dientes quebrados contra el horizonte azotado por la tormenta. Los coches objetivo serían más estables en un tiempo así, pero él no podía permitirse perder terreno.

—Interceptación estimada en la intersección 45T —comunicó Zidarov—. Podemos atacarles ahí, forzarles a que bajen por la rama de acceso.

—*Correcto* —contestó Draj, que se acercaba deprisa. Zidarov solo podía imaginarse la cantidad de espray que ese monstruo estaría levantando—. *¿Están en convoy cerrado?*

Zidarov estaba ganando terreno rápidamente. Comenzaba a distinguir las dos siluetas negras delante, como manchas bajo la lluvia, sus luces traseras rojas y furiosas.

—Afirmativo. ¿Puedes neutralizar el vehículo trasero sin sufrir daños?
—*Para eso está construida esta cosa.*
—Bien.

Continuaba ganando terreno. Cuando se unieron al tronco principal de la vía de tránsito, el volumen de tráfico aumentó, y tuvo que esforzarse más. Resultaba difícil mantener la velocidad alta mientras controlaba los objetivos; tenía que esquivar vehículos y cambiar entre los muchos carriles. Ese tipo de conducción no tardaría en llamar la atención, así que no se atrevía a acercarse más; se mantuvo a unos doscientos metros de ellos y dejó que el escáner le marcara su posición.

La penúltima intersección pasó volando, marcada por un montón de grúas en lo alto con lúmenes encendidos. Zidarov vio que Draj había salido por delante de él, y había entrado en la vía de tránsito a menos de cincuenta metros por detrás del objetivo. Podía captar claramente el Bulwark por el visor delantero: un enorme trozo de metal, lanzado a toda velocidad, escupiendo humo y balanceándose violentamente bajo el viento de la tormenta.

Eso acapararía su atención y le dejaría libre para actuar. Zidarov encendió el segundo motor, y el coche saltó hacia adelante. Tiró de los controles hacia la derecha, y adelantó de cualquier manera un enorme transporte de personal, antes de enderezarse e ir a por el espacio entre dos vehículos privados.

La carretera se curvaba suavemente hacia la derecha, siguiendo un camino elevado sobre habclaves residenciales. Cuando se llegaba a la intersección 45T, había terraplenes en ambos lados; atravesar las barreras los llevaría a todos por las laderas en un torrente de piedras. Al menos, ese era el plan.

Zidarov ya estaba muy cerca. El vehículo objetivo de detrás le resultaba totalmente visible, el contorno oscurecido por una neblina de agua rociada. Varios carriles más allá, el Bulwark de Draj avanzaba con rapidez, dibujando un camino brutal entre los aterrorizados conductores. Todos los elementos estaban convergiendo con rapidez, y la primera señal de aviso de la intersección destellaba justo delante.

Fue entonces cuando los objetivos comenzaron a actuar. Sin duda habían visto a Draj ganándoles terreno, a pesar de que estaba a cuatro carriles de distancia, así que empezaron a acelerar. Si no hubiera habido ningún tráfico, quizá hubieran sido capaces de alejarse por completo, pero avanzar en un tráfico tan denso era difícil, y solo pudieron cambiar de posición, alejándose del carril de salida.

—Acercándome ahora —transmitió Zidarov—. Hueco abriéndose por delante; los cogemos ahí.

La intersección ya estaba más cerca y, a ambos lados de las vías de acceso que se aproximaban, el nivel de la tierra se alzaba bruscamente. Draj consiguió encontrar un hueco por el que meterse, y se acercó mucho más al vehículo objetivo de detrás. Zidarov luchó por acercarse también, batallando tanto contra los elementos como contra la presión del tráfico que lo rodeaba. Su coche derrapó erráticamente sobre un charco de agua antes de que las ruedas se agarraran.

Justo mientras pasaba eso, recibió una comunicación de Brecht.

—*Zido, tenemos que hablar. ¿Puedes...?*

Zidarov cortó la conexión. Cada segundo era crucial: la intersección pasó y llegaron a su punto de ataque.

De repente, Draj rugió por delante, derrapó pesadamente entre los carriles y se estrelló de lado contra el segundo coche objetivo. Los dos vehículos se fueron empujando, soltando chispas, antes que la mayor masa e impulso del Bulwark los llevara a los dos hacia la barrera del lado más cercano.

Zidarov giró a la derecha para esquivarlos y luego aceleró para adelantarlos. Tuvo la vaga impresión de ver el costado del Bulwark corriendo paralelo a él antes de centrar la mirada en el coche objetivo delantero.

Con un gran estruendo, el Bulwark de Draj envió a su presa contra la barrera protectora. El coche terrestre se alzó, rebotó, se dio la vuelta y cayó rodando por la pendiente. Draj debía enderezar el vehículo en ese momento, pero se había lanzado con demasiado impulso, y Ziradov vio por el retrovisor cómo el Bulwark se estrellaba contra la barrera justo después del coche que rodaba, y trataba de agarrarse sobre dos enormes ruedas mientras la gravedad amenazaba con llevárselo cuesta abajo.

—¡Mierda! —exclamó Zidarov. El coche de Udmil estaba a su alcance y corría a toda velocidad. La siguiente intersección solo estaba a nueve kilómetros, así que Zidarov tenía poco tiempo para conseguir detenerlo.

Apretó a fondo el acelerador, se bamboleó de un lado al otro y se colocó junto al coche. Mantuvo una mano en el volante, y con la otra bajó el vidriovisor del lado del pasajero; la lluvia aulló al entrar en la cabina. Cogió la Zarina con la mano izquierda y disparó a las ruedas del coche.

Los impactos provocaron leves destellos inofensivos en las ruedas reforzadas. Pero los tiros parecieron molestar a los ocupantes, y el conductor lanzó el vehículo contra el de Zidarov. Los dos coches contactaron a gran velocidad, y Zidarov se sintió arrastrado entre los carriles y hacia la trayectoria de un transporte masivo que se acercaba en sentido contrario. Tiró de la columna de control, resistiéndose, pero sus ruedas chirriaron sin encontrar agarre.

Incapaz de apartarse, luchando con los controles, atrapado por el coche, vio bajar la ventanilla trasera del coche objetivo, y luego aparecer el cañón de un rifle triturador.

—¡Mierda! —masculló de nuevo, y se preparó para pisar el freno.

No tuvo oportunidad. Saliendo de la nada, el Bulwark de Draj se estrelló con fuerza contra la parte trasera del coche, lanzándolo hacia delante. De algún modo, el sargento debió haber recuperado el control y regresado al asfalto. El impacto casi envió el vehículo de Zidarov hacia la mediana, así que giró el volante de golpe y trató de recuperar el control. Eso le hizo perder más terreno y, cuando fue capaz de acelerar de nuevo, le llevaban cincuenta metros de ventaja.

Draj probó de nuevo con el mismo truco, y se lanzó contra el coche negro, pero los guardias consiguieron lanzarle una volea de proyectiles, que se estrellaron contra el blindaje exterior de la tanqueta con una lluvia de destellos blancos. Los dos vehículos se empujaban mientras Zidarov se acercaba, esquivando y dando bandazos, mientras el tráfico a su alrededor trataba de quitarse de en medio.

Zidarov casi volvía a estar en contacto cuando Draj consiguió colarse por un hueco y estrellarse contra el lateral del coche negro. Los dos vehículos chocaron con un fuerte estruendo; el conductor de Udmil perdió el control y el coche fue haciendo un trompo hacia la barrera protectora. Draj fue tras él, sin prestar atención a la amenaza de los golpes colaterales, cargando a través de la repiqueteante lluvia en una nube de humo.

Chocaron de nuevo, y esta vez el coche negro atravesó la barrera, astillando las barras de metal y cayendo por la cuesta. Draj le siguió; claramente, el enorme Bulwark estaba fuera de control, y botaba y derrapaba sobre las piedras.

Zidarov tiró de sus controles, frenó en seco y luego se lanzó hacia el agujero. Casi se estrelló contra otro conductor errático, que hacía destellar los lúmenes y sonar la bocina; pero consiguió colarse y aceleró hacia el boquete en la barrera. Acertó por los pelos, arañando el coche con los bordes destrozados antes de lanzarse por la larga cuesta.

Luego tuvo que luchar por mantener algún tipo de control. Las piedras estaban empapadas, un auténtico pantano de gravilla y agua, y sus neumáticos rodaban furiosamente, levantando piedras y espuma. Tuvo la vaga impresión de que el Bulwark de Draj estaba de costado, soltando humo, antes de captar la imagen de coche de Udmil en la base de la cuesta, con el capó medio chafado y las puertas abiertas.

Entonces, el Zalamar dio contra algo que no cedió, y el mundo se puso cabeza abajo. Zidarov se vio lanzado contra sus sujeciones, pero aun así se golpeó la cabeza contra el contorno de la puerta mientras el vehículo rodaba. Dio tres vueltas de campana, luego cuatro, antes de detenerse con una fuerte sacudida en la base de la cuesta de grava, por suerte sobre las ruedas.

Zidarov notó un hilillo de algo caliente por el lado de la cara. Las costillas le gritaron de dolor y una niebla negra se le formó en los extremos de la visión. Por un momento, no pudo ver nada, solo una masa revuelta de color gris. Luego, el vapor de los motores sobrecalentados se fue aclarando, y vio dónde había aterrizado. El Bulwark de Draj estaba un poco más atrás, encajado en la base de un saliente de grava. El coche de Udmil, caído sobre un costado, se hallaba a solo unos metros delante de él. Alguien ya había salido de él: un hombre con un abrigo negro, uno de los guardias de Udmil, que se tambaleaba desorientado hacia él.

Zidarov tomó la Zarina, se soltó del arnés protector, y empujó con fuerza la abollada puerta del conductor. No se abría, así que se retorció en el asiento, puso los dos pies por delante y la pateó. La dañada unidad de cierre resistió un momento, pero luego se quebró, y la puerta se abrió de golpe. Zidarov se arrastró por el hueco, sintiéndose ya mareado y con náuseas. No había rastro de Draj. En lo alto, el tráfico seguía rugiendo, sin importarle lo que pasaba bajo las barreras rotas.

El guardia lo vio ir hacia él y buscó su arma. Zidarov le disparó una, dos veces, y lo envió de vuelta al suelo. Luego cojeó hacia el coche. Cuando ya estaba muy cerca, otro cuerpo surgió de él, arrastrándose fuera de los restos como un insecto. Tardó un momento en ver quién era: su anterior apariencia prístina había quedado muy maltrecha por la lluvia y por la sangre que le corría libremente sobre la pálida piel.

Vermida alzó la mirada hacia él, apoyado en las manos y las rodillas. Estaba muy mal. Pero no tan mal como aquellos a los que había enganchado a los sillones, claro.

—He cambiado de opinión —dijo Zidarov, y le disparó en la cabeza.

El cuerpo sin vida de Vermida se desplomó sobre la grava, bocarriba. La sangre se derramó sobre la lluvia, y se volvió de un color marrón negruzco mientras el agua se la llevaba.

La puerta del coche seguía abierta. Zidarov fue hasta él, apuntando al interior con su arma. Con cuidado, se inclinó sobre él y miró con cautela.

En la cabina, dos cuerpos colgaban ensangrentados atravesando el destrozado parabrisas: el conductor y un guardia uniformado; por el modo en que les colgaba la cabeza, ambos estaban muertos. En el compartimiento de los pasajeros, solo uno de los cuatro asientos estaba ocupado. Udmil Terashova estaba tirada sobre los asientos de cuero de la parte trasera: su oscuro rostro, gris por la impresión; su respiración, muy superficial.

De repente, Zidarov se encontró muy mal. Alzó la mano y notó la sangre que le corría por el lado de la cara. También notaba el chaleco antibalas mojado y pegajoso por dentro, y le costaba respirar. Con una mueca de dolor, subió al compartimiento de los pasajeros, con la Zarina ante él todo el rato.

—Hola de nuevo —dijo.

Udmil pareció tardar un momento en reconocerlo. Cuando lo hizo, puso los ojos en blanco.

—¡Oh, Santo Trono! —murmuró.

A pesar de sí mismo, Zidarov no pudo evitar sonreír.

—Yo también me alegro de verte. —Se bajó hasta el asiento que Vermida había ocupado hasta hacía poco—. Debería felicitarte. Esa jugada con la Jazc... Nos pillaste a todos dormidos.

—Esto ya se ha acabado, evidenciador —dijo Udmil, lanzándole una mirada asesina—. Incluso si me matas, él irá a por ti.

—No estoy aquí para matarte. A Vermida, sí; era una mierda y, además, a los del exterior se les puede cazar. Tú... no. Dime, ¿dónde está tu hijo?

—¿No creías de verdad que siguiera vivo, ¿no?

—No realmente, pero tenía que comprobarlo. Sin embargo, era un poco innecesario, ¿no te parece? Se lo podrías haber colocado a algún mercante del vacío, llevarlo al exterior.

Udmil hizo una mueca de dolor y se removió, incómoda, en su asiento. También debía estar herida.

—Ya sabes lo que hacía. La muerte era un castigo demasiado leve.

—Estoy de acuerdo. Y por cierto, sé que no era tu hijo.

—¿Te lo ha dicho Mordach?

—Solo después de que le jodieras.

—Si pudiera encontrar una manera de matarlo también a él de una forma segura, lo haría.

El dolor de cabeza de Zidarov empeoró. Comenzaba a notar que se le escapaban las cosas.

—Toda la ciudad debe de sospecharlo, teniendo en cuenta lo que has hecho, pero supongo que nunca sabrán la verdadera razón.

Los labios de Udmil se retorcieron en una mueca cínica.

—Y es por eso por lo que estás aquí, ¿no? Venganza, por mis jueguecitos.

—No. En absoluto. —Se concentró, forzándose a mantenerse centrado—. Sé lo de Ianne. He tenido que escarbar mucho; infiernos, la borraste con mucho cuidado, pero acabé encontrándola.

Udmil le miró en silencio, con una expresión de puro odio.

—Y para mí, eso explica muchas cosas —continuó él—. Murió, ¿no? ¿Tu hija? Cuando estabais las dos solas. Y eso te lanzó a una espiral que casi te mató y acabó con tu imperio. El dolor puede hacer cosas así; lo he visto antes. Y cuando Mordach apareció en escena y te ofreció una manera de recuperar tu dinero, tuviste que aceptarlo, porque podría haberte comprado de todas formas, y lo único que quería eran los contactos y las marcas. Pero, aunque te mantuvo viva, tuviste que odiarle por ello, todos los días después, durante todo el tiempo que estuvisteis juntos.

—No tienes ni idea de por qué le odiaba.

—¿De verdad? Pues yo creo que sí. Le drenaron las células, ¿verdad? La capturaron, hace mucho tiempo, cuando eso estaba por todas partes. Y tú nunca lo olvidaste. ¿Cómo podrías? Es una forma horrible de morir. Así que cuando Adeard comenzó a trabajar en eso, ese chico inútil y odioso haciendo lo mismo que mató a Ianne, hasta ahí llegaste. Eso fue lo que te hizo actuar. Quizá intentaste que parara. Quizá supieras que era inútil. Tal vez llevaras planeando algo así desde hace mucho tiempo. No necesito saber los detalles; todo eso ya es historia. Nos hiciste correr a todos detrás de él, y te aseguraste de que descubriéramos todo el sucio montaje, sabiendo que lo limpiaríamos. Y cuando parecía que todo iba a quedar parado, hasta mataste a un sancionador, solo para espolearnos.

—Eso no lo hice yo, solo para que lo sepas —replicó Udmil, con frialdad—. Pensé que enviarte alguna prueba de que Adread estaba prisionero sería suficiente. Fue Avro el que ordenó ese golpe.

—Sí, me lo imaginaba. Le gustan los proyectiles trituradores, ¿verdad? Aun así, me aseguraré de que Vongella lo sepa. —Se dio cuenta de que sus ideas comenzaban a divagar. Tenía que estar centrado—. Escucha, sé lo que Ianne significaba para ti. Lo oí en tu voz la primera vez que nos vimos. Ni siquiera sé si te culpo por todo lo que has hecho desde de entonces, aunque no pueda aprobar los métodos.

—Entonces, ¿a qué has venido aquí, evidenciador? ¿Solo para contarme lo listo que has sido?

Zidarov se encogió de hombros.

—Tuve que serlo. Te esforzaste tanto para que tu vida anterior fuera un misterio... Al principio, no sabía por qué lo habías hecho. Pensé que era una cuestión de intimidad. Ahora creo que era una manera de sobrellevarlo. La eliminaste a ella, igual que eliminaste tu apellido. Podrías haberlo conservado, pero no lo hiciste, igual que cualquier otra parte de tu antigua vida, porque cada vez que lo oías, te recordaba a ella. Eso es lo que estoy suponiendo. Tuvo el efecto de eliminarla totalmente de la ciudad. Nadie lo sabía. Ni Mordach, ni Adeard, nadie. Me pregunto si se merecía eso.

—Tú no eres quien para juzgar.

—No, yo no juzgo. Pero si lo hubiera sabido antes, si me hubiera planteado esa pregunta antes, podría haber servido de más. Verás, lo que más me preocupaba, una vez comencé a encajar las piezas, era por qué no te limitaste a hacerte con la operación del Vidora tú misma, por qué nos involucraste. Veo que fue muy fino conseguir que te hiciéramos el trabajo sucio, pero probablemente tenías la fuerza para conseguir al menos una tajada para vosotros, si era eso lo que buscabais. Pero cuando descubrí lo de Ianne, y lo mucho que odias este negocio, me di cuenta de la verdad: nunca habías tratado de apoderarte de él. Estabas tratando de acabar con él para siempre. Querías que cada célula del Vidora en la ciudad sintiera el calor, lo sintiera tanto que tuvieran que dejar ese comercio para siempre. Y sabías que solo nosotros tenemos esa clase de potencia de fuego. Y ahí estaba lo más elegante: te cargabas a Adeard y Mordach, les quemabas su pequeña aventura empresarial, y acababas a salvo de cualquier posible venganza.

Udmil le hizo un gesto de falsa felicitación.

Zidarov metió la mano en la chaqueta y sacó un dataslug. Se lo lanzó a ella, y el dispositivo rodó por encima del asiento.

—Pero, a pesar de toda tu inteligencia, has sido una tonta —continuó Zidarov—. Saliste de la cama de una serpiente, y acabaste con otra. Avro Lascile no comparte tu altruismo. He estado en uno de sus almacenes. He puesto aquí las imágenes, para que puedas ver por ti misma lo que está haciendo. Nuestro amigo Vermida también estaba metido, así que puedes estar segura de quién ha estado llevándolo todo a tus espaldas.

Por primera vez, Udmil pareció realmente perdida.

—Eso no es posible.

—¿Por qué? ¿Porque te dijo que estaba de tu lado? ¿Porque te amaba? —Zidarov soltó un bufido, aunque eso fue un error que casi le partió en dos la cabeza—. Tú has jugado con nosotros y él ha jugado contigo. Tiene grandes planes. Fui a los suborbitales, y vi exactamente lo grandes que son.

Ella lo miró con la clase de furia fría y aterrada que le indicó que, de repente, ella le creía.

—Hay cientos allí —dijo él—. Cientos. Y él tiene lasca para cientos más.

Desde el exterior, le llegaron los primeros ruidos de movimiento. Eran apagados, pero todo le estaba sonando apagado. No podía decir quién era; esperaba que fuera Draj. También era posible que fueran los guardias Jazc del otro coche. Udmil también oyó el ruido, y agarró rápidamente el dataslug, para guardárselo bajo el vestido.

—Y por eso te has arriesgado a hacer todo esto —dijo ella.

—Tiene que parar —repuso él, mirándola directamente a los ojos. Casi ni podía mantener la pistola alzada—. Yo no puedo tocar a Lascile. Nadie puede. Nadie, claro está, excepto tú.

Los ruidos del exterior se hicieron más fuertes. Había más que un juego de pisadas: el crujido de las botas sobre la grava, que se movía cada vez más rápido.

Udmil sacó la mano, y Zidarov vio que ahora tenía una pistola. Era una cosa pequeñita, un minúsculo aguijón que cabría perfectamente en un bolsillo interior. Conociéndola, seguro que pegaba duro.

—¿Y qué hacemos ahora? —preguntó Zidarov—. Mi pistola es más grande que la tuya.

Las pisadas ya llegaban a la puerta. Pronto habría manos en la ventanilla.

—Pero tú solo tienes un chaleco antibalas —contestó ella—. Y yo tengo un escudo electrónico personal.

Zidarov sonrió débilmente.

—Entonces, supongo que eso te pone a ti por delante.

—Supongo que sí.

Entonces, disparó dos veces, y eso fue lo último que él supo.

CAPÍTULO VEINTITRÉS

Cuando despertó de nuevo, fue en medio de un intenso dolor. Estaba tumbado de espaldas, casi sin respirar, casi sin moverse, solo era capaz de parpadear un poco, e incluso eso le resultaba doloroso.

Pasado un rato, comenzó a asimilar lo que le rodeaba. Con un sobresalto, reconoció que estaba en el área medicae del Bastión. Olía igual de apestoso, y parecía igual de gastado. Los azulejos de la pared estaban agrietados, las máquinas al lado de su cama parecían ir a expirar antes que cualquier paciente.

Intentó moverse, notó los tubos tirándole bajo las costillas y se detuvo de nuevo. Dejó caer la cabeza sobre la dura almohada, y le costó recordar qué le había llevado allí.

Pero entonces, igual que siempre, vio los rostros en el almacén, tumbados como estaba él, y lo recordó todo de golpe.

Pasado aún más tiempo, Vipa finalmente apareció. El medicae lo miró con interés.

—¡Despierto! Muy bien. Hace un rato que llevo esperándolo.

Vipa le acercó un vaso de agua, del que bebió con ganas. Solo después del segundo sorbo notó los labios lo suficientemente flexibles para hablar.

—¿Cuánto tiempo? —preguntó.

—Casi una semana —contestó Vipa—. Te he dejado en coma durante unos cuantos días hasta que hemos arreglado todo lo que hemos podido.

—Me disparó.

—Sí, te disparó. Y o tiene muy mala puntería o muy buena, dependiendo de lo que quisiera hacer. Esos disparos nunca te hubieran matado. Fueron las heridas del choque lo que casi acaba contigo.

Zidarov hizo una mueca de dolor.

—No creía que fueran tan graves.

—Sí, por eso te levantaste y anduviste un rato por ahí. Muy tonto.

Pero, claro, supongo que tenías cosas que hacer. —Vipa fue a una de las consolas y estudió la transmisión en la lente—. Nos costó bastante averiguar qué había pasado. No te encontraron en la intersección. Draj y tú fuisteis localizados en el camino de un basurero a unos nueve kilómetros de allí. Recibimos una llamada diciéndonos dónde ir a buscaros. Después de eso, una patrulla rutinaria encontró el desastre que habíais causado en la vía de tránsito, además de un Bulwark quemado. Zidarov estaba tratando de suponer lo que debía de haber pasado justo al final.

—Podrías haber muerto fácilmente en el tiempo que tardamos en localizarte —continuó Vipa, hablando con tanta calma como si estuvieran comentando sobre la cantidad de lluvia que había caído en esa estación—. No fueron muy cuidadosos. Draj seguro que iba a sobrevivir, tiene la constitución de un Vástago Tempestus. Pero tú... Hacía frío. Habías perdido mucha sangre. Y tu interior estaba organizado en unas combinaciones muy raras. Por cierto, ¿cómo te hiciste la cicatriz del pecho? Nunca he visto una como esa.

—No me acuerdo.

—¿De verdad? Bueno, si alguna vez lo recuerdas, explícamelo. Me gustaría saber qué puede causar algo como eso.

Una semana. En una semana podían haber ocurrido muchas cosas.

—¿Qué le pasó a ella?

Vipa meneó la cabeza.

—¿A la mujer que te disparó? Ni idea. Eso tiene que ver con Operaciones; cuando Vongella sepa que estás despierto, vendrá a pedirte información. —Se acercó de nuevo a la cama y sacó un fino escáner—. Teniendo en cuenta el desastre que te hiciste, no estaba seguro de que sobrevivieras. Supongo que te llaman afortunado por alguna razón.

—¿Cuándo podré volver?

—No por mucho tiempo.

—¿Lo sabe Milija?

—¿Quién?

—Mi esposa. Ya la conoces.

—Oh, sí. Ha estado aquí todos los días. Me aseguraré de que la informen.

Notó que se estaba mareando. Miró el tubo que le subía del brazo izquierdo, y se preguntó si Vipa habría puesto algo en él.

—Y Brecht —añadió, débilmente—. Gyorgu Brecht. Quería decime alg...

Pero no acabó la palabra. Vipa sí que le había puesto algo. Zidarov volvió a caer en un sueño profundo y frío.

Cuando se despertó de nuevo, Vongella estaba allí. Se hallaba sentada en un rincón de la habitación, con las piernas cruzadas, observándole. La puerta estaba cerrada y no había ni rastro de Vipa.

—Su Mano —saludó Zidarov, medio dormido.

—Bienvenido, evidenciador —repuso ella. Era difícil de ver de qué humor estaba. Nunca parecía exactamente contenta, pero tampoco parecía nuncaclaramente furiosa.

Zidarov intentó levantar la cabeza un poco, y esta vez tuvo más éxito.

—¿Es esto mi interrogatorio, castellana?

—Algo así. ¿Por qué no empiezas?

Zidarov se preguntó por dónde empezar.

—Bueno, yo tenía razón.

—Eso lo dices mucho.

—La tenía. El chico está muerto. Estaba muerto desde el principio. Solo era para involucrarnos, para hacernos ir contra el Vidora. ¿Cómo está Yuti, por cierto?

—Sigue enfadado.

—Todo el asunto ha sido un enfrentamiento entre cárteles, legales o no. Comencé a pensar en ello como si fuera un negocio. Una amistosa adquisición. Solo que Udmil no acababa de controlar al socio mayoritario. Pensó que conseguía una cosa, y acabó con otra.

—Ya no.

—¿Oh?

Vongella le lanzó una mirada escrutadora.

—No sé cuánto sabes de todo esto. No sé cuánto es realmente cosa tuya.

—Me das demasiada importancia.

—Avro Lascile está muerto.

—Ah.

—Hay un caso abierto sobre eso. No te lo daré a ti. Es todo muy raro: Udmil Terashova nos llamó hace tres días. Con esa hace ya dos veces que nos ha llamado en muy poco tiempo. Parece que lo está convirtiendo en una costumbre.

—¿Cómo murió?

—Un ataque al corazón. Algo a lo que era propenso, al parecer.

—Entonces, ese caso es fácil de cerrar.

Vongella descruzó las piernas y se levantó. Fue hasta la ventana y pasó el dedo por el marco.

—No soy estúpida. En otro mundo, quizá no dependiera de hombres como Avro Lascile para mantener este lugar en funcionamiento, pero su ausencia me representa un problema. Ahora tendré que encontrar otros patrocinadores, con la misma generosidad.

—Su viuda podría estar dispuesta a donar.

—Sí, creo que podría. ¿Qué estabas haciendo en esa vía de tránsito?

—Mi trabajo.

—Qué gracioso. He hablado con Gurdic Draj. Él también asegura que estaba haciendo su trabajo.

—Pues ahora me cae muy bien Draj. Imagínatelo. Bajo toda esa...

—Déjalo. —De repente, Vongella pareció cansada, exasperada, como una madre metida en una sala con un niño travieso durante todo el día sin parar—. No me gusta nada de esto. La Corporación Jacz está en caos. Hemos cambiado a un benefactor cumplidor por otro del que sé mucho menos. Ha habido explosiones en los receptores de los suborbitales, muchas, y eso tendrá un impacto sobre los diezmos. Linajes enteros se han hundido. Se ha perdido mucho dinero. Donde hay conflicto, hay desorden. No sé qué has hecho, pero sé que nada de eso había sido sancionado. Podrías haber acudido a mí. Deberías haber acudido a mí.

Zidarov la miró. Por un instante, tuvo una vaga visión de lo que debía ser su trabajo: equilibrar, sin fin, los compromisos que mantenían todo el show en marcha. Mantener el equilibrio entre jugadores poderosos, para que nada amenazara la preeminencia del Bastión de Urgeyena. Mantener la tapa sobre una olla hirviendo, para que no escapara el contenido.

—Acabamos con un mal —contestó él, con firmeza.

—Un mal. —Lo miró con cansancio—. Reconfórtate con eso todo lo que puedas. La ciudad tiene mil más. Si perdemos la capacidad de mantenerlos todos a raya, lo perdemos todo.

—He visto lo que tu amigo estaba haciendo. Estuve allí. No me disculparé.

Vongella lo miró mal un poco más.

—Hemos recibido algunas comunicaciones de la gente de Udmil Terashova. Ha habido una purga de ciertas actividades. Me ha dicho que no volverán a realizarse bajo el sello del Jazc. Ella opina que un incremento en la producción proveniente de la manufactoría legítima hará reanudar el comercio ilegal mucho menos atractivo. Quizá. La gente ha dicho cosas así antes, y nada ha cambiado, pero tengo que admirar el deseo.

Zidarov dejó caer la cabeza sobre la almohada.

—Hay muchas cosas de Udmil que no gustan. Nadie debería tener tanto dinero.

—Todo un revolucionario.

—¿Yo? Estoy demasiado cansado para eso. Solo hago…

—Tu trabajo. Bien. Dejémoslo así. —Vongella cruzó la sala hacia la puerta—. Se te deducirá un porcentaje de tu estipendio. Se necesita mucha lasca para reemplazar un Bulwark, y no había ninguna autorización para utilizarlo. Si estabas pensando en ir a por senioris dentro de poco, piénsalo de nuevo.

Zidarov sonrió para sí. No había estado pensando nada de eso.

—Aun así —dijo—. Trabajo de celdilla. Eso está fuera de tu territorio, ¿no es así?

Ella lo miró de esa forma inescrutable en la que solía mirar: en parte hostil, en parte protectora.

—Y que siga así por mucho tiempo —concluyó.

Un poco más tarde, volvió a abrirse la puerta y apareció Brecht.

—¿Estás despierto? —preguntó, con cara de preocupación.

Zidarov se incorporó, alerta de repente.

—Trataste de llamarme —dijo.

Brecht entró en la sala.

—Así es.

—¿Qué habías encontrado?

Antes de que pudiera decir nada más, la puerta se abrió de golpe, y Alessinaxa entró corriendo, casi volcando el armarito de medicinas en su prisa por llegar a la cama. Se tiró sobre Zidarov y le rodeó el cuello con los brazos.

—¡Papi! —gritó, y se le saltaron las lágrimas.

Que lo abrazara así dolía. Dolía mucho, pero que lo abrazara todo lo que quisiera. Brecht se quedó atrás, incómodo. Zidarov le sonrió, sin poder hacer nada.

Finalmente, Alessinaxa le soltó y se sentó en la cama, con las mejillas encarnadas y los ojos húmedos.

—Te dispararon —dijo, casi de un modo acusador, como si él lo hubiera hecho solo para fastidiarla.

—No muy bien —repuso él.

—¿Qué estabas haciendo?

Era una pregunta tan ingenua que no supo qué contestarle. Siempre había tratado de protegerla de los peores aspectos de lo que hacía. Quizá eso hubiera sido un error.

—La ciudad es un lugar peligroso —contestó, tontamente—. Siempre existe algún riesgo.

Ella lo miró durante un buen rato, con una especie de seriedad portentosa.

—No deberías haber estado solo.

—No lo estaba.

—Entonces, debían haberte protegido.

—Ya se lo diré a Draj, la próxima vez que lo vea. —Se removió en la cama. El pecho le estaba matando; era como si ella le hubiera roto otra costilla—. Pero, espera, ¿dónde estabas tú? Comenzábamos a preocuparnos.

—Aquí y allí. Pensando sobre algunas cosas. Lo que me dijisteis.

—¿Y a qué conclusión has llegado?

—Me dejasteis hacer el entrenamiento. Sería una pena no usarlo.

—Estoy de acuerdo. Y hay muchas maneras en las que puedes hacerlo.

—Pero tengo que servirle a Él, padre. Eso es lo único que importa. Mi vida, cualquier vida, no significa nada sin servir. Es nuestro propósito. Eso es lo que tú no entiendes.

Mientras hablaba, una parte de Zidarov hubiera querido darle una torta. Eso era lo que soltaba el Ministorum. Se había preocupado por si acababa entre criminales. Quizá debería haber estado buscando en las iglesias.

—Tu vida significa mucho —le dijo Zidarov—. Para mí, para tu madre, lo significa todo. —Alargó hacia ella las manos, empaladas por cánulas—. Pero podemos hablar de esto más tarde. Por ahora, me alegro de que estés a salvo.

Ella asintió, aunque algo en sus ojos le dijo a Zidarov que hubiera preferido continuar la conversación.

—Yo también me alegro de que está a salvo. Su Mano vigila y guía.

—Su Mano reprende e instruye —repuso él, repitiendo las palabras del texto completo.

Brecht se acercó a la cama.

—Naxi, tu madre está al llegar. ¿Podrías ir a recepción a buscarla?

Alessinaxa se inclinó para besar a Zidarov, asintió con la cabeza hacia Brecht y salió.

—¿Dónde estaba? —preguntó Zidarov, en cuando ella hubo salido.

—Donde pensabas que estaría —contestó Brecht, asegurándose de que la puerta estuviera cerrada—. Viviendo con unos amigos en un lugar polvoriento hacia la vieja fábrica de municiones. Nada demasiado peligroso. Habría vuelto pronto a casa, creo; lo que estaban comiendo habría bastado para eso.

—¿Y estaba bien?

Brecht vaciló.

—Bien, creo. Pareció contenta de verme, cuando finalmente la localicé. Pero, mira, ¿sabes lo que es «salvia»? Estaba hablando bastante de ello.

A Zidarov le tiraba la cicatriz.

—Ni idea. ¿Qué decía?

—Solo algo que parecía habérsele quedado grabado en la cabeza. Quizá no sea nada. Pero había un hombre allí. ¿Un chico? ¿Un hombre? Ya no lo sé. Me preocupó un poco. Intenso. Religioso. Parecía dominarlos un poco, y no me gustó el modo en que miraba sin parpadear. También parecía tener lasca; era el propietario del lugar. Cuando hablé con él, me echó la mirada esa de la que hablamos hace un tiempo. Como si pudiera pegarme un tiro sin pensárselo, si quisiera. Como si eso no tuviera ninguna importancia para él.

Zidarov notó un escalofrío por todo el cuerpo.

—¿Ordos? —preguntó—. ¿En Alecto?

—Ya sé. Probablemente no sea nada. Quizá solo un sacerdote novicio. Pero ahora se ha ido. Ha desaparecido. Es raro. —Sacudió la cabeza y forzó una sonrisa—. Como sea, ahora eres tú quien está en deuda conmigo, calculo. Cuando vuelvas a estar en pie, la jeneva es buena por el subsector cuarenta y tres.

—Cuando quieras. —Le devolvió la sonrisa a Brecht, igualmente forzada—. Gracias, amigo. Gracias por encontrarla.

—No es nada. —Brecht se levantó—. Más vale que te cures rápido, ya me está entrando la sed.

CAPÍTULO VEINTICUATRO

Se recuperó rápidamente. Vipa se lo hizo notar más de una vez. Le volvió a preguntar por la cicatriz, pero no había nada más que contar. Era cierto que Zidarov no recordaba su origen. Eso era lo único remarcable de ella. Eso, y el que le doliera siempre que estaba estresado o irritable, lo que era la mayor parte del tiempo.

Después de un breve periodo de convalecencia en su hab, se reincorporó al Bastión. Durante una semana o así, quedó confinado a tareas de despacho. Resultó ser que Vongella o había estado mintiendo sobre la reducción en su estipendio o había olvidado implementarla. Debía de estar razonablemente contenta con cómo habían acabado las cosas.

No tuvo mucha relación con Draj. Se cruzaron en el pasillo, una mañana, y el sancionador le ofreció una corta inclinación de cabeza como saludo. Zidarov intentó pensar en algo para decirle. Quería saber qué había pasado en el Bulwark, porque nadie se lo había contado, pero Draj no parecía tener ganas de hablar. Como había dicho Vipa, el sargento parecía gozar de una perfecta salud, casi ni arañado por lo que había sucedido. El leve aroma a alcohol colgaba en el aire que lo rodeaba, lo que resultaba extrañamente tranquilizador.

Draj siguió caminando. Ese saludo con la cabeza era lo mejor que iba a conseguir. Aun así, eso era mejor que la alternativa.

Cuando ya estuvo de nuevo en servicio activo, Zidarov ató unos cuantos cabos sueltos. Se aseguró de que Elina tuviera sus fondos del comercio de rejuvenecimiento. Hizo varios viajes a los suborbitales para comprobar que los almacenes de la Sección E estaban llenos con bienes controlados, mayoritariamente de procedencia legal. Como Vongella le había dicho, algunos de los edificios habían sido destruidos de un modo muy enérgico, incluido el Almacén 94, que ya solo era un mosaico de puntales de acero que humeaban lentamente.

Fue a visitar a Borodina, que también había vuelto al trabajo. Se encontraron en el nuevo destino de ella, uno desde el que se veía las siniestras tierras donde Mordach, según se decía, aún vivía y se recomía.

—¿Te encuentras mejor? —le preguntó ella, mientras se protegían de la lluvia en el refectorio de la estación de vigilancia.

—Me duele todo. ¿Y cómo estás tú?

—Lo mismo.

—¿Sigues con lo de Vidora?

—Contra ellos, ahora yo sería una carga, creo.

—Lo siento.

—No lo sientas. Tengo mucho con lo que mantenerme ocupada.

—Le echó una mirada de complicidad—. Por alguna razón, los registros del velo, los que estaba segura de que me habían pirateado, nunca llegaron a salir de Análisis. Así que sigo teniendo permisos de acceso.

—Bien. Nunca lo dudé.

Hablaron un rato más. Sobre todo, cotilleos del Bastión. Cuando él se levantó para marcharse, ella le miró.

—Y bien —le preguntó, traviesa—. ¿Cómo va?

Él hizo una mueca.

—Qué pregunta más estúpida, evidenciadora —respondió él—. Igual que siempre, todo va perfectamente bien.

Y después de eso tuvo que dedicar su atención a casos nuevos. No paraban de llegar: violencia en las madrigueras subterráneas bajo el complejo industrial Ghallek; un brote de asesinatos rituales centrados alrededor de la catedral, en desuso, de San Petrov Mártir; rumores sobre contrabando de armas a gran escala relacionados con el cártel Chakshia... Había mucho para mantenerlo ocupado. Fue cuando estaba investigando uno de esos casos que se encontró un dataslug en su taquilla de equipo personal, uno que sabía que él no había puesto ahí. Lo tomó, se marchó del Bastión y condujo hasta un lugar donde sabría que nadie le molestaría.

Luego apagó el motor y activó el slug. Una grabación audex de la voz de Udmil comenzó inmediatamente.

«Algunas cosas que deberías saber, evidenciador Zidarov —decía, indiferente como siempre—. Tu información fue valiosa. No puedo tolerar el engaño, sobre todo por esos pocos a los que he otorgado mi confianza. Tenías razón respecto a Avro, y ahora ha pagado por sus mentiras. La Corporación Jacz está únicamente bajo mi control, e incluye bienes selectos del antiguo Consorcio Terashova. Tengo la intención de dirigirla de un modo más eficiente de lo que lo hizo él. No emplearé a gente del exterior. En mi opinión, solo están a un paso de los xenos, y nunca deberían haberse tolerado».

Zidarov sonrió para sí. Nada de lo que había cambiado la había hecho más agradable.

«También tenías razón respecto a Ianne, al menos en algunos detalles. Me resulta impresionante que hayas sido capaz de localizar cualquier información sobre ella, tanto tiempo después de lo ocurrido. Mi reacción ante lo que pasó me hizo destruir todo lo que pude encontrar. En aquel entonces, quizá no estuviera actuando con toda la cordura. Recordándolo ahora, no entiendo del todo por qué lo hice. Podría ser, como sugeriste, que fuera mi manera de soportar el dolor. Pero me pregunto si no sería que me sentía avergonzada de haber fracasado. Era mi tarea mantenerla sana y salva. Por eso creé mi compañía, y sufrí por ella: para pasarle algo a Ianne. Cuando ya no estuvo, eso ya no tuvo ningún sentido. Nada tuvo sentido. No tenía ninguna razón para seguir adelante, excepto generar cada vez cantidades más obscenas de lasca. Yo ya no era Udmil Ramenev. Era otra persona».

Zidarov escuchaba con interés. Nunca antes le había hablado así. Dudaba que hubiera hablado así a muchas otras personas.

«Me dijiste que se merecería algo más. Creo que tienes razón. Por lo que puede interesarte saber que he revivido el apellido de mi familia. Jazc continuará con su marca actual, pero Udmil Ramenev será su dueña. Mordach puede quedarse con los restos de su antiguo imperio, por ahora, aunque tengo la intención de ser implacable con él. Pretendo ser implacable con todos mis competidores. Pero nada de trabajar con células, ni ahora ni nunca».

Eso era algo.

«Dos cosas para acabar, evidenciador. Me dijiste que tenías una hija. No sé qué edad tiene, ni qué desea hacer con su vida. Mi consejo es que la dejes ir, cuando sea lo suficientemente fuerte. Intenté mantener a Ianne cerca, limitar su exposición al peligro, y ese fue mi error. Cuando finalmente se escapó, como tenía que hacer, era demasiado ingenua para esta ciudad. Eso fue lo que la mató. Nunca dejaré de lamentarlo, hasta el día de mi muerte».

Era casi como si lo supiera.

«Una segunda y última cosa. Nada de esto ha sucedido. Nunca nos hemos visto. Nunca nos volveremos a ver. Si alguna parte de esta conversación alguna vez llega a hacerse pública, te mataré yo misma. Y no te dejes engañar por nuestro último encuentro: cuando tengo que disparar, nunca fallo».

La transmisión se cortó. Ningún saludo final, ninguna expresión de familiaridad: solo una amenaza directa.

—Yo también estoy encantado de haberte conocido, Udmil —murmuró Zidarov para sí, observando como el dataslug comenzaba a derretirse solo—. Ha sido toda una experiencia.

Zidarov extendió el brazo, con los ojos medio abiertos. La gruesa colcha se deslizó un poco por su antebrazo, y él hizo caminar a sus dedos, buscando.

Milija se movió, arrastrándose por el colchón. Se abrazaron, el uno contra el otro. En el cuarto al fondo de pasillo, Naxi dormía. En el exterior, la lluvia salpicaba la ventana, como haría durante toda la noche, durante semanas.

—¿Cómo te encuentras? —preguntó Milija.
—Bien. De vuelta a la normalidad. ¿Y cómo estás tú?
—Bien.

Se quedaron tumbados así durante un rato, con las miembros entrelazados, escuchando la respiración del otro.

—Pero sé a qué te refieres —dijo entonces Zidarov.
—¿Sobre qué?
—Sobre el mal. Todos los días, uno tras otro. No paran de llegar.

Milija no le contestó inmediatamente.

—¿Por qué dices eso?
—Quieren vivir para siempre. No les importa cómo lo consiguen. No tienen que pensar en eso. Ellos no entran en los almacenes.
—¿Quién?
—Los dorados. Todos ellos. Los jefes de las casas, los adictos al rejuvenecimiento en los clubs privados. Los odio. Sin ellos, no habría mercado para eso. Pero no pudieron dejar fuera al miedo, y perdieron su alegría porque lo único que podían hacer era intentarlo. Incluso ellos no pueden estar a salvo. No pueden proteger lo que aman.

—¿Esto es por Naxi?

—Quizá. —Se movió y rodó a medias sobre la espalda—. Estoy harto de eso. De ver la crueldad. Cuando tratas con ellos, a veces te olvidas de que hay otras cosas.

—Las hay. Ya sabes que las hay.

—Quizá. Lo oyes de lo otros. Una mujer en el seminario me gustó. Pero tal vez solo esté engañándose a sí misma también. No pudo evitar la enfermedad. También la alcanzó. No puedes mantener a salvo a todos.

—No me gusta oírte hablar así.

—No. A mí tampoco me gusta.

Ella le puso su mano caliente en la mejilla, y acercó su rostro al de ella.

—Es fe —dijo—. Eso es lo que nos ha faltado. Algo a lo que agarrarnos.

Él la miró. Seguía pareciéndole muy hermosa, después de tantos años. El tiempo los había arrastrado a los dos, les había añadido capas, les había quitado la energía que los había forjado juntos, transformándolo en algo más suave, más tibio, más duradero. Vio las arrugas del rostro de ella, las imperfecciones de la piel, y vio su vida juntos escrita en esas marcas.

—Yo tengo fe —dijo él.

—En Él. En el Trono.

Zidarov vaciló.

—Dicen que cada uno lo ve de un modo diferente. Podría ser el sol, o la rama de un árbol, o una serpiente en el agua. Él siempre ha estado ahí, entremetido en las cosas de la tierra. Todo lo demás es solo propaganda.

—¿Dónde has aprendido eso?

—Lo oí, hace mucho tiempo.

—No te enseñan eso en la catedral.

—No. Supongo que no.

Ella lo agarró con más fuerza.

—Es un mundo vasto y frío —dijo—. Es una galaxia vasta y fría. Nosotros no importamos. Pronto nos habremos ido, como una mota de polvo en la oscuridad. Pero, por ahora, justo aquí, te tengo a ti y tú me tienes a mí. Eso es a lo que yo me agarro.

Él la miró a los ojos.

—No podría perderte.

—No tendrás que hacerlo.

Escucharon la respiración del otro, dentro y fuera.

—Quiero protegerte —dijo él.

—Y yo te protegeré a ti. Con cuchillos. Si pierdes un poco de peso.

—Trato hecho.

—Ya lo has dicho otras veces.

—Y lo decía en serio otras veces.

—Entonces, estamos de acuerdo.

En el exterior, la lluvia seguía cayendo.

—Te quiero, Lija —dijo él.

—Yo también te quiero. Y ahora duerme.